MAURICE DRUON

La Reina Estrangulada
Los Reyes Malditos II

byblos

Título original: *La Reine étranglée*

Traducción: M.ª Guadalupe Orozco Bravo

1.ª edición: abril 2004
1.ª reimpresión: octubre 2005
2.ª reimpresión: febrero 2006

© by Maurice Druon, Librairie Plon et Editions Mondiales
© Ediciones B, S.A., 2004
   Bailén, 84 - 08009 Barcelona (España)
   www.edicionesb.com

Diseño de cubierta: Estudio Ediciones B/Leo Flores
Ilustración de cubierta: © Leo Flores
Diseño de colección: Ignacio Ballesteros

Printed in Spain
ISBN: 84-666-1714-0
Depósito legal: B. 7.496-2006

Impreso por LIBERDÚPLEX, S.L.
Ctra. BV 2249 Km 7,4 Polígono Torrentfondo
08791 - Sant Llorenç d'Hortons (Barcelona)

MAURICE DRUON | La Reina Estrangulada
Los Reyes Malditos II

La historia de ese tiempo es la de un combate a muerte entre un legista y un barón.

Michelet

Quiero agradecer a mis colaboradores Pierre de Lacretelle, Georges Kessel, Christiane Grémillon, Madeleine Marignac, Gilbert Sigaux y José-André Lacour por la preciosa ayuda que me han brindado en la redacción de esta obra. Igualmente, deseo dar las gracias a los servicios de la Biblioteca Nacional y los Archivos Nacionales por su indispensable colaboración con nuestras investigaciones.

M. D.

Prólogo

El 29 de noviembre de 1314, dos horas después del toque de vísperas, veinticuatro correos con la librea de Francia salían a galope del castillo de Fontainebleau. La nieve cubría con un manto blanco los caminos del bosque; el cielo estaba más oscuro que la tierra. Ya era de noche. Debido a un eclipse de sol, había sido de noche durante todo el día.

Los veinticuatro jinetes no descansarían hasta el amanecer, y quizá seguirían galopando toda la jornada y los días siguientes, algunos hacia Flandes, otros hacia el Angoumois y Guyenne, Dole en Comté, Rennes y Nantes, Tolosa, Lyon, Aigues-Mortes, despertando a su paso a las autoridades, bailíos y senecales, prebostes y capitanes, para anunciar en cada ciudad o pueblo del reino que el rey Felipe IV, el Hermoso, había fallecido.

A su llegada, las campanas repicaban y una gran onda sonora, siniestra, se extendía imparable hasta todas las fronteras.

Después de veintinueve años de un gobierno sin debilidades, el Rey de Hierro acababa de fallecer debido a una dolencia cerebral. Tenía cuarenta y seis años. Su muerte tenía lugar menos de seis meses después de la del ministro de Justicia, Guillermo de Nogaret, y pasados siete meses de la del papa Clemente V. Así parecía cumplirse la maldición lanzada el 18 de marzo por el gran maestre de los templarios, que citaba a los tres a comparecer antes de un año ante el tribunal de Dios.

Soberano tenaz, altanero, inteligente y reservado, el rey Felipe había dominado su época durante su reinado, de tal modo que aquella tarde se tuvo la impresión de que el corazón del reino había dejado de latir.

Pero las naciones jamás mueren con sus hombres, por grandes que éstos hayan sido. Su nacimiento y su fin obedecen a otros motivos.

El nombre de Felipe el Hermoso sería poco recordado si no fuera por los resplandores de las piras que encendió bajo los pies de sus enemigos, y por el centelleo de las monedas de oro que hizo acuñar. Pronto se olvidó que había dominado a los poderosos, mantenido la paz en la medida de lo posible, reformado las leyes, edificado fortalezas para poder sembrar los campos situados a su abrigo, unificado las provincias, invitado a los burgueses a reunirse en asambleas para dar su voto y velado en todos los aspectos por la independencia de Francia.

Cuando se enfrió su mano, cuando se extinguió aquella férrea voluntad, se desencadenaron los intereses privados, las ambiciones insatisfechas, los apetitos de honores y de riquezas.

Dos grupos se apresuraron a enfrentarse, a desgarrarse sin piedad por el poder: de un lado, el grupo reaccionario de los barones, capitaneado por Carlos de Valois, hermano de Felipe el Hermoso; del otro, el grupo de funcionarios dirigido por Enguerrando de Marigny, primer ministro y consejero del monarca fallecido.

Para evitar el conflicto, latente desde hacía meses, o bien para mediar en él, hacía falta un soberano fuerte. Sin embargo, el príncipe de veinticinco años que heredaba el trono, Luis de Navarra, no parecía dotado ni apto para gobernar. Llegaba precedido de una reputación de marido burlado y de su triste sobrenombre: el Obstinado.

La vida de su esposa, Margarita de Borgoña, en prisión por adúltera, serviría de apuesta en el juego de las dos facciones rivales.

Pero el peso de la lucha, como siempre, sería soportado por aquellos que, carentes de todo, no podían influir en los acontecimientos y tampoco tenían el recurso de soñar... Además, aquel invierno de los años 1314 y 1315 se presentaba como un tiempo de hambruna.

PRIMERA PARTE

PRINCIPIO DE UN REINADO

1

Château-Gaillard

Situado en un promontorio calcáreo y en los alrededores de Petit-Andelys, Château-Gaillard dominaba e
imponía su dominio sobre toda la Alta Normandía.

En este lugar, el Sena dibuja una amplia curva entre
fértiles praderas. Desde Château-Gaillard se podía vigilar río arriba y río abajo.

Ricardo Corazón de León lo había hecho construir
ciento veinte años antes, haciendo caso omiso de los tratados, para desafiar al rey de Francia. Viéndolo terminado,
erguido sobre la escarpada ladera, a ciento ochenta metros
de altura, todo blanco de piedra recién tallada, con sus dos
recintos amurallados, sus troneras, sus barbacanas, sus almenas, sus trece torres y su grueso torreón, Ricardo exclamó: «¡Ah! ¡Qué castillo tan gallardo!», y de ahí el nombre
del edificio.

Todo estaba previsto para la defensa de este gigantesco ejemplo de la arquitectura militar: el asalto, el ataque frontal o por los costados, la invasión, la escalada, el
sitio. Todo menos la traición.

Siete años después de su construcción, la fortaleza
caía en manos de Felipe Augusto, que también arrebató
al soberano inglés el ducado de Normandía. Desde entonces, Château-Gaillard había sido utilizado más como
prisión que como fortaleza. Ahí el poder encerraba a los
adversarios cuya libertad molestaba al Estado pero cuya
muerte podía suscitar problemas o crear conflictos con
otros poderes. Aquel que franqueaba el puente levadizo

de la fortaleza tenía pocas probabilidades de volver a ver el mundo.

A lo largo del día, los cuervos graznaban en los tejados; por la noche, los lobos aullaban al pie de las murallas.

En noviembre de 1314, con sus contrafuertes y su guarnición de arqueros, Château-Gaillard no servía más que para custodiar a dos mujeres: una de veintiún años, la otra de dieciocho. Margarita y Blanca de Borgoña, dos princesas de Francia, nueras de Felipe el Hermoso, condenadas a cadena perpetua por adulterio.

Era la última mañana del mes y la hora de la misa.

La capilla se encontraba en el segundo recinto, edificada en la misma roca. El ambiente era oscuro y frío; sus muros, sin ningún ornamento, rezumaban humedad.

Solamente había tres sillas disponibles, dos a la izquierda para las princesas y una a la derecha para el capitán de la fortaleza, Roberto Bersumée.

Al fondo, los hombres de armas permanecían de pie en fila, con la misma expresión de aburrimiento e indiferencia que si los hubieran convocado para aventar el forraje. La nieve pegada a sus suelas se fundía a su alrededor en pequeños charcos amarillentos.

El capellán tardaba en comenzar los oficios. De espaldas al altar, se frotaba sus entumecidos dedos con todas las uñas rotas. Un imprevisto perturbaba visiblemente su piadosa rutina.

—Hermanos míos —dijo el capellán— hoy tenemos que elevar nuestras oraciones con gran fervor y solemnidad. —Se aclaró la voz y vaciló un instante, turbado por la importancia de lo que tenía que anunciar—. Dios Nuestro Señor se ha llevado a su seno el alma de nuestro muy amado rey Felipe. Y esto apena profundamente a todo el reino...

Las dos princesas se miraron con los rostros aprisionados en cofias de burda tela parda.

—Quienes le causaron daño o lo injuriaron, que hagan penitencia en su corazón —continuó el capellán—, y quienes le guardaban rencor en vida que imploren para él la misericordia que cada hombre que muere, grande o pequeño, necesita por igual delante del tribunal de Nuestro Señor.

Las dos princesas habían caído de rodillas con la cabeza gacha para ocultar su alegría. Ya no sentían frío, ni angustia, ni su miseria. Una oleada de esperanza recorría su ser, y si en silencio se dirigían a Dios era para agradecerle que las hubiera librado de su terrible suegro. Después de siete meses de confinamiento en Château-Gaillard, el mundo les enviaba por fin una buena noticia.

Los hombres de armas, en el fondo de la capilla, cuchicheaban inquietos, moviendo los pies.

—¿Creéis que darán a cada uno un sueldo de plata?

—¿Porque el rey ha muerto?

—Es la costumbre, según me han dicho.

—No, hombre, cuando muere no. Quizá cuando coronen al nuevo.

—¿Y cómo se llama el nuevo rey?

—Si declara la guerra podremos ver otro país...

El capitán de la fortaleza se volvió hacia ellos y les ordenó tajante que continuaran con sus oraciones. La noticia le ocasionaba problemas, puesto que la mayor de las reclusas era la esposa del príncipe Luis de Navarra, hoy el rey. «Aquí me encuentro de pronto, carcelero de la reina de Francia», se decía.

Nunca había sido cómodo ser el carcelero de personas reales, y Roberto Bersumée hacía responsables a aquellas dos reclusas, que le habían llegado hacia finales de abril con la cabeza afeitada en carretas forradas de negro y escoltadas por cien arqueros, de los momentos más desagradables de su vida. Eran dos mujeres jóvenes, demasiado jóvenes para no despertar piedad. Eran demasiado hermosas, incluso bajo sus holgados vestidos de tela burda, para no conmoverse al acercarse a ellas, día tras día, durante siete meses. Si seducían a algún sargento del cuartel, si se evadían, si una de ellas se colgaba o enfermaba gravemente, o si la fortuna volvía a sonreírles, sería él, Bersumée, el culpable a quien reprocharían haber sido demasiado duro o demasiado débil. En todo caso, aquello no contribuiría a su ascenso. Ahora bien, tampoco tenía, como sus prisioneras, ningún deseo de acabar sus días en una ciudadela azotada por el viento, húmeda por la bruma, edificada para albergar a dos mil soldados y en la que no vivían más que ciento cincuenta, sobre aquel valle del Sena por donde la guerra ya no pasaba desde hacía mucho tiempo.

El oficio seguía, pero nadie pensaba ni en Dios, ni en el rey; cada uno pensaba en sí mismo. *«Requiem a eternam dona ei Domine...»*, cantaba el capellán, un dominico caído en desgracia, a quien la mala suerte y la afición al vino habían llevado a este servicio en la prisión. Se preguntaba si el cambio de monarca traería consigo alguna modificación de su propio destino. Resolvió no beber durante una semana para que la providencia estuviera de su parte, dispuesto a acoger un evento favorable.

«Et lux perpetua luceat ei», respondía el capitán. Y al mismo tiempo, pensaba: No podrán reprocharme nada. He cumplido las órdenes recibidas, eso es todo, sin infligir castigos. *«Requiem a eternam...»*, repetía el capellán.

—Entonces, ¿no nos van a dar un vaso de vino? —cuchicheaba el soldado Guillermo *el Gordo* al sargento Lalaine.

En cuanto a las dos reclusas, se contentaban con mover los labios, pero sin entonar el responso; hubieran cantado con voz demasiado alta y con demasiada alegría.

Ciertamente, aquel día se había reunido mucha gente en las iglesias de Francia para llorar al rey Felipe, o para fingir que lo lloraba. Pero en realidad la emoción, incluso la suya, no era más que una forma de autocompasión. Se secaban las lágrimas, sollozaban, movían la cabeza, porque, con Felipe el Hermoso, el tiempo que habían vivido se desvanecía, todos los años transcurridos bajo su cetro, casi un tercio de siglo. Pensaban en su juventud y se percataban de su envejecimiento; y de pronto, el mañana les parecía incierto. Un rey, aun después de fallecido, sigue siendo para los demás una personificación, un símbolo.

Terminada la misa, Margarita de Borgoña pasó al salir por delante del capitán de la fortaleza y le dijo:

—Señor, deseo comunicarle algunas cosas importantes, y que le conciernen.

Bersumée se sentía molesto siempre que Margarita de Borgoña, al hablarle, lo miraba a los ojos.

—Iré a escucharla, señora —respondió—, tan pronto haya efectuado mi ronda. —Y ordenó al sargento Lalaine acompañar a las reclusas, recomendándole en voz baja que redoblara tanto las atenciones como la prudencia.

La torre donde Margarita y Blanca estaban recluidas tenía tres grandes alcobas redondas, superpuestas e idénticas, una en cada piso, con chimenea de campana y un techo abovedado. Estas alcobas estaban unidas entre sí por una escalera de caracol construida en el espesor del muro. La sala del piso bajo estaba ocupada permanentemente por el cuerpo de guardia. Margarita se alojaba en el primer piso y Blanca en el segundo. Durante la noche, las dos princesas quedaban separadas por unas gruesas puertas cerradas con candados; pero de día podían comunicarse entre sí.

Cuando el sargento las hubo acompañado a su alojamiento, ellas aguardaron a que todos los goznes y cerrojos hubieran rechinado al final de la escalera.

Entonces se miraron y se arrojaron una en brazos de la otra, exclamando:

—¡Ha muerto, ha muerto! —Se abrazaban, bailaban, reían y lloraban al mismo tiempo, e incansablemente repetían—: ¡Ha muerto!

Se arrancaron las cofias de tela y dejaron al descubierto el corto cabello de siete meses.

—¡Un espejo! ¡Lo primero que quiero es un espejo! —gritó Blanca, como si hubiera sido liberada inmediatamente de aquella prisión y no tuviera otra cosa que hacer que preocuparse por su apariencia.

Margarita tenía la cabeza orlada de pequeños bucles negros, apretados y crespos. Los cabellos de Blanca habían crecido desiguales, en tupidos mechones semejantes a puñados de paja.

Las dos mujeres se pasaban instintivamente la mano por la nuca.

—¿Crees tú que podré ser bonita de nuevo? —preguntó Blanca.

—¡Cómo debo de haber envejecido para que me preguntes eso! —exclamó Margarita a modo de respuesta.

Desde la primavera, las dos princesas habían tenido que soportar la tragedia de Maubuisson, el juicio del rey, el monstruoso suplicio de sus amantes ejecutados frente a ellas en la gran plaza de Pontoise, los soeces gritos de la muchedumbre. Y después, ese medio año en la fortaleza con aquel calor de verano sobrecalentando las piedras; aquel frío helado desde que había llegado el otoño; ese viento que gemía sin descanso en las vigas; esa sopa negra de alforfón que les servían en las comidas; esas camisas tan rugosas y ásperas como de crin que no les cambiaban más que cada dos meses; esos días interminables detrás de un delgado quicio como una tronera, y por la cual, de cualquier forma que pusieran su cabeza, no podían mirar más que el casco de un invisible arquero que pasaba y volvía a pasar por el camino de ronda... Todo aquello había alterado demasiado el carácter de Margarita como para no haberle modificado también el semblante.

Blanca, con sus dieciocho años y su extraña volubilidad, que le hacía pasar en un instante de la desolación a tener insensatas esperanzas; Blanca, que podía súbitamente dejar de sollozar porque un pájaro cantaba del otro lado del muro y exclamar: «¡Margarita! ¿Oyes? ¡Un pájaro!» Blanca, que creía en los signos, en todos los signos, y construía sus sueños sin reprimirse, del mismo modo que otras mujeres cosen dobladillos. Si la sacaban de aquella cárcel, tal vez pudiera recuperar su tez, su mirada y su corazón de antaño. Margarita, jamás.

Desde el comienzo de su cautiverio no había derramado una sola lágrima; ni tampoco había expresado ningún remordimiento. El capellán que la confesaba cada semana estaba asustado de la dureza de aquel espíritu.

Margarita nunca había consentido reconocerse responsable de su desgracia; ni por un instante había admitido que convertirse en la amante de un escudero constituía un juego peligroso y punible que podía costarle el honor y la libertad. Ella se había hecho justicia a sí misma por haber sido casada a la fuerza con un hombre al que no amaba.

No se reprochaba haber participado en aquel juego. Odiaba a sus adversarios y contra ellos volvía su cólera; también contra su cuñada de Inglaterra, que la había denunciado; contra su familia de Borgoña, que no la había defendido; contra el reino y sus leyes; contra la Iglesia y sus mandamientos. Y cuando soñaba con la libertad, soñaba inmediatamente con la venganza.

Blanca le pasó el brazo alrededor del cuello.

—Estoy segura, amiga, de que nuestras desgracias han terminado.

—Y habrán terminado —respondió Margarita— a condición de que nosotras obremos hábil y rápidamente. —Tenía un vago proyecto en la cabeza. Se le había ocurrido durante la misa aunque no sabía muy bien adónde podría conducirla. Ella quería, de todas maneras, aprovechar la situación—. Tú me dejarás hablar a solas con ese desgarbado de Bersumée, cuya cabeza quisiera ver en la punta de una pica más que sobre sus hombros —añadió.

Un momento después, las dos mujeres oyeron los cerrojos y cerraduras de las puertas. Se cubrieron la cabeza con las cofias. Blanca se colocó en el alféizar de la ventana; Margarita se sentó en el escabel, que era el único asiento del que disponían. El capitán de la fortaleza entró.

—Aquí me tenéis, señora, tal como pedisteis —dijo.

Margarita hizo una larga pausa y lo miró de arriba abajo:

—Señor Bersumée —preguntó—, ¿sabe a quién está custodiando a partir de hoy?

Bersumée desvió la mirada como buscando un objeto a su alrededor.

—Lo sé, señora, lo sé —respondió—, y lo he pensado desde que esta mañana me despertó el mensajero que iba hacia Criqueboeuf y Ruán.

—Llevo siete meses recluida aquí, y no tengo ni ropa blanca, ni muebles, ni sábanas; como la misma bazofia que sus arqueros y no tengo fuego más que una hora cada día.

—He cumplido las órdenes del señor de Nogaret, señora —respondió Bersumée.

—Guillermo de Nogaret ha muerto.

—Sus instrucciones procedían del rey.

—El rey Felipe ha muerto.

Adivinando adónde quería llegar Margarita, Bersumée replicó:

—Pero el señor de Marigny vive todavía, señora, y es él quien ordena la justicia y rige las prisiones del mismo modo que gobierna todas las demás cosas del reino; de él dependo yo en todo.

—¿El mensajero de esta mañana no le trajo, pues, nuevas órdenes?

—Ninguna, señora.

—No tardará en recibirlas.

—Eso espero, señora.

Roberto Bersumée aparentaba más de los treinta y cinco años que tenía, con aquella actitud inquieta y huraña que adoptan voluntariamente los soldados de carrera y que, a fuerza de fingirla, se les convierte en natural. Para el servicio ordinario en la fortaleza llevaba un gorro de piel de lobo y una vieja cota de malla un poco grande, manchada y que se abolsaba alrededor de su cintura. Sus cejas se juntaban por encima de la nariz.

Al comienzo de su cautiverio, Margarita se había ofrecido a él casi sin rodeos, con la esperanza de convertirlo en su aliado. Él la había esquivado, menos por virtud que por prudencia. Pero conservaba hacia ella una especie de rencor por el mal papel que le había hecho representar. Ahora se preguntaba si esa prudente conducta le valdría personalmente favores o represalias.

—Señora, no ha sido ningún placer para mí haber tenido que dar semejante trato a mujeres... y de tan alto rango como vos —dijo.

—Lo imagino, caballero, lo imagino —respondió Margarita—, pues se advierte en usted el caballero, y las cosas que le ordenaron, forzosamente han debido causarle repulsión.

El capitán de la fortaleza era de clase humilde; por lo tanto, le causó placer escuchar que lo llamaban «caballero».

—Solamente, caballero Bersumée —siguió diciendo la prisionera—, que ya estoy cansada de masticar madera para conservar blancos los dientes, y de untarme las manos con la grasa de la sopa para que mi piel no se agriete con el frío.

—Comprendo, señora, comprendo.

—Quedaría agradecida si de aquí en adelante hiciera que estuviera al abrigo del hielo, de la miseria y del hambre.

Bersumée bajó la cabeza.

—No he recibido órdenes, señora.

—No estoy aquí más que por el odio que me tenía el rey Felipe, y su fallecimiento va a cambiarlo todo —replicó Margarita, con mucha seguridad—. ¿Va a esperar que se le ordene abrirme la puerta para dar testimonio de alguna deferencia a la reina de Francia? ¿No cree que eso sería obrar muy tontamente para su porvenir?

Los militares son a menudo indecisos, y eso los predispone a la obediencia y les hace perder muchas batallas. Bersumée, aunque tenía la palabra dura y el puño fácil con sus subordinados, no poseía demasiada iniciativa en situaciones imprevistas.

Entre el resentimiento de una mujer que, según afirmaba, mañana sería todopoderosa, y la cólera del señor de Marigny, que era todopoderoso hoy, ¿qué riesgo debía elegir?

—Es pues mi deseo que Blanca y yo —continuó Margarita—, pudiéramos salir una o dos horas de este encierro, bajo su custodia si le parece bien, y ver otras cosas que no sean las aspilleras de estos muros y las picas de sus arqueros.

Esto era ir demasiado rápido y demasiado lejos; Bersumée olfateó el engaño. Sus prisioneras querían comunicarse con el exterior, y quizás escapársele de las manos. Por lo tanto, no estaban tan seguras de volver a la corte.

—Puesto que es reina, señora, comprenderá que sea fiel al servicio del reino —dijo él—, y que no puedo infringir las órdenes que he recibido.

Y salió de allí rápidamente para evitar toda discusión.

—¡Es un perro! —exclamó Margarita cuando hubo desaparecido—, ¡un perro guardián que sólo es bueno para ladrar y morder!

Había dado un paso en falso y, enfurecida, recorría la redonda alcoba.

Bersumée, por su lado, no estaba más satisfecho. «Cabe esperar cualquier cosa cuando se es el carcelero de una reina», se decía. Ahora bien, para un soldado de oficio, esperar cualquier cosa es, ante todo, esperar una inspección.

Roberto de Artois

La nieve goteaba de los tejados al fundirse. Por todas partes se barría, en todas partes bruñían. El cuartel de guardia resonaba con el chapoteo de los cubos de agua echada sobre las losas. Se engrasaban las cadenas del puente levadizo, se preparaban los hornos, como si la fortaleza fuera a ser atacada en cualquier momento. Desde Ricardo Corazón de León, Château-Gaillard no había vivido semejante actividad.

Temiendo una súbita visita, el capitán Bersumée había decidido poner su cuartel en pie de revista. Con los puños en las caderas y a voz en grito, recorría las dependencias, se llevaba por delante las mondaduras que ensuciaban las cocinas, señalaba furiosamente con el mentón las telarañas que colgaban de las vigas y hacía que le presentaran todo el equipo. ¿Tal arquero había perdido su carcaj? ¿Dónde estaba ese carcaj? ¿Y las cotas de malla oxidadas en las sisas? ¡Rápido, arena a manos llenas y a frotarlas hasta que brillen!

—Si el señor de Pareilles llega de pronto —aullaba Bersumée—, no quiero tener que enseñarle una tropa de mendigos. ¡Muévanse!

Y pobre de aquél que no se apresurara lo suficiente. Guillermo *el Gordo*, el soldado que esperaba una ración suplementaria de vino, recibió una buena patada en la espinilla. El sargento Lalaine estaba extenuado.

Al pisotear el barro con nieve, los hombres metían en los edificios una mugre equivalente a la que quitaban.

Se oían portazos; Château-Gaillard parecía una casa en plena mudanza. Si las princesas hubieran querido evadirse, aquél hubiera sido el momento adecuado.

Por la tarde, Bersumée ya no tenía voz y sus arqueros dormitaban en las almenas.

Pero cuando al día siguiente, a primera hora de la mañana, los vigías divisaron en el paisaje blanco, a lo largo del Sena, una tropa de jinetes que se acercaba estandarte en ristre por el camino de París, el capitán de la fortaleza se felicitó por las disposiciones que había tomado.

Vistió rápidamente su mejor cota de malla, se abrochó sobre las botas las largas espuelas de tres pulgadas, se puso el casco de hierro y salió al patio. Dedicó unos instantes a mirar, con inquieta satisfacción, a sus hombres alineados, cuyas armas brillaban a la luz lechosa del invierno.

«Al menos no se me podrá reprender por la cuestión del orden. Y eso me dará más fuerza para quejarme de mi escaso sueldo y del retraso con que llega la paga de mis hombres», se dijo.

Las trompetas sonaban ya al pie del acantilado y se oían los cascos de los caballos golpear el suelo gredoso.

—¡Los rastrillos! ¡El puente!

Las cadenas del puente levadizo temblaron al deslizarse y, un minuto más tarde, quince escuderos con las armas reales, que rodeaban a un caballero alto vestido de rojo, erguido sobre su montura como si fuera su propia estatua ecuestre, franquearon la bóveda del cuerpo de guardia y desembocaron en el segundo recinto de Château-Gaillard.

«¿Será éste el nuevo rey? —pensó Bersumée con precipitación—. ¡Señor! ¿Será que el rey viene ya a buscar a su mujer?» La emoción le cortó el aliento, y transcurrieron unos instantes hasta que logró distinguir claramente al hombre de la capa color sangre de toro que había puesto pie en tierra y que, cual coloso de paño, piel, cuero y plata, se abría paso entre los escuderos.

—¡Servicio del rey! —exclamó el inmenso jinete, agitando ante la nariz de Bersumée, sin darle tiempo a leerlo, un pergamino del que colgaba un sello—. Soy el conde Roberto de Artois.

Los saludos fueron breves. Roberto de Artois hizo que Bersumée se tambaleara al darle una palmada en el hombro con el fin de demostrarle que no era altanero; después reclamó vino caliente para sí y para toda su escolta, con una voz que hizo volver la cabeza a los vigías que hacían la ronda.

Desde la víspera, Bersumée se había preparado para brillar, para mostrarse como el comandante perfecto de una fortaleza sin tacha y obrar de manera que se acordaran de él. Hasta había preparado una arenga. Sin embargo, el discurso no salió de su garganta.

Se escuchó farfullando torpes adulaciones, se vio invitado a beber el vino que le pedían y empujado hacia las cuatro alcobas de su alojamiento personal, que se le antojaron más pequeñas. Hasta aquel día, Bersumée se había juzgado como un hombre de buen tamaño. Frente a aquel visitante se sentía como un enano.

—¿Cómo están las prisioneras? —preguntó Roberto de Artois.

—Muy bien, señor, están muy bien, se lo agradezco —respondió Bersumée tontamente, como si le preguntaran por su familia.

Se atragantó con el contenido de su vaso.

Pero ya Roberto había salido a grandes zancadas y, al instante, también Bersumée escalaba detrás de él la escalera de la torre donde vivían las reclusas.

A una señal, el sargento Lalaine, con mano temblorosa, abrió los cerrojos.

Margarita y Blanca esperaban, de pie, en medio del redondo aposento. Ambas ejecutaron el mismo movi-

31

miento instintivo para acercarse la una a la otra y tomarse de la mano.

—¡Tú, primo! —dijo Margarita.

Roberto de Artois se había detenido en el umbral de la puerta, que obstruía por completo. Hizo un guiño. Y como no respondía nada, ocupado en contemplar a las dos mujeres, Margarita volvió a decir, con voz más firme:

—¡Míranos, sí, míranos bien! Y mira la miseria a que se nos ha reducido. Esto debe darte una visión diferente del espectáculo de la corte y del recuerdo que tenías de nosotras. Sin ropa. Sin vestidos. Sin comida. ¡Ni siquiera tenemos una silla que ofrecer a un señor tan voluminoso como tú!

«¿Lo saben ellas? —se preguntaba Roberto, avanzando lentamente—. ¿Saben el papel que he tenido en su desgracia y que soy yo quien les tendió la celada en la que cayeron?»

—Roberto, ¿vienes a liberarnos? —exclamó Blanca de Borgoña.

Se acercó al gigante con las manos tendidas y los ojos brillantes de esperanza.

«No, no saben nada —pensó Roberto de Artois—, y eso me facilita la misión.» Giró de golpe.

—Bersumée —dijo—, ¿es que no hay fuego aquí?

—No, señor.

—¡Que lo enciendan! ¿No hay muebles?

—No, señor; las órdenes que tenía...

—¡Traigan muebles! ¡Que quiten ese jergón! Que traigan una cama, sillas, tapices y candelabros. ¡No me digas que no tienes nada! He visto todo lo necesario en tu aposento.

Había tomado bruscamente del brazo al capitán de la fortaleza.

—Y algo de comer —dijo Margarita—. Dile a nuestro buen guardián, que nos sirve una comida que los cerdos dejarían en el fondo de su comedero, que nos proporcione por fin un plato decente.

—¡Y de comer, naturalmente, desde luego, señora! —dijo Roberto—. Paté, asado, verduras frescas, peras dulces de invierno y mermelada. ¡Y vino, Bersumée, mucho vino!

—Pero, señor... —gimió el capitán.

—¡Ya me has oído, gracias! —dijo Roberto de Artois echándolo fuera. Y cerró la puerta con un golpe de bota—. Mis buenas primas —añadió—, en verdad me esperaba lo peor. Pero veo con alivio que este triste episodio no ha empañado los dos rostros más hermosos de Francia.

—Todavía nos lavamos —dijo Margarita—. Tenemos suficiente agua.

Su primo se había sentado en el escabel y seguía mirándolas. «¡Ah, mis palomitas —se decía canturreando interiormente—, esto es lo que os sucede por haber querido conseguir galas de reina con la herencia de Roberto de Artois!» Trataba de adivinar si, bajo la tela burda de sus ropas, los cuerpos de las dos jóvenes mujeres habían perdido sus hermosas curvas de antaño. Se parecía a un gato gordo preparándose a jugar con ratones enjaulados.

—Margarita —preguntó—, ¿cómo están vuestros cabellos? ¿Han crecido de nuevo?

Margarita de Borgoña se sobresaltó como si algo la hubiera picado.

—¡De pie, señor de Artois! —dijo colérica—. ¡Por mucho que me encuentre aquí reducida a la miseria todavía no tolero que un hombre esté sentado en mi presencia cuando yo no lo estoy!

Él se levantó despacio, se quitó el sombrero y saludó con un amplio gesto irónico. Margarita se volvió hacia la ventana. En el rayo de luz que entraba, Roberto pudo distinguir mejor el rostro de su víctima. Las facciones habían conservado su belleza. Pero toda dulzura había desaparecido de ellas. La nariz era más afilada, los ojos estaban hundidos. Los hoyuelos que en la primavera última adornaban sus mejillas de ámbar se habían transformado en pequeñas arrugas. «Vaya —se dijo Roberto—, todavía se defiende. El juego será más divertido.» Le placía tener que luchar para conseguir el triunfo.

—Prima mía —dijo a Margarita con fingida amabilidad—, no era mi intención insultaros. Os equivocáis. Simplemente, quería saber si vuestro cabello ha crecido lo bastante para que podáis presentaros ante el mundo.

Margarita no pudo contener un gesto de alegría. «Presentarme ante el mundo... Eso quiere decir que voy a salir. ¿Estoy perdonada? ¿Es el trono lo que él me trae? No, no puede ser eso; me lo habría anunciado inmediatamente...» Pensaba con demasiada rapidez y sentía que vacilaba.

—¡Roberto! —dijo—, no me hagáis languidecer. No seáis cruel. ¿Qué habéis venido a decirme?

—Prima, vengo a libraros... —Blanca soltó un grito y Roberto creyó que iba a desmayarse. Había dejado a propósito su frase en suspenso—. Un mensaje —concluyó.

Entonces tuvo el placer de ver cómo se hundían los hombros de las dos mujeres y de escuchar dos suspiros de decepción.

—¿Un mensaje? ¿De quién? —preguntó Margarita.

—De Luis, vuestro esposo, ahora nuestro rey. Y de nuestro buen primo el señor de Valois. Pero no puedo hablar más que a solas. ¿Querrá dejarnos Blanca?

—Desde luego —dijo Blanca con sumisión—, voy a retirarme. Pero antes, primo, decidme... ¿Y Carlos, mi marido?

—La muerte de su padre le ha afectado profundamente.

—Y de mí... ¿qué piensa? ¿Qué dice de mí?

—Creo que os echa de menos, a pesar de lo que ha sufrido por vos. Desde lo de Pontoise, jamás se le ha vuelto a ver alegre como antes.

Blanca se deshizo en lágrimas.

—¿Creéis que me perdonará? —preguntó.

—Eso depende mucho de vuestra prima —respondió Roberto de Artois, señalando a Margarita.

Abrió la puerta, siguió a Blanca con la mirada hasta el segundo piso y la cerró.

Después, se sentó en un estrecho espacio de piedra labrada, al lado de la chimenea, diciendo:

—¿Me lo permitís, ahora, prima mía...? Ante todo es preciso que os informe de los últimos acontecimientos de la corte. —El aire glacial que bajaba por la chimenea lo hizo levantarse—. Realmente, aquí uno se congela —dijo. Y se sentó en el escabel, mientras Margarita lo hacía sobre sus piernas en la tarima llena de paja que le servía de camastro. Roberto continuó—: Desde los últimos días de la agonía del rey Felipe, vuestro esposo Luis parecía hallarse muy confuso. Despertarse rey, cuando uno se ha dormido príncipe, requiere un poco de tiempo de aclimatación. Su trono de Navarra no lo ocupaba más que de nombre, y todo se gobernaba allí sin tener en cuenta su opinión. Vos me diréis que tiene veinticinco años y que a esa edad se puede reinar; pero sabéis tan bien como yo que el buen juicio, sin que con esto pretenda injuriarle, no es la cualidad más brillante de vuestro esposo. Por lo tanto, en esta primera etapa, su tío Carlos de Valois lo secunda en todo y dirige los asuntos con Enguerrando de Marigny. Lo malo es que estas dos mentes poderosas se tienen en poca estima y que cada uno entiende al revés lo que el otro dice. A la vista está que muy pronto ya no se entenderán ni poco ni mucho, situación que no puede durar, porque el carruaje del reino no puede ser tirado por dos caballos que pelean entre sí.

Roberto de Artois había cambiado completamente de tono. Hablaba pausada y claramente, lo que demostraba que en la turbulencia de su llegada había puesto una buena dosis de fingimiento.

—En cuanto a mí, vos lo sabéis —siguió—, no estimo en absoluto a Enguerrando, que me ha perjudicado en exceso, y apoyo de todo corazón a mi primo el conde de Valois, de quien soy amigo y aliado incondicional.

Margarita se esforzaba en comprender estas intrigas en las que Roberto de Artois la sumergía bruscamente. Ella no estaba al corriente de nada y parecía salir de un prolongado letargo.

—Luis ¿me sigue odiando?

—¡Ah! Eso sí, no os lo oculto. Os odia con toda el alma. ¡Reconoced que hay para ello una razón! El par de cuernos con que le decorasteis la cabeza le molesta demasiado para llevar encima la corona de Francia. Considerad, prima, que si hubiera sido a mí a quien hubierais hecho otro tanto no me hubiera dedicado a pregonarlo por todo el reino. Habría obrado de manera que pudiera fingir que mi honor quedaba a salvo. Pero, en fin, vuestro esposo y el difunto rey, vuestro suegro, juzgaron de otra manera y las cosas están como están. —Demostraba mucho aplomo deplorando un escándalo que él mismo se había ingeniado para hacer estallar por todos los medios. Siguió diciendo—: El primer pensamiento de Luis desde que vio a su padre frío, y lo único que tiene en la cabeza, es salir del compromiso en que se encuentra por culpa vuestra y borrar la vergüenza con que lo habéis cubierto.

Margarita preguntó:

—¿Qué quiere Luis?

Roberto levantó su pierna descomunal y golpeó dos o tres veces el suelo con el tacón.

—Quiere solicitar la anulación de su matrimonio —respondió—, y como podéis ver lo desea rápidamente, pues no ha tardado en enviarme a vos.

«Así pues, jamás seré reina de Francia», pensó Margarita. Los insensatos sueños en que se había mecido la víspera se desvanecían en un instante. ¡Un día de ensueño por siete meses de prisión… y para toda la vida!

En ese momento entraron dos hombres cargados de troncos y leña menuda y encendieron el fuego.

Cuando salieron, Margarita se acercó ávidamente a tender las manos a las llamas que se elevaban bajo la gran campana de piedra. Permaneció silenciosa unos instantes, dejándose penetrar por la caricia del calor.

—Pues bien —dijo al fin suspirando—, que pida la anulación, ¿qué puedo hacer yo?

—¡Ah! Prima mía, precisamente vos podéis hacer mucho, y estamos dispuestos a agradeceros que digáis unas palabras que no os costarán mucho. Resulta que el adulterio no es motivo de anulación; es absurdo, pero es así. Podríais haber tenido cien amantes en lugar de uno, e incluso haber ido a revolcaros en un burdel, y no dejaríais por eso de seguir casada indisolublemente con el hombre al cual estáis unida ante Dios. Preguntádselo al capellán o a quien queráis. Yo mismo pedía que me explicaran estas cosas, pues no soy para nada sabio en derecho canónico: un matrimonio no se rompe y, si uno quiere romperlo, es preciso probar que había un impedimento para que fuera contraído; o bien que no ha sido consumado. ¿Me comprendes?

—Sí, sí, te entiendo —dijo Margarita.

—Entonces, he aquí —continuó el gigante— lo que el señor de Valois ha imaginado para salvar a Luis. —Calló un momento y se aclaró la garganta—. Aceptaréis que vuestra hija, la princesa Juana, no es de Luis; reconoceréis que habíais rehusado siempre el cuerpo de vuestro esposo y que, por lo tanto, no ha habido verdaderamente matrimonio. Eso lo declararéis piadosamente ante mí y ante vuestro capellán, el cual lo refrendará. Encontraremos sin dificultad, entre vuestros antiguos servidores o familiares, algunos testigos complacientes para certificarlo. De tal manera, el lazo conyugal ya no puede ser defendido, y de ello se deriva la anulación.

—¿Y qué se me ofrece a cambio?

—¿A cambio? —repitió el señor de Artois—. A cambio, prima mía, se os ofrece ser llevada a algún convento del ducado de Borgoña hasta que la anulación sea efectiva y después vivir como os plazca o como le plazca a vuestra familia.

Margarita estuvo a punto de responder de inmediato: «Sí, acepto, declararé todo lo que quieran, firmaré lo que sea, con la condición de salir de aquí.» Pero vio que Roberto la espiaba con los párpados entornados sobre sus ojos grises, con una dureza muy poco acorde con el tono bonachón que se esforzaba por mantener. «Firmaré —pensó— y después me mantendrán en la cárcel.» Le venían a proponer un trato, y por eso la necesitaban.

—Esto es hacerme decir una gran mentira —dijo ella.

Roberto de Artois soltó una carcajada.

—¡Vamos, prima! Habéis dicho otras varias, me parece, ¡y sin demasiados escrúpulos!

—Puede que haya cambiado y me haya arrepentido. Necesito reflexionar antes de decidirme.

El gigante hizo una curiosa mueca, torciendo los labios de derecha a izquierda.

—Hacedlo —dijo—, pero con presteza. Debo estar en París pasado mañana para los funerales del rey Felipe en Notre-Dame. Tengo que recorrer veintitrés leguas. Con estos caminos donde uno se hunde en el barro, con el día que muere pronto y se levanta tarde, no puedo perder tiempo. Voy a dormir una hora y vendré luego a comer con vos. Que no se diga, prima, que os dejo sola el primer día en que vais a comer bien. Habréis decidido correctamente. Estoy seguro de ello.

Y salió precipitadamente, casi derribando en la escalera al arquero Guillermo, que subía, sudoroso y encorvado bajo el peso de un enorme cofre. Otros muebles se amontonaban al pie de los escalones.

Roberto de Artois entró en el devastado alojamiento

del capitán de la fortaleza y se tumbó sobre la única cama que quedaba.

—Bersumée, amigo mío, que la comida esté a punto dentro de una hora —dijo—. Y llama a mi lacayo Lormet, que debe estar entre los escuderos, para que venga a velar mi sueño.

Pues la única defensa de aquel coloso contra sus enemigos mientras dormía era aquel escudero. Lo prefería a cualquier doncel de armas o escudero. Aquel servidor fornido lo seguía a todas partes y le servía para todo. Era tan hábil para proporcionarle muchachas como para apuñalar silenciosamente a un estorbo, si algo iba mal en una taberna. Además de malicioso, aunque se fingía imbécil, era más peligroso de lo que parecía. Lormet era un excelente espía. Cuando le preguntaban la razón que lo ataba al señor de Artois, el buen hombre con sus mejillas redondas atravesadas por una risa desdentada, respondía:

—Es porque de cada uno de sus viejos abrigos, yo puedo hacerme dos.

En cuanto entró Lormet, Roberto cerró los ojos y se durmió con los brazos abiertos, las piernas separadas y el vientre levantándose rítmicamente con sus resoplidos de ogro.

Lormet se sentó en un escabel con la daga sobre las rodillas, y empezó su vigilancia del sueño del gigante que, una hora más tarde, se despertó por sí mismo, se desperezó como un tigre, y se levantó, con los músculos relajados y la mente fresca.

—Ahora te toca ir a dormir a ti, mi buen Lormet —le dijo—. Pero antes, busca al capellán.

3

La última oportunidad de ser reina

El dominico en desgracia llegó enseguida, agitadísimo al saber que lo llamaba en privado un personaje tan importante.

—Hermano —le dijo Roberto de Artois—, tú conoces bien a la señora Margarita, puesto que la has confesado. ¿Cuál es el lado más débil de su naturaleza?

—La carne, señor —respondió el capellán bajando modestamente los ojos.

—¡Vaya noticia! Pero... ¿hay algún sentimiento en ella sobre el cual se pueda hacer presión para hacerle entender algunas cosas que son tanto de su interés como del interés del reino?

—No lo creo, señor. No veo nada que pueda hacerla ceder... salvo el punto que os he dicho. Esta princesa tiene el alma afilada como una espada, y ni siquiera la prisión le ha mellado el filo. ¡Ah! ¡Créame usted, no es una penitente fácil!

Con las manos metidas en las mangas de su hábito y la frente inclinada, trataba de mostrarse a la vez piadoso y hábil. No había sido tonsurado recientemente, y su cráneo, en el centro de la corona de pelo, estaba cubierto de una leve pelusa. Llevaba el hábito blanco salpicado de manchas de vino que el lavado no había logrado eliminar.

El señor de Artois permaneció en silencio un instante, frotándose la mejilla porque la tonsura del capellán le hacía pensar en su barba que empezaba a crecer.

—Y sobre el punto que habéis tocado —dijo—, ¿qué ha encontrado ella aquí para satisfacer... su debilidad... puesto que como tal lo definís?

—Que yo sepa, nada, señor.

—¿Bersumée no le hace visitas un poco prolongadas?

—Jamás, señor. Puedo responder de ello —exclamó el capellán.

—Y... ¿vos?

—¡Oh! ¡Señor!

—¡Vamos, vamos! —dijo Roberto—. Eso no es nada nuevo y sabido es que más de uno de vuestros cofrades, sin el hábito, se siente tan hombre como cualquiera. Por mi parte, no veo en ello ninguna ofensa. Es más, para seros franco, lo vería más bien como algo digno de elogio... ¿Y con su prima? ¿No se consuelan las dos damas entre sí?

—¡Señor! —dijo el capellán, fingiendo cada vez más un temor piadoso—. ¡Eso que me pedís es un secreto de confesión!

Roberto de Artois le dio una palmada amistosa.

—Vamos, vamos, señor capellán, no hagáis bromas. Si se le ha asignado para atender esta prisión no es para guardar secretos, es para revelarlos... a quien tiene derecho a conocerlos.

—Ni la señora Margarita ni la señora Blanca se han acusado delante de mí de ser culpables de nada semejante, si no es en sueños —dijo el capellán bajando los ojos.

—Lo que no es una prueba de que sean inocentes, sino de que son prudentes. ¿Sabéis escribir?

—Por supuesto, señor.

—¡Vaya! —dijo Roberto sorprendido—. ¡Entonces no todos los monjes son unos ignorantes empedernidos, como se dice por ahí...! Entonces, hermanito, vais a tomar un pergamino, plumas y todo lo necesario para escribir una carta, y os quedaréis al pie de la torre de las princesas, preparado para subir en cuanto os llame.

El capellán se inclinó. Parecía tener algo que añadir, pero el conde de Artois ya se había puesto de nuevo su gran capa escarlata y salía. El capellán corrió tras él.

—¡Señor! ¡Señor! —le dijo obsequioso—. ¿Tendríais la bondad, si no os ofende que os lo pida, la inmensa bondad...?

—¿La bondad de qué? ¿Qué favor queréis?

—Pues bien, señor, la de decirle al hermano Renaud, el gran inquisidor, que sigo siendo un hijo muy obediente, y que no me olvide demasiado tiempo en esta fortaleza, donde sirvo lo mejor que puedo ya que Dios me ha puesto aquí; pero tengo algunos méritos, señor, como vos podéis ver, y desearía que se les diera otro empleo.

—Pensaré en ello, se lo diré —respondió Roberto de Artois, sin ninguna intención de hacerlo.

En la alcoba de Margarita, las dos princesas terminaban su aseo personal. Se habían lavado largamente delante del fuego haciendo durar aquel placer redescubierto. Sus cortos cabellos se hallaban aún perlados de gotitas, y acababan de ponerse las largas camisas blancas almidonadas, demasiado anchas y cerradas en el cuello con una jareta. Cuando se abrió la puerta, las dos mujeres tuvieron un púdico movimiento de retroceso.

—¡Oh, queridas primas —dijo Roberto— no os inquietéis! Permaneced así. Soy uno de la familia, y estas camisas que os han puesto os cubren mejor que las ropas que llevabais hace poco. Tenéis un aire de jóvenes novicias. Pero vuestro aspecto es ahora más agradable y los colores empiezan a volver. ¡Confesad que vuestra suerte no ha tardado en cambiar desde que llegué!

—¡Oh sí, gracias, primo! —exclamó Blanca.

La alcoba también estaba transformada. Habían instalado en ella una cama, dos cofres que servían de bancos, una silla con respaldo y una mesa de caballetes en la que ya estaban dispuestos las escudillas, los vasos y el vino de Bersumée. Un cirio ardía sobre la mesa, pues aunque la campanita de la capilla estaba a punto de tocar el mediodía, la luz de aquella jornada nevosa no alumbraba el interior del torreón. En la chimenea ardían pesados troncos, cuya humedad se escapaba por los bordes formando burbujas con un ruido sibilante.

Inmediatamente después de Roberto, entraron el sargento Lalaine, el arquero Guillermo y otro soldado con un espeso potaje humeante, un grueso pan redondo como una torta, un enorme pastel de hígado en una pasta dorada, una liebre asada, pedazos de oca confitada y algunas peras que Bersumée había conseguido en Les Andelys amenazando con arrasar el pueblo.

—¡Cómo! —exclamó Roberto de Artois—, ¿es esto todo lo que nos traen habiendo pedido buena comida?

—Es un milagro, señor, que hayamos podido encontrar esto en este tiempo de hambruna, respondió Lalaine.

—Tiempos de hambruna para los miserables, tal vez, que son tal holgazanes que quisieran que la tierra fructificara sin trabajarla, pero no para la gente de bien. No había visto nunca un menú tan escaso desde el tiempo en que mamaba.

Las reclusas miraban con ojos de fierecillas hambrientas las vituallas desplegadas que Roberto aparentaba despreciar. Blanca estaba a punto de llorar. También los tres soldados contemplaban la mesa con miradas de maravillada codicia.

Guillermo, que no era gordo más que por comer centeno hervido, se acercó prudentemente para cortar el pan, pues por lo común atendía la mesa del capitán.

—¡No! —gritó Roberto de Artois—, no toques mi pan con tus sucias patas. Nosotros mismos lo cortaremos. ¡Fuera de aquí antes de que me irrite! —Cuando desaparecieron los arqueros añadió, haciéndose el gracioso—: ¡Vamos! Voy a acostumbrarme un poco a la vida de prisión. ¿Quién sabe...?

Invitó a Margarita a sentarse en la silla con respaldo.

—Blanca y yo nos sentaremos en este banco —dijo.

Escanció el vino y, levantando su vaso delante de Margarita, exclamó:

—¡Viva la reina!

—No te burles de mí, primo —dijo Margarita de Borgoña—. Es una falta de caridad.

—No me burlo. Con mis palabras no digo sino que en este día todavía sois reina... y yo os deseo que viváis, única y simplemente.

Se hizo el silencio porque se pusieron a cenar. Cualquiera que no fuera Roberto se hubiera conmovido al ver a aquellas mujeres arrojarse como mendigas sobre la comida. No trataban de fingir compostura, y lamían el potaje y mordían el pastel de hígado sin tomarse tiempo para respirar.

Roberto de Artois había pinchado la liebre con la punta de su daga y volvía a calentarla al calor de las brasas de la chimenea. Mientras hacía esto, continuaba observando a sus primas, conteniendo una carcajada. «De colocarles las escudillas en el suelo, sin duda alguna se habrían puesto a lamerlas a cuatro patas.»

Apuraban el vino del capitán como si quisieran compensar de golpe siete meses de agua de cisterna, y el color les subía a las mejillas. «Van a enfermar —pensaba Roberto— y terminarán esta hermosa jornada vomitando hasta el alma.»

Él mismo comía por diez. Su prodigioso apetito, que le venía de familia, era legendario; cada uno de sus bocados hubiera tenido que ser cortado en cuatro para ser tragado por un hombre normal. Devoraba el ganso confitado como se suelen mordisquear los tordos, masticando los huesos. Modesto, se excusó de no hacer lo mismo con los huesos de la liebre.

—Los huesos de la liebre —aclaró— se astillan y desgarran las entrañas.

Cuando al fin todos parecieron satisfechos, Roberto de Artois hizo una señal a Blanca, invitándola a retirarse. Ella se levantó sin hacerse de rogar, aun cuando las piernas le temblaban un poco. La cabeza le daba vueltas y tenía necesidad de encontrar un lecho. Roberto tuvo entonces, excepcionalmente, un pensamiento caritativo: «Si sale así al frío, se va a morir», se dijo.

—¿Han encendido el fuego también en vuestra alcoba? —preguntó.

—Sí, gracias, primo —respondió Blanca—. Nuestra vida ha cambiado por completo gracias a vos. ¡Ah! Os amo, primo... verdaderamente os quiero de todo corazón... Le diréis a Carlos... le diréis que le amo... que me perdone porque yo le amo.

En ese momento, ella amaba a todo el mundo. Estaba completamente borracha, y por poco se cae por las escaleras. «Si yo no buscara aquí más que mi diversión —pensó Roberto de Artois—, ésa no opondría mucha resistencia. Dale suficiente vino a una princesa y no tardarás en verla convertida en una ramera. Pero la otra también me parece que está a punto.»

Arrojó otro gran tronco al fuego y llenó el vaso de Margarita, y el suyo.

—Y bien, prima —dijo—, ¿habéis reflexionado?

Margarita parecía relajada, tanto por el calor como por el vino.

—He reflexionado, Roberto, he reflexionado. Y creo que voy a rehusar —respondió aproximando su silla al fuego.

—Vamos, prima, ¡no habláis con sensatez! —exclamó Roberto.

—Pues sí, pues sí, creo que voy a rehusar —repitió ella suavemente.

El gigante hizo un movimiento de impaciencia.

—Margarita, escuchadme. Tenéis todas las ventajas si aceptáis ahora. Luis es un hombre impaciente por naturaleza, dispuesto a concederos cualquier cosa con tal de obtener inmediatamente lo que desea. Nunca más podréis sacar de él tan buen partido. Consentid en declarar lo que se os pide. No hay necesidad de llevar este caso ante la Santa Sede; puede ser juzgado por el tribunal episcopal de París. Antes de tres meses habréis recuperado vuestra libertad.

—¿Y si no acepto?

Margarita permanecía inclinada sobre el fuego, con las palmas de las manos tendidas hacia las llamas, y cabeceaba levemente. El cordoncillo que cerraba el cuello de su camisa se había desatado, y ofrecía sin recato el pecho a las miradas de su primo. «La perra tiene todavía hermosos senos —pensaba Roberto— y no parece avara para enseñarlos.»

—¿Y si no...? —repitió ella.

—Pues, la anulación será declarada de todas maneras, querida, ya que siempre se encuentra un motivo para anular el matrimonio de un rey. Tan pronto haya Papa...

—¡Ah! ¿Aún no hay Papa? —exclamó Margarita.

Roberto de Artois se mordió el labio inferior; había cometido un error. No había caído en la cuenta de que Margarita, recluida en aquella prisión, podía ignorar algo de lo cual el mundo entero estaba al corriente: que desde la muerte de Clemente V, el cónclave no lograba elegir a un nuevo pontífice. Acababa de proporcionar una buena arma a su adversaria, la cual, a juzgar por la vivacidad de su reacción, no estaba tan relajada como quería aparentar.

Habiendo cometido esta equivocación, trató de sacar ventaja jugando al juego de la falsa franqueza, en el cual era un maestro.

—¡Pues es ahí donde tenéis vuestra oportunidad! —exclamó—. Y eso es justamente lo que quería haceros comprender. Cuando esos pillos de cardenales, que se han dedicado a comerciar con sus promesas como si estuvieran en la feria, hayan vendido sus votos hasta ponerse de acuerdo, Luis no tendrá ninguna necesidad de vos. Lo único que habréis conseguido es que os odie un poco más y que os tenga encerrada aquí para siempre.

—Os comprendo bien, pero también comprendo que mientras no elijan Papa no se puede hacer nada sin mí.

—Vuestro empecinamiento es absurdo, amiga mía. —Se le acercó, le rodeó el cuello con su pesada mano y empezó a acariciarle el hombro bajo la camisa.

El contacto de aquella mano musculosa parecía turbar a Margarita.

—¿Por qué tienes, Roberto —dijo ella dulcemente—, tanto interés en que acepte?

Él se inclinó hasta rozarle los negros rizos con los labios. Olía a cuero y a sudor de caballo, olía a cansancio y a barro, olía a caza y a manjares fuertes. Margarita se sintió envuelta en un denso aroma masculino.

—Os quiero bien, Margarita. Siempre os he querido, lo sabéis. Y ahora nuestros intereses van unidos. Es preciso que recobréis vuestra libertad. Y en cuanto a mí, quiero satisfacer a Luis para que me favorezca. Ya veis que nos conviene ser aliados.

Al tiempo que lo decía había hundido la mano en el corpiño de Margarita, sin que ella le opusiera resistencia. Por el contrario, apoyaba la cabeza en la maciza muñeca de su primo y parecía abandonarse.

—¿No es una lástima —siguió Roberto— que un cuerpo tan hermoso, tan dulce y tan seductor se vea privado de los goces naturales? Aceptad, Margarita, y os llevaré conmigo lejos de esta prisión hoy mismo; os llevaré primero a una confortable hostería de convento, a donde podré ir a veros a menudo y velar por vos... A fin de cuentas, ¿qué os importa declarar que vuestra hija no es de Luis, puesto que nunca habéis amado a esa hija?

Ella alzó los ojos.

—El que yo no quiera a mi hija, ¿no prueba precisamente que es de mi marido?

Permaneció soñadora un momento, con la mirada perdida. Los troncos se desplomaron en el hogar, iluminando la estancia, brotaron las chispas y Margarita, súbitamente, rió.

—¿Qué es lo que os divierte? —le preguntó Roberto.

—El techo —respondió—. Acabo de ver que se parece al de la torre de Nesle.

Roberto de Artois se irguió, estupefacto. No podía evitar sentir una cierta admiración viendo tanto cinismo mezclado con tanta astucia. «Al menos, es una mujer», pensó.

Margarita miraba a su primo, imponente ante la chimenea, plantado sobre sus piernas sólidas como troncos de árbol. Las llamas hacían brillar sus botas rojas y centellear la hebilla de su cinturón.

Ella se levantó y él la atrajo hacia sí.

—¡Ah!, prima —dijo—. Si os hubierais casado conmigo... o si me hubierais elegido por amante en lugar de a ese joven imbécil de escudero, las cosas no hubieran sido lo mismo para vos... y hubiéramos sido muy dichosos.

—Puede ser —murmuró ella.

La tenía asida por la cintura, y le parecía que al cabo de un instante ella ya no sería capaz de pensar.

—No es demasiado tarde, Margarita —murmuró.

—Quizá no... —respondió ella con voz ahogada, como consintiendo.

—Entonces librémonos primero de esta carta que debemos escribir, para no ocuparnos más que de amarnos. Hagamos subir al capellán que espera abajo...

Ella se apartó de un salto, con los ojos centelleantes de cólera.

—¿Espera abajo verdaderamente? Primo, ¿me habéis creído tan estúpida como para dejarme engañar por vuestros arrumacos? Acabáis de hacer conmigo lo que las rameras hacen de común con los hombres: excitarles los

49

sentidos para someterlos a sus caprichos. Pero olvidáis que, en ese oficio, las mujeres son más fuertes, y vos no sois más que un aprendiz.

Lo desafiaba, tensa, erguida, y volvió a anudar el cuello de su camisa.

Él trató de convencerla de que se equivocaba, de que no quería más que su bien y estaba sinceramente enamorado de ella...

Margarita lo escuchaba con aire burlón. La abrazó de nuevo y, aunque ahora se defendía, la llevó hacia el lecho.

—¡No, no firmaré! —gritó ella—. Violadme si queréis, pues sois demasiado pesado para que pueda resistir; pero se lo diré al capellán, a Bersumée, y éste le hará saber a Marigny lo buen embajador que sois y cómo abusasteis de mí.

Él la soltó furioso.

—Jamás, oídlo bien, me haréis confesar que mi hija no es de Luis; porque si Luis llega a morir, lo que deseo con toda mi alma, mi hija será reina de Francia, y entonces tendrán que contar conmigo, como reina madre.

Roberto de Artois quedó turbado durante un instante. «Piensa con lógica, la muy zorra, se dijo, y la suerte puede darle la razón...» Estaba vencido.

—Pocas probabilidades tenéis de eso —replicó finalmente.

—No tengo otra, me la guardo.

—Como queráis, prima —dijo, yendo hacia la puerta.

Su fracaso le había llenado de rabia. Bajó la escalera y encontró al fraile, transido de frío, dando patadicas y con un puñado de plumas de oca en la mano.

—¡Sois un completo asno, hermanito! —le gritó—. ¡No me explico cómo diablos encontráis debilidades en vuestros penitentes! —Después voceó—: ¡Escuderos! ¡A los caballos!

Apareció Bersumée, cubierto todavía con el casco de hierro.

—Señor, ¿deseáis visitar el castillo?

—Muchísimas gracias. Con lo que he visto tengo suficiente.

—¿Las órdenes, señor?

—¿Qué órdenes? Obedece las que has recibido.

Trajeron a Roberto su caballo normando, y Lormet le presentaba ya el estribo.

—¿Y el dinero de la comida, señor? —preguntó aún Bersumée.

—¡Háztelo pagar por el señor de Marigny! ¡Pronto, bajad el puente!

Roberto de Artois subió de un salto a su montura y partió rápidamente al galope. Seguido de su escolta, franqueó el cuerpo de guardia. Bersumée, frunciendo el ceño y con los brazos caídos, veía descender la cabalgata hacia el Sena entre un gran chapoteo de barro.

4

Saint-Denis

Las llamas de centenares de cirios, dispuestos en enramadas alrededor de las columnas, proyectaban su titilante resplandor sobre las tumbas de los reyes. Las grandes estatuas de piedra parecían sacudidas por estremecimientos fantasmagóricos y se hubiera dicho que formaban un ejército de caballeros mágicamente adormecidos en medio de un bosque incendiado.

En la basílica de Saint-Denis, necrópolis real, la corte asistía al sepelio de Felipe el Hermoso. En la nave central, de cara a la nueva tumba, se encontraba todo el clan de los Capetos, con oscuras y suntuosas vestiduras: príncipes de sangre, pares seglares, pares eclesiásticos, miembros del consejo privado, grandes limosneros, condestables y dignatarios.[1]

Acompañado de cinco oficiales de palacio, el mayordomo de la casa real avanzó con paso solemne hasta el borde de la fosa a la que ya habían bajado el féretro, arrojó dentro el bastón tallado, emblema de su cargo, y pronunció la fórmula que marcaba oficialmente el paso de un reinado a otro:

—¡El rey ha muerto! ¡Viva el rey!

Los asistentes repitieron de inmediato:

—¡El rey ha muerto! ¡Viva el rey!

Y este grito lanzado por cien gargantas repercutió de ojiva en ojiva, de arco en arco, y resonó en las alturas de las bóvedas.

El príncipe de ojos huidizos, hombros estrechos y

pecho hundido se convertía en ese instante en rey de Francia. Experimentó una extraña sensación en la nuca, como si unas estrellas hubieran estallado ahí. La angustia se apoderó de él hasta tal punto que temió caer desmayado.

A su derecha, sus dos hermanos, Felipe, conde de Poitiers, y Carlos, que aún no tenía un patrimonio propio, miraban la tumba fijamente.

A la izquierda estaban sus dos tíos, el conde de Valois y el conde de Evreux, dos hombres fornidos. El primero ya pasaba de los cuarenta, el segundo se aproximaba.

El conde de Evreux se sentía asaltado por viejos recuerdos. «Hace veintinueve años —pensaba— también nosotros éramos tres hijos, y estábamos en este mismo sitio, ante la tumba de nuestro padre... y he aquí, ahora, que el primero de nosotros se va. La vida ya ha pasado.»

Su mirada se dirigió hacia la estatua más próxima, la del rey Felipe III. «Padre —rogó sentidamente Luis de Evreux—, acoged en el otro reino a mi hermano Felipe, pues fue digno de vos.»

Más lejos, al lado del altar, se encontraba la tumba de san Luis y, más allá, las pesadas efigies de los antepasados ilustres. Al otro lado de la nave había espacios vacíos que un día se abrirían para aquel joven, el décimo que llevaba el nombre de Luis, que hoy ocupaba el trono; después de él, reinado tras reinado, se abrirían para todos los reyes futuros. «Aún queda sitio para muchos siglos», pensó Luis de Evreux.

El señor de Valois, con los brazos cruzados y la barbilla alzada, lo observaba todo y velaba porque la ceremonia se desarrollara en la forma debida.

«¡El rey ha muerto! ¡Viva el rey!» Cinco veces más resonó el grito a lo largo de la basílica, a medida que desfilaban los mayordomos y arrojaban su bastón. Cuando el último bastón rebotó en el féretro se hizo el silencio.

En ese momento, a Luis X le dio un violento ataque

de tos que no pudo dominar a pesar de todos sus esfuerzos. Con las mejillas encendidas, pasó más de un minuto sacudido por los espasmos como si fuera a entregar el alma ante la tumba de su padre.

Los asistentes se miraron, las mitras se inclinaron hacia las mitras, las coronas hacia las coronas; hubo cuchicheos de inquietud y de compasión. Todos pensaban: «¿Y si éste muriera también en unas semanas?»

Entre los pares seglares, la poderosa condesa Mahaut de Artois, alta, ancha y rubicunda, observaba a su sobrino Roberto, cuya cabeza sobresalía entre todas las demás. Se preguntaba por qué, la víspera, había llegado a Notre-Dame, a la mitad bien cumplida del oficio fúnebre, sin afeitar y enlodado hasta la cintura. ¿De dónde venía y qué había ido a hacer? En cuanto aparecía Roberto se respiraba un aire de intriga. Ahora parecía bien visto en la corte, lo que no dejaba de inquietar a Mahaut, caída en desgracia tras haber sido encerradas sus dos hijas, una en Dourdan y la otra en Château-Gaillard.

Rodeado de los legistas del consejo, Enguerrando de Marigny, coadjutor del soberano fallecido, llevaba luto de príncipe. Marigny era de esos pocos hombres que pueden tener la certeza de haber entrado en vida en el seno de la historia, porque ellos la han hecho.

«Sire Felipe, mi rey —pensaba dirigiéndose al féretro—, ¡cuántas jornadas hemos pasado trabajando uno al lado del otro! Pensábamos igual en todas las cosas; cometimos errores, los corregimos. En vuestros últimos días estuvisteis un poco apartado de mí, porque vuestro espíritu flaqueaba y los envidiosos procuraban separarnos. Ahora estaré solo en la obra emprendida. Yo os juro defender lo que hemos realizado juntos.»

Sólo necesitaba Marigny recordar su prodigiosa carrera, considerar de dónde había salido y hasta dónde había llegado, para calibrar en ese instante su poder y a la vez su soledad. «La obra de gobernar no se acaba jamás», se decía. Había fervor en aquel gran político, y pensaba verdaderamente en el reino como si fuera su segundo rey.

El abad de Saint-Denis, Egidio de Chambly, arrodillado al borde de la fosa, trazó por última vez la señal de la cruz. Después se incorporó y seis monjes deslizaron la pesada losa que cerraba la tumba.

Jamás Luis de Navarra, ahora Luis X, volvería a oír la terrible voz de su padre diciéndole durante los consejos: «¡Cállate, Luis!» Pero lejos de sentirse liberado por ello, experimentó una debilidad aterradora. Se sobresaltó cuando oyó pronunciar a su lado:

—¡Vamos, Luis!

Era Carlos de Valois indicándole que debía avanzar. Luis X se volvió hacia su tío y murmuró:

—Vos lo visteis cuando fue coronado. ¿Qué hizo? ¿Qué dijo?

—Asumió de golpe toda la responsabilidad —respondió Carlos de Valois.

«Y tenía dieciocho años... siete menos que yo», pensó Luis X.

Todas las miradas se posaban sobre él. Tuvo que hacer un esfuerzo para caminar. Detrás, el clan de los Capetos, príncipes, pares, barones, prelados y dignatarios, entre manojos de cirios y estatuas yacentes, atravesó la cripta familiar. Los monjes de Saint-Denis cerraban el cortejo con las manos enfundadas en las mangas y cantando un salmo.

Así se pasó de la basílica a la sala capitular de la abadía, donde estaba preparada la comida tradicional con la que concluían los funerales.

—Señor —dijo el abad Egidio—, rezaremos en lo sucesivo dos plegarias: una por el rey que Dios se ha llevado y otra por el que nos da.

—Se lo agradezco, padre —dijo Luis X con voz bastante insegura.

Después se sentó con un suspiro de desfallecimiento

y pidió enseguida un vaso de agua que tomó de un trago. Durante toda la comida permaneció silencioso. Se sentía febril y cansado de cuerpo y alma.

«Hay que ser robusto para ser rey», decía Felipe el Hermoso a sus hijos cuando éstos protestaban por los ejercicios ecuestres o el aprendizaje del manejo de las armas. «Hay que ser robusto para ser rey», se repetía a sí mismo Luis X en aquel primer momento de su reinado. La fatiga le causaba irritación y pensaba con humor fúnebre que aquel que heredaba un trono debiera heredar también la fuerza de mantenerse en él.

De hecho, lo que el ceremonial exigía del soberano para su toma de posesión era agobiante.

Después de haber asistido a la agonía de su padre, Luis había tenido que tomar sus alimentos durante dos días cerca del cadáver embalsamado. La realeza no puede ni solaparse ni interrumpir su encarnación. Se suponía que el rey muerto reinaba hasta su entierro, y su sucesor, al lado de sus despojos, comía en cierta forma por él, en su lugar.

Más que la presencia de esa forma cerúlea, vaciada de sus entrañas y revestida con trajes de ceremonia, había sido penoso para Luis la vista del corazón de su padre situado cerca del lecho funerario en una urna de cristal y bronce dorado. Quien veía aquel corazón, con las arterias cortadas al ras, detrás del vidrio, se quedaba estupefacto por su pequeñez. «Un corazón de niño o de pájaro», murmuraban los visitantes. Era difícil creer que una víscera tan minúscula hubiera animado a tan terrible monarca.[2]

Después se transportó el cuerpo, por el río, de Fontainebleau a París; luego, en la capital, se habían sucedido las cabalgatas, los velatorios, los oficios religiosos y las interminables procesiones, todo esto bajo un atroz tiempo de invierno, chapoteando en el lodo helado y con un viento traidor que cortaba el aliento y unos pequeños copos de nieve que cacheteaban el rostro.

Luis X tenía envidia de su tío Carlos, quien, constantemente a su lado, lo decidía todo, atajando los problemas con antelación, incansable y voluntarioso; él parecía tener nervios de rey.

Ya, hablando con el abad Egidio, Carlos de Valois empezaba a preocuparse por la coronación de Luis, que tendría lugar el verano siguiente. Pues la abadía de Saint-Denis custodiaba no solamente las tumbas reales y el estandarte de Francia, sino también los trajes y los elementos que llevaban los reyes durante su coronación. Carlos quería saber si todo estaba en orden. La capa, ¿no habría sufrido daños en veintinueve años? Los estuches para transportar a Reims el cetro, las espuelas y la mano de marfil, símbolo de la justicia, ¿estarían en buen estado? ¿Y la corona de oro? Sería necesario que los orfebres, lo más rápidamente posible, ajustaran el tocado a las nuevas medidas.

El abad Egidio observaba al joven rey, al que la tos no dejaba de sacudir, y pensaba: «Desde luego, todo estará dispuesto, pero, ¿vivirá él hasta entonces?»

Acabada la comida, Hugo de Bouville, gran chambelán de Felipe el Hermoso, fue a quebrar delante de Luis su bastón dorado, en señal de que había cumplido su misión. El corpulento Bouville tenía los ojos llenos de lágrimas; le temblaban las manos e intentó por tres veces romper su cetro de madera que simbolizaba el gran cetro de oro. Después, susurró al primer chambelán de Luis, Mateo de Trye, que iba a sucederle:

—Ahora os toca a vos, señor.

Entonces, el clan de los Capetos se levantó de la mesa y salió al patio donde esperaban las monturas.

En el exterior, la muchedumbre era escasa para gritar «¡viva el rey!». La gente ya se había helado bastante la víspera en su afán de presenciar el gran cortejo de tropas, clero de París, maestros de la universidad y corporaciones; el de hoy no ofrecía nada que pudiera maravillar.

Además, caía una especie de granizo que calaba la ropa hasta la piel; sólo saludaban al nuevo rey los bobos empedernidos o los que podían gritar desde el umbral de su puerta sin mojarse.

Desde la infancia, Luis el Obstinado esperaba reinar. A cada reprimenda, fracaso o contrariedad que le acarreaban su mediocridad de espíritu y de carácter, él se decía rabiosamente: «El día en que yo sea rey...», y mil veces había deseado que la suerte apresurara la desaparición de su padre.

He aquí que llegaba la hora en que sus deseos serían escuchados, he aquí que acababa de ser proclamado rey. Salía de Saint-Denis... Pero nada le indicaba interiormente que se hubiera producido en él cambio alguno. Solamente se sentía más débil que la víspera, y pensaba más en su padre al que tan poco había amado.

Con la cabeza baja y los hombros temblorosos, guiaba su caballo entre los campos desiertos en los que se alternaban con restos de nieve los rastrojos. Con el crepúsculo, la oscuridad llegaba rápidamente. En las puertas de París, el cortejo hizo un alto para que los arqueros de la escolta pudieran encender las antorchas.

El pueblo de la capital no fue más entusiasta que el de Saint-Denis. Además, ¿qué razones tenía para mostrarse alegre? El invierno precoz dificultaba el transporte y multiplicaba las defunciones. Las últimas cosechas habían sido pésimas, las mercancías se encarecían a medida que escaseaban; se respiraba miseria. Y lo poco que se conocía del nuevo rey no incitaba a la esperanza.

Se decía que era pendenciero y cruel y el pueblo empezaba a llamarlo por el sobrenombre de el Obstinado. No se podía citar de él ningún acto importante o generoso. Su única fama se debía a su infortunio conyugal.

«Por esto el pueblo no me demuestra afecto —se decía Luis X—, por culpa de aquella ramera que me ridiculizó delante de todos... Pero si no me aman, temblarán y pondrán cara de asombro cuando me vean, como si me amaran verdaderamente. Y desde luego quiero volver a tomar esposa, tener una reina a mi lado... para que quede borrado mi deshonor.»

Desgraciadamente el informe que le había dado la víspera su primo Roberto de Artois, a su regreso de Château-Gaillard, no indicaba que la empresa fuera fácil. «La ramera cederá; haré que la sometan a un régimen y unos tormentos tales que cederá.»

Como había corrido entre la plebe el rumor de que el rey arrojaría monedas a su paso, grupos de mendigos permanecían en las esquinas de las calles. Las antorchas de los arqueros iluminaban un instante caras flacas, ojos ávidos y manos tendidas. Pero no cayó ni la más pequeña moneda.

Por el Châtelet y el Pont au Change el cortejo alcanzó el palacio de la Cité.

La condesa Mahaut dio la señal de dispersarse declarando que todos tenían necesidad de calor y reposo, y que ella regresaba al palacio de Artois. Prelados y barones tomaron cada uno el camino de su morada. Los hermanos del nuevo rey se retiraron. Y así, cuando Luis X puso pie en tierra, se encontró rodeado únicamente por sus servidores y escuderos personales, y por sus dos tíos, los condes de Valois y de Evreux, Roberto de Artois y Mateo de Trye.

Pasaron por la gran galería Mercière, inmensa y, a aquella hora, casi desierta. Algunos mercaderes, que acababan de echar el candado a sus escaparates exteriores, se quitaron el gorro.

El Obstinado avanzaba lentamente, con las piernas tiesas en las botas demasiado pesadas y el cuerpo ardiendo de fiebre. Miraba a derecha e izquierda las cuarenta estatuas de reyes colocadas sobre grandes pedestales esculpidos que Felipe el Hermoso había decidido erigir ahí, en el vestíbulo de la morada real. Las estatuas eran como réplicas erguidas de los yacentes de Saint-Denis, y hacían que el soberano vivo se presentara ante cada visitante como el continuador de una raza sagrada, designada por Dios para ejercer el poder.

Esta colosal familia de piedra, de ojos blancos a la luz de las antorchas, agobiaba más al pobre príncipe de carne que recogía la sucesión.

Un mercader dijo a su mujer:

—No tiene buen aspecto nuestro rey.

La mujer soltó una risa burlona y replicó:

—Tiene sobre todo aspecto de cornudo.

No había hablado muy fuerte, pero su aguda voz resonó en el silencio. Luis se estremeció bruscamente y, airado, trató de distinguir al autor del insulto. Todos en la escolta desviaban la mirada y simulaban no haber oído nada.

De una parte y otra del arco que dominaba el acceso a la escalera principal se miraban las estatuas de Felipe el Hermoso y de Enguerrando de Marigny, pues el coadjutor había recibido este honor único de tener su efigie en la galería de los reyes. Honor justificado por el hecho de que la reconstrucción y embellecimiento del palacio eran esencialmente obra suya.

Ahora bien, la estatua de Enguerrando irritaba más que cualquier otra cosa a Carlos de Valois; cada vez que tenía que pasar ante ella, se indignaba de que hubieran elevado tan alto a aquel burgués. «La astucia y las intrigas le han dado tantos humos que pretende ser de nuestra sangre. Pero tiempo al tiempo, señor; lo bajaremos de ese pedestal, lo juro, y le enseñaremos muy pronto que el momento de su supuesta grandeza ha concluido.»

—Señor Enguerrando —dijo volviéndose con altanería hacia su enemigo—, creo que el rey desea ahora quedarse en familia.

Marigny, para evitar una escena, hizo como si no hubiera comprendido. Pero para hacer constar que no recibía órdenes más que del rey, se dirigió a este último:

—Señor, hay muchos asuntos pendientes que me reclaman. ¿Puedo retirarme?

Luis tenía el pensamiento en otra parte: la frase lanzada por la mujer del mercader le daba vueltas en la cabeza.

—Haced, haced —respondió con impaciencia.

NOTAS

1. En el siglo XVI, los tres principales funcionarios de la corona eran: el condestable de Francia, jefe supremo de los ejércitos; el canciller de Francia, que administraba la justicia, los asuntos eclesiásticos y lo que en la actualidad se conoce como asuntos exteriores, y el primer mayordomo de la casa real, que gobernaba a todo el personal noble y plebeyo que rodeaba al soberano.

El condestable se sentaba por derecho propio en el consejo privado. Residía en palacio y acompañaba al rey en todos sus desplazamientos. En tiempos de paz, aparte de las aportaciones en especie, cobraba veinticinco sueldos parisienses al día y diez libras en cada festividad. En período de hostilidades o en los viajes del rey, su salario se doblaba. Por cada día de combate en que el rey cabalgaba con los ejércitos, el condestable recibía cien libras adicionales. Todo cuanto se encontraba en los castillos o fortalezas requisados al enemigo le pertenecía a excepción del oro y los prisioneros, que eran para el rey. Entre los caballos arrebatados al adversario, él escogía inmediatamente después del rey. Si el rey no estaba presente en la toma de una fortaleza, era el pendón del condestable el que se izaba en lo alto. Asistía a la consagración y llevaba la espada de oro delante del rey. En el campo de batalla, el propio rey no podía mandar ni atacar sin haber recibido el consejo y la orden del condestable.

Durante el reinado de Felipe el Hermoso y de sus tres hijos, así como en el primer año del reinado de Felipe VI de Valois, el condestable de Francia fue Gaucher de Châtillon, conde de Porcien, que moriría octogenario en 1329.

El canciller de Francia, asistido por un vicecanciller y los notarios que eran clérigos de la capilla real, era el encargado de redactar las actas y ponerles el sello real, del cual era depositario, por lo que se le conocía también como guardasellos. Asistía al consejo privado y a la asamblea de los pares. Era el jefe de la magistratura, presidía todas las comisiones judiciales, y hablaba en nombre del rey en los asuntos de justicia. El canciller era por tradición un eclesiástico, lo que explica que durante los últimos años del reinado de Felipe el Hermoso, nadie llevara oficialmente este título. Porque cuando el obispo de Narbona, que era canciller en 1307, se negó a sellar la orden de detención de los templarios, Felipe el Hermoso le arrebató los sellos de las manos y se los entregó a Nogaret, que no era hombre de Iglesia. Por consiguiente, Nogaret no recibió el título de su función, pero se creó para él el cargo de secretario general del reino, mientras que Enguerrando de Marigny fue nombrado coadjutor del rey y rector general del reino. El 1 de enero de 1315, un mes después de la muerte de Felipe el Hermoso, el cargo de canciller recibió un nuevo titular en la persona de Esteban de Mornay, canónigo de Auxerre y de Soissons, que hasta entonces había sido el canciller del conde de Valois. El primer mayordomo, llamado más tarde gran maestre de Francia, dirigía a todo el personal, noble y plebeyo, al servicio del rey. Tenía bajo sus órdenes al contador, que llevaba las cuentas de la casa real, hacía las compras y el inventario del mobiliario, de las telas y el guardarropa. Asistía al consejo.

A continuación, entre los principales funcionarios de la corona, estaban el gran maestre de los ballesteros, que dependía del condestable, y el chambelán. Las funciones de este último eran cuidar las armas y los vestidos del rey, y permanecer a su lado tanto de día como de noche, «cuando la reina no estaba». Guarbaba el sello secreto, podía recibir homenajes en nombre del rey y hacer prestar juramento de fidelidad en su presencia. Preparaba las ceremonias en las que el rey armaba nuevos caballeros. Administraba las arcas privadas y asistía a la asamblea de los pares. Como estaba encargado del guardarropa real, tenía jurisdicción sobre los merceros y sobre todo los oficios relacionados con el vestir. Tenía bajo sus órdenes un funcionario llamado «el rey de los merceros», que comprobaba los pesos y las medidas.

Finalmente había otros cargos cuyos títulos procedían de antiguas funciones y que no eran más que honoríficos, aunque daban derecho a formar parte del consejo del rey. Tales eran los cargos de gran camarero, encargado de los vinos y encargado de la panadería, ocupados respectivamente, en la época que nos ocupa, por Luis I de Borbón, por el conde de Châtillon Saint-Pol y por Bouchard de Montmorency.

2. Felipe el Hermoso había legado su corazón, así como la gran cruz de oro de los templarios, al monasterio de las dominicas de Poissy. Corazón y cruz se perdieron en un incendio provocado por un rayo la noche del 21 de julio de 1695.

5

El rey, sus tíos y el destino

La reina Juana, madre de Luis X y heredera de Navarra, había muerto en 1305. A partir de 1307, es decir, desde el momento en que a los dieciocho años había sido investido oficialmente con la corona de Navarra, Luis había recibido el palacio de Nesle como residencia particular. No había vivido por tanto en el palacio real desde las reformas ordenadas por su padre en los últimos años.

Así pues, aquella tarde de diciembre, al regreso de Saint-Denis, al entrar Luis en las habitaciones reales para tomar posesión, no encontró nada que le recordara su infancia. Ninguna grieta en el pavimento conocida desde siempre, ningún chirrido especial de tal o cual puerta oído desde siempre podía conmoverlo o enternecerlo; no encontró nada que le permitiera decir: «Delante de esta chimenea me tenía mi madre en su regazo... Desde esta ventana vi, por primera vez, la primavera...» Las ventanas tenían otras proporciones, las chimeneas eran nuevas.

Felipe el Hermoso, monarca modesto y casi avaro en su cuidado personal, no reparaba en gastos cuando se trataba de enaltecer la idea de la realeza. Había querido que el palacio fuera imponente, aplastante, tanto interior como exteriormente, y que, en el corazón de la capital, igualara en cierto modo a Notre-Dame. Allá la grandeza de la Iglesia, aquí la grandeza del Estado. Allí la gloria de Dios, aquí la del rey.

Para Luis ésta era la morada de su padre; un padre silencioso, distante, terrible. De todos los lugares, el único familiar era para él la cámara del consejo, donde tantas veces había oído decir: «¡Cállate, Luis!»

Avanzaba de sala en sala. Los criados, ahogando sus pasos, se escurrían a lo largo de las paredes; los secretarios se esfumaban por las escaleras; todos mantenían todavía un silencio de velatorio.

Se detuvo finalmente en la estancia en la que su padre permanecía habitualmente para trabajar. Era de dimensiones modestas, pero con una gran chimenea en la que ardía un fuego como para asar un buey. Para calentarse sin sufrir el ardor de las llamas, había colocado delante del fuego unas pantallas tejidas de mimbre que un criado remojaba frecuentemente. Varios candelabros de seis velas en forma de corona iluminaban claramente la estancia.

Luis se despojó de su ropa, que puso en una de las pantallas. Sus tíos, su primo y su chambelán lo imitaron, y pronto comenzó a escapar vapor de las pesadas telas empapadas, de los terciopelos, de las pieles de los abrigos y de los bordados, mientras que los cinco hombres, en camiseta y calzas, se calentaban los riñones al fuego, como cinco campesinos a su regreso de un entierro rural.

De pronto, de donde estaba la mesa de trabajo de Felipe el Hermoso, llegó un largo suspiro, casi un gemido. Luis X gritó con voz aguda:

—¿Qué es eso?

—Es *Lombardo*, señor —dijo el criado encargado de mojar las pantallas.

—¿*Lombardo*? Pero si ese perro estaba en Fontainebleau, con la jauría. ¿Cómo ha llegado aquí?

—Hay que creer que por su cuenta, señor. Llegó anteanoche todo sucio, al mismo tiempo que llegaba el cuerpo de nuestro antiguo señor a Notre-Dame. Se ha escondido bajo este mueble y no se quiere mover.

—¡Que lo saquen de aquí y que lo encierren en las cuadras!

Contrariamente a su padre, Luis detestaba los perros; les tenía miedo desde que, siendo niño, uno lo había mordido.

El criado se agachó y tiró del collar a un gran lebrel rubio con el pelo pegado a las costillas y los ojos calenturientos.

Era el perro, obsequio del banquero Tolomei, que no se había apartado del rey Felipe durante los últimos meses. Como se resistía a salir, arañando el suelo con las uñas, Luis X le dio un puntapié en el costado.

«Ese animal trae la desgracia. Para empezar llegó aquí el día en que quemaron a los templarios, el día que...»

Se oyeron voces en una pieza contigua, y el criado y el perro se cruzaron en la puerta con una niña vestida embarazosamente con ropa de luto, a la que empujaba una dama de compañía diciéndole:

—Id, señora Juana; id a saludar a nuestro señor el rey, vuestro padre.

Aquella niña de apenas cuatro años, pálidas mejillas, ojos demasiado grandes era, por el momento, la heredera del trono de Francia.

Tenía la frente redonda y combada de Margarita de Borgoña, pero su tez y sus cabellos eran claros. Avanzaba, mirando directamente ante sí con esa expresión obstinada de los niños que no reciben cariño.

Luis X, con un gesto, impidió que llegara hasta él.

—¿Por qué la has traído aquí? ¡No quiero verla! —exclamó—. Que la devuelvan sin dilación al palacio de Nesle; es allí donde debe alojarse, puesto que allí fue...

—Contención, sobrino —le recomendó el conde de Evreux.

Luis esperó a que salieran la dama de compañía y la princesita, más atemorizada aquélla que ésta.

—¡No quiero ver más a esa bastarda!

—¿Estás, pues, tan seguro de que lo es, Luis? —preguntó el conde de Evreux, alejando del fuego sus vestidos para que no se chamuscaran.

—Me basta con la duda —respondió Luis—. Y no quiero reconocer nada que venga de una mujer que me ha traicionado.

—Sin embargo, esta niña es rubia como todos nosotros.

—Felipe d'Aunay también era rubio, replicó amargamente Luis el Obstinado.

El conde de Valois vino en ayuda del joven rey.

—Luis debe tener buenas razones, hermano, para hablar como lo hace —dijo con autoridad.

—Además —gritó Luis X— ya no quiero oír esa palabra que me lanzaron hace poco al pasar; no quiero adivinarla sin cesar en la cabeza de la gente; ya no quiero dar ocasión de que se piense cuando me miran.

Luis de Evreux se contuvo para no contestar: «Si tuvieras una mejor naturaleza y más bondad en el corazón, quizá tu mujer te hubiera amado...» Él pensaba en la desgraciada niña, que iba a vivir rodeada solamente de sirvientes indiferentes, en el inmenso palacio de Nesle totalmente desierto. Y de pronto, oyó que Luis decía:

—¡Ah! Voy a estar muy solo aquí.

El conde de Evreux miró compasivo y estupefacto a aquel sobrino que conservaba su resentimiento como un avaro guarda su oro; maltrataba a los perros porque uno lo había mordido, expulsaba a su hija porque había sido burlado, y se quejaba de su soledad.

—Toda criatura está sola, Luis —dijo gravemente—. Todos nosotros sufrimos en soledad el instante de la muerte; y es vanidad creer que no ocurre lo mismo en otros instantes de la vida. Incluso el cuerpo de la esposa con quien dormimos es un cuerpo extraño; los hijos que hemos engendrado son para nosotros personas extrañas. Sin duda, el Creador lo ha querido así para que cada hombre no tenga otra comunión que la suya y todos la tengamos en Él... El único alivio a este aislamiento está en la compasión y en la caridad, es decir, en saber que los demás padecen nuestro mismo mal.

Con el cabello húmedo y lacio, la mirada vaga y la camisa pegada a sus huesudos costados, Luis parecía un ahogado acabado de sacar del Sena. Permaneció silencioso un momento. Ciertas palabras, como caridad y compasión, no tenían sentido para él, y no las escuchaba como tampoco escuchaba el latín de los sacerdotes. Se dirigió a Roberto de Artois:

—Entonces, Roberto, ¿estás seguro de que ella no cederá?

El gigante, secándose todavía y cuyas calzas humeaban como un caldero, sacudió la cabeza negativamente.

—Mi señor primo, como os dije ayer por la tarde, presioné de todas las maneras a Margarita. Utilicé mis más sólidos argumentos, pero me topé con un rechazo de una dureza tal que puedo aseguraros que no obtendremos nada. ¿Sabéis lo que espera? —añadió pérfidamente—. Espera que muráis antes que ella.

Luis X tocó instintivamente, a través de su camisa, el pequeño relicario que llevaba al cuello. Después, dirigiéndose al conde de Valois, dijo:

—Pues bien, tío, ya veis que no es tan fácil como habíais prometido. ¡Y que la anulación no parece cosa de hoy para mañana!

—Ya lo veo, sobrino, y no pienso en otra cosa —respondió Carlos de Valois.

—Primo, si lo que teméis es la abstinencia —dijo entonces Roberto de Artois—, siempre puedo proporcionar a vuestro lecho dulces mujerzuelas a quienes la vanidad de complacer a un rey volverá muy acogedoras. —Lo dijo con glotonería, como si se tratara de un asado a punto o de un buen platillo en salsa.

Carlos de Valois agitó su mano cargada de sortijas.

—Ante todo, ¿de qué os sirve, Luis, que el matrimonio sea anulado mientras no hayáis elegido a la nueva mujer con quien queréis desposaros? No os inquietéis tanto por esa anulación; un soberano siempre acaba por obtenerla. Lo que vos necesitáis es elegir desde ahora la esposa que haga un buen papel de reina cerca de vos y os dé descendencia.

Cuando se presentaba un obstáculo, el señor de Valois adoptaba esta actitud de menosprecio y pasaba de inmediato a la siguiente etapa. En la guerra ignoraba los focos de resistencia; los dejaba de lado y se lanzaba al ataque de la siguiente ciudadela. Algunas veces eso le daba buen resultado.

—Hermano —decía el prudente conde de Evreux—, ¿creéis que la cosa es tan fácil, en la situación en que se encuentra Luis? ¿Y si no quiere tomar a una mujer que no sea digna del trono?

—¡Vamos! Os nombro a diez princesas de Europa que afrontarían las mayores dificultades con la esperanza de ceñir la corona de Francia... Mirad, sin ir más lejos, mi sobrina Clemencia de Hungría... —dijo Carlos de Valois, como si la idea acabara de germinar en él, a pesar de que la venía madurando desde hacía semanas.

Esperó a que su proposición hiciera efecto. Luis había levantado la cabeza, muy interesado.

—Es de nuestra sangre, puesto que es Anjou —prosiguió Carlos—. Su padre, Carlos Martel, que renunció al trono de Nápoles-Sicilia para reivindicar el de Hungría, hace tiempo que murió; sin duda es por eso por lo que ella no se ha casado todavía. Pero su hermano Roberto reina ahora en Hungría y su tío es rey de Nápoles. Es cierto que ha dejado pasar un poco la edad apropiada para el matrimonio...

—¿Cuántos años tiene? —preguntó inquieto Luis X.

—Veintidós. Pero, ¿no es preferible a esas muchachuelas que van al altar jugando todavía a las muñecas y que, cuando crecen, se rebelan mentirosas y libertinas? Además, sobrino, no vas a tus primeras nupcias.

«Todo esto suena demasiado bien. Algún defecto me ocultan —pensaba Luis—. Quizá Clemencia sea tuerta o jorobada.»

—¿Y qué aspecto tiene? —preguntó.

—Sobrino, es la mujer más bella de Nápoles y me aseguran que los pintores se esfuerzan por imitar sus rasgos cuando pintan en las iglesias el rostro de la Virgen. Recuerdo que ya en su infancia prometía ser de notable belleza, y todo hace pensar que cumplió su promesa.

—Por lo visto, en efecto, es muy hermosa —dijo Luis de Evreux.

—Y virtuosa —añadió el conde de Valois—. Espero que encontremos en ella todas las cualidades que poseía su tía Margarita de Anjou, mi primera mujer, que Dios tenga en su gloria. Cabe añadir... pero, ¿quién lo ignora?, que otro de sus tíos, y cuñado mío, Luis de Anjou, fue ese santo obispo de Toulouse que había renunciado a reinar para entrar en una orden religiosa y cuya tumba ahora produce milagros.

—De esta manera tendremos muy pronto dos san Luis en la familia —hizo notar Roberto de Artois.

—Tío, vuestra idea es feliz, me parece —dijo Luis X—. Hija de rey, hermana de rey, nieta de rey y de santo, bella y virtuosa... ¿Y no es morena como la borgoñesa? ¡Porque entonces yo no podría!

—No, no, sobrino, se apresuró a responder Carlos. No temáis; es rubia, de buena raza franca.

—Y vos creéis, Carlos, que esta familia tan piadosa, como vos la describís, ¿consentiría en el noviazgo antes de la anulación? —preguntó Luis de Evreux.

El señor de Valois infló el pecho y el vientre.

—Soy demasiado buen aliado de mis parientes de Nápoles para que puedan negarme algo —replicó—, y ambas cosas son compatibles. La reina María, que antaño tuvo el honor de darme una de sus hijas, me otorgará a su nieta para el más querido de mis sobrinos, y para que sea reina en el más hermoso reino del mundo. Queda a mi cuidado.

—Entonces actuemos, tío —dijo Luis X—. Enviemos una embajada a Nápoles. ¿Qué opináis vos, Roberto?

Roberto de Artois avanzó un paso, con las palmas abiertas, como si se propusiera partir al instante hacia Italia.

El conde de Evreux intervino otra vez. No se oponía en absoluto al proyecto, pero semejante decisión era asunto tanto del reino como de las familias, y él pedía que fuera tratado en el consejo.

—Mateo —dijo Luis X, dirigiéndose a su chambelán—. Decidle a Marigny que convoque el consejo mañana por la mañana.

Al escucharse pronunciar estas palabras, Luis sintió un cierto placer. De pronto se sentía rey.

—¿Por qué a Marigny? —dijo Valois—. Si lo deseais, yo mismo me encargo de eso o se lo pido a mi canciller. Marigny acumula demasiadas tareas y prepara demasiado rápidamente consejos que no tienen otro papel que aprobar sus manejos sin más trámites. Pero nosotros vamos a cambiar esto, mi sobrino y señor. Voy a reunir un consejo más digno de serviros.

—Es muy justo. Pues bien, tío, hacedlo así —respondió Luis X con más seguridad, y como si la iniciativa fuera suya.

La ropa estaba seca y volvieron a vestirse. «Bella y virtuosa, bella y virtuosa...», se repetía Luis X. En ese momento le vino un ataque de tos y apenas escuchó cómo los otros se despedían.

Bajando la escalera, Roberto de Artois dijo al conde de Valois:

—Ah, primo, ¡qué bien habéis vendido a vuestra sobrina Clemencia! Conozco a uno cuyas sábanas van a arder esta noche.

—¡Roberto! —dijo Valois en fingida reprimenda—. No olvides, de aquí en adelante, que es del rey de quien estás hablando.

El conde de Evreux los seguía en silencio. Él pensaba en la princesa que vivía en un castillo de Nápoles y cuya suerte acababa, quizá, de decidirse aquel día. Al señor de Evreux le impactaba siempre la manera fortuita y misteriosa en que se forjaban los destinos humanos.

Porque un gran soberano había muerto antes de su hora; porque un joven rey soportaba mal el celibato; porque su tío estaba impaciente por satisfacerlo para afirmar el poder que sobre él ejercía; porque un nombre lanzado al aire había sido escuchado... Una joven de cabellos rubios y que, a quinientas leguas de distancia, ante un mar eternamente azul, se disponía a vivir un día como los demás, ahora era el centro de las preocupaciones de la corte de Francia...

Luis de Evreux tuvo un nuevo ataque de escrúpulos.

—Hermano —dijo a Carlos—, esa pequeña Juana, ¿creéis verdaderamente que es bastarda?

—Todavía no estoy seguro, hermano —contestó el conde de Valois, poniéndole sobre el hombro la mano cargada de anillos—. ¡Pero os aseguro que dentro de poco todo el mundo la tendrá por tal!

El meditabundo señor de Evreux hubiera entonces podido decirse también: «Porque una princesa de Francia tuvo un amante, porque su cuñada de Inglaterra la denunció, porque un rey justiciero hizo público el escándalo, porque un marido humillado se vengó en una niña que quiso declarar ilegítima...» Las consecuencias pertenecían al futuro, al desarrollo de una fatalidad en constante creación, a partir de la combinación incesante de la fuerza de las cosas y los actos de los hombres.

6

La lencera Eudelina

El dosel azul oscuro salpicado de flores de lis doradas parecía un trozo de cielo; las cortinas, hechas de la misma tela, se movían suavemente a la tenue claridad de la lámpara de aceite suspendida por una triple cadena de bronce;[1] y el cubrecama de brocado formaba pliegues hasta el suelo y titilaba con extrañas fosforescencias.

Desde hacía dos horas, Luis X trataba en vano de conciliar el sueño en la cama que había sido de su padre. Se ahogaba bajo las mantas forradas de piel, y tiritaba cuando intentaba levantarse.

Aunque Felipe el Hermoso había fallecido en Fontainebleau, Luis experimentaba un agudo malestar al encontrarse en aquel lecho, como si percibiera en él la presencia del cadáver.

Las imágenes de aquellas últimas jornadas y las obsesiones de los días venideros chocaban en su mente. Alguien gritaba «cornudo» de entre la muchedumbre... Clemencia de Hungría lo rechazaba o bien ya estaba desposada... El austero rostro del abad Egidio se inclinaba sobre la tumba... «En adelante rezaremos dos plegarias...» «¿Sabéis lo que espera? ¡Espera que muráis antes que ella!» Una pequeña urna de cristal conservaba un corazón con las arterias cortadas, tan pequeño como el de un corderito...

Se levantó bruscamente, su propio corazón latía como un reloj sin pesas. El médico de palacio que lo había examinado antes de acostarse, sin embargo, no le había encontrado tumores malignos. El sueño repararía una fatiga explicable. Si persistía la tos, al día siguiente le prescribiría una tisana con miel, o le aplicaría sanguijuelas... Pero Luis no le había confesado los dos desmayos que tuvo durante la ceremonia en Saint-Denis. Ese frío que le había congelado los miembros y el mundo que había girado a su alrededor. Y he aquí que el mismo mal, al cual no podía dar nombre, lo asaltaba de nuevo.

Torturado por estas obsesiones, Luis el Obstinado, con un largo camisón blanco sobre el cual se había echado una capa forrada, caminaba por la habitación persiguiéndose a sí mismo, como si corriese el riesgo de que la vida lo abandonara por poco que se detuviese.

¿No iría a sucumbir de la misma manera que su padre, herido en la cabeza por la mano de Dios? «Yo también —pensaba con espanto— estaba presente cuando quemaron a los templarios ante este palacio...» ¿Sabe alguien la noche en que ha de morir? ¿Sabe la noche en que se volverá loco? Y si llegaba a superar esa noche abominable, si lograba ver la tardía aurora del invierno, ¿en qué estado de agotamiento se hallaría al día siguiente para presidir su primer consejo? Diría: «Señores...» De hecho, ¿qué debía decir? «Todos nosotros, sobrino, sufrimos en soledad el instante de la muerte, y es vanidad creer que no ocurre lo mismo en otros instantes de la vida...»

—¡Ah, tío! —pronunció en voz alta Luis—. ¡Por qué me dijisteis eso!

Su propia voz le parecía extraña. Continuaba divagando, jadeando y estremeciéndose alrededor del gran lecho envuelto en sombras.

Era aquel mueble que lo espantaba. Aquel lecho estaba maldito, y nunca podría dormir en él. El lecho del muerto. «¿Pasaré así todas las noches de mi reinado caminando para no fallecer?», se preguntaba. ¿Cómo ir a dormir a otra parte, llamar a su gente para que le prepararan otra habitación? ¿Dónde encontrar el valor de confesar: «No puedo vivir aquí porque tengo miedo.»? ¿Se presentaría a los mayordomos, a los chambelanes, de aquella manera, deshecho, temblando y desamparado?

Era rey y no sabía cómo reinar; era hombre y no sabía cómo vivir; estaba casado y no tenía mujer... Y aun si la señora de Hungría aceptara, ¡cuántas semanas, cuántos meses tendría que esperar que una presencia humana viniera a confortar sus noches! «¿Y querrá amarme esta mujer? ¿No hará como la otra?», se decía.

De repente, tomó una determinación. Abrió la puerta, despertó al primer chambelán, que dormía totalmente vestido en la antecámara, y le preguntó:

—¿Es todavía Eudelina quien cuida la lencería de palacio?

—Sí, señor... Me parece que sí... —respondió Mateo de Trye.

—Bueno, averiguadlo. Y si es ella, hacedla venir enseguida.

Sorprendido, medio dormido —«¡Él sí duerme!», pensó Luis con odio—, el chambelán preguntó al rey si deseaba que le cambiaran las sábanas. Éste esbozó un gesto de impaciencia:

—Sí, para eso es. ¡Id a buscarla os digo!

Después volvió a entrar en la habitación y siguió su angustiosa ronda hablando consigo mismo: «¿Se alojará todavía aquí? ¿La encontrarán?»

Diez minutos más tarde entró Eudelina, con un montón de sábanas, y Luis X dejó enseguida de tener frío.

—¡Señor Luis... digo, Alteza! —exclamó—. Yo bien sabía que no era conveniente ponerle sábanas nuevas. Se duerme mal en ellas. ¡Ha sido el señor de Trye quien lo ha exigido! Afirmaba que tal era la costumbre. Yo quería ponerle sábanas lavadas ya con frecuencia y muy finas.

Era una mujerona rubia, floreciente, con grandes senos y un hermoso aspecto de nodriza que hacía pensar en la paz, la tibieza y el reposo. Tenía más de treinta años, pero su rostro expresaba un tranquilo asombro adolescente. Por debajo del blanco bonete que se ponía para dormir escapaban unas largas trenzas doradas que le caían sobre la espalda. Con las prisas, se había echado una capa por encima de su camisa de dormir.

Luis la miró por un instante en silencio, y Mateo de Trye, dispuesto siempre a ser útil, comprendió que ya no lo necesitaban.

—No es por las sábanas por lo que os he hecho venir —dijo al fin el rey.

Un leve rubor de confusión coloreó las mejillas de la lencera.

—¡Oh! Señor... ¿Haber vuelto a palacio le ha hecho acordarse de mí?

Ella había sido su primera amante, diez años antes. Cuando Luis, que contaba entonces quince años, se había enterado de que lo iban a desposar muy pronto con una princesa de Borgoña, lo poseyó el frenesí de descubrir el amor, mezclado con el pánico de no saber cómo comportarse con su esposa. Y mientras Felipe el Hermoso y Marigny sopesaban las ventajas políticas de aquella alianza, el joven príncipe no pensaba en nada más que en los misterios de la naturaleza. De noche imaginaba a todas las damas de la corte sucumbiendo a sus ardores, pero de día permanecía mudo ante ellas con las manos temblorosas y la mirada huidiza.

Y una tarde de verano, en un corredor de palacio, se había arrojado bruscamente sobre esa bella moza que caminaba delante de él con paso tranquilo y llevando en brazos una buena cantidad de ropa blanca. Se había lanzado contra ella con violencia, con cólera, como si su deseo brotara del mismo pánico que lo atenazaba. Aquella o ninguna, ahora o nunca... Sin embargo, no la violó; su agitación, su ansiedad y su torpeza se lo impidieron. Exigió a Eudelina que le enseñara a hacer el amor. A falta de una seguridad de hombre, se sirvió de sus prerrogativas de príncipe. Había tenido suerte, Eudelina no se había burlado de él, y en una alcoba de reserva se había sentido honrada de rendirse a los deseos de aquel hijo de rey, dejándole creer incluso que para ella era un placer. En adelante, él se había sentido siempre un hombre delante de ella.

Ciertas mañanas, cuando se estaba vistiendo para la cacería o para ir a ejercitarse en las armas del torneo, Luis la mandaba llamar, y Eudelina había comprendido que la necesidad de amar no le venía más que cuando tenía miedo. Durante varios meses, antes de que Margarita llegara a la corte, y también después, ella le ayudó a superar sus terrores.

—¿Dónde está ahora tu hija? —preguntó él.

—Vive en casa de mi madre, que la educa. No quiero que esté aquí conmigo; se parece demasiado a su padre —respondió Eudelina con una media sonrisa.

—De ésa, por lo menos puedo saber que es mía —dijo Luis.

—¡Oh! ¡Desde luego, señor! ¡Es bien vuestra...! Su rostro se parece cada día más al vuestro y sería para vos un inconveniente que la viera la gente de palacio.

Una niña, que fue bautizada con el nombre de Eudelina, como su madre, había nacido de esos impacientes amores. Toda mujer un poco dotada para la intriga hubiera asegurado su fortuna sobre el estado de su vientre para fundar una familia de barones. Pero a Luis le daba tanto miedo confesar aquello al rey Felipe que, Eudelina, llena de piedad, se había callado una vez más. Ella tenía un marido, que en ese tiempo era escribano del señor de Nogaret y trotaba mucho detrás del legista por los caminos de Francia y de Italia. Encontrando a su regreso a su mujer a punto de dar a luz, se puso a contar los meses con los dedos y empezó a enojarse. Pero son generalmente los hombres de la misma naturaleza a los que atrae una misma mujer. El escribano no era hombre de muchos arrestos, y cuando ella le confesó de dónde venía el regalo, el miedo extinguió su cólera como el viento la llama de una bujía. Habiendo escogido el partido del silencio, murió poco después, menos por pena que por un mal pernicioso de entrañas que trajo de los pantanos romanos.

Y Eudelina había seguido vigilando las coladas de palacio, a razón de cinco sueldos por centenar de manteles lavados. Llegó a ser la primera lencera, lo que en la casa real era una hermosa posición burguesa.

Durante este tiempo, la pequeña Eudelina crecía, confirmando esa insolencia que tienen los bastardos por fijar en su rostro los rasgos de su ilegitimidad. Eudelina pensaba que un día Luis se acordaría. ¡Le había prometido, le había jurado solemnemente que cuando fuera rey cubriría a su hija de oro y de títulos!

Ella pensaba que había tenido razón al creerle, y se maravillaba de que hubiera cumplido su juramento con tanta prontitud. «No es malo de corazón —pensaba—. Es obstinado en su comportamiento, pero no malo.»

Emocionada por los recuerdos, por el sentimiento del tiempo pasado, por lo extraño del destino, contemplaba a aquel soberano que había encontrado antaño entre sus brazos el primer logro de una virilidad inquieta y que estaba allí, ante ella, en camisón, sentado en una silla con el cabello cayéndole hasta la barba y los brazos alrededor de las rodillas. «¿Por qué, por qué me habrá sucedido esto a mí?», se preguntaba.

—¿Qué edad tiene ahora tu hija? —preguntó Luis—. Nueve años, ¿no es así?

—Nueve años, exactamente, señor.

—Le concederé el rango de princesa cuando esté en edad de casarse. Ésa es mi voluntad. Y tú, ¿qué deseas?

Él tenía necesidad de ella. Éste hubiera sido el momento de aprovecharse. La discreción no sirve de nada con los grandes de la tierra; es preciso apresurarse a expresar una necesidad, una exigencia, un deseo, aunque sea inventado, cuando están dispuestos a satisfacerlo, porque inmediatamente se sienten desligados de toda gratitud simplemente por haber ofrecido, y se olvidan de conceder. Luis el Obstinado habría pasado con gusto toda la noche haciendo concesiones para que Eudelina le hiciera compañía hasta el alba. Pero, sorprendida por la pregunta, ella se contentó con responder:

—Lo que os plazca, señor.

Inmediatamente, se puso a pensar en sí mismo.

—¡Ah, Eudelina, Eudelina! —exclamó—. Debería haberte llamado al palacio de Nesle, donde he estado muy afligido estos meses.

—Sé, señor Luis, que fuiste muy mal amado por tu esposa... pero en modo alguno habría osado ir junto a ti; ignoraba si os daría alegría o vergüenza el volver a verme.

Él la miraba, pero ya no la escuchaba. Sus ojos adquirieron una fijeza turbadora. Eudelina sabía lo que significaba aquella mirada; la conocía desde que Luis tenía quince años.

—¿Quieres acostarte? —dijo él bruscamente.

—¿Ahí, señor? —murmuró ella un poco asustada, señalando el lecho de Felipe el Hermoso.

—Sí, ahí precisamente —respondió Luis en voz baja.

Dudó un momento en hacer lo que le parecía un sacrilegio. Pero, después de todo, ahora Luis era el rey y aquella cama era la suya. Se quitó el gorro, dejó caer bata y camisa, y sus trenzas de oro se le soltaron completamente. Estaba un poco más gruesa que antes, pero aún conservaba la bella curva de las nalgas, la espalda ancha y tranquila, y aquellas caderas sedosas donde jugaba la luz... Sus gestos eran dóciles y eso era precisamente de lo que estaba ávido Luis el Obstinado. Si calentaba el lecho para quitar el frío, ese hermoso cuerpo iba a expulsar los demonios.

Un poco inquieta, un poco deslumbrada, Eudelina se deslizó bajo la manta de oro.

—Yo tenía razón —dijo—, ¡estas sábanas nuevas rascan! Bien lo sabía yo.

Luis se había despojado febrilmente de su camisa. Flaco, con los hombros huesudos, y pesado debido a su torpeza, se lanzó sobre ella con precipitación desesperada, como si la urgencia no permitiera la menor dilación.

Prisa vana. Los reyes no mandan en todo, y en ciertas cosas están expuestos a los mismos fracasos que los demás hombres. Los deseos de Luis eran sobre todo cerebrales. Aferrado a los hombros de Eudelina como un náufrago a una boya, se esforzaba, disimulando, en superar un desfallecimiento que daba pocas esperanzas. «Ciertamente si es así como honraba a Margarita —se decía Eudelina—, se comprende mejor que ella lo haya engañado.»

Todos los estímulos silenciosos que ella le prodigó, todos los esfuerzos que él hizo y que no eran de un príncipe que va tras la victoria, quedaron sin buen éxito. Se apartó de ella, deshecho, avergonzado; temblaba al borde de la rabia o de las lágrimas.

Ella procuró calmarlo.

—Hoy habéis caminado mucho. Pasasteis mucho frío y debéis tener el corazón muy triste... Es muy natural que la noche en que vuestro padre ha sido enterrado... Eso puede sucederle a cualquiera, vos lo sabéis.

Él contemplaba a aquella hermosa mujer rubia, ofrecida e inaccesible, tendida allí como si encarnara algún castigo infernal, y que lo miraba con compasión.

—¡Es culpa de esa desgraciada, de esa ramera! —dijo él. Eudelina se echó para atrás creyendo que el insulto iba dirigido a ella—. Quisiera que la mataran después de su fechoría —siguió diciendo con los dientes apretados—. Mi padre no me vengó. Y ahora soy yo el que está como muerto... en esta cama donde siento mi desgracia, ¡donde jamás podré dormir!

—Sí que podréis, señor Luis —dijo Eudelina dulcemente, atrayéndolo hacia sí—. Es una buena cama, pero es una cama de rey. Y para ahuyentar lo que es para vos un impedimento, necesitáis poner aquí a una reina.

Ella estaba emocionada, modesta, sin reproches, ni despecho.

—¿Crees verdaderamente eso, Eudelina?

—Sí, señor Luis, os lo aseguro; en una cama de rey debe haber una reina —repetía.

—Quizá tendré una muy pronto. Me dicen que es rubia, como tú.

—Es un gran cumplido el que me hacéis —respondió Eudelina.

—Se dice que es muy hermosa —prosiguió Luis el Obstinado—, y de gran virtud; vive en Nápoles...

—Pues sí, señor Luis, pues sí; estoy segura que os hará feliz. Ahora debéis descansar.

Maternalmente le ofreció el apoyo de un hombro tibio que olía a lavanda. Lo escuchaba soñar en voz alta; soñaba en aquella mujer desconocida, en aquella princesa lejana de la cual ella esa noche había tomado vanamente el lugar. Él se consolaba en espejismos del provenir de sus infortunios pasados y sus derrotas presentes.

—Pues sí, señor Luis, es justamente una esposa así lo que vos necesitáis. Ya veréis cómo os sentiréis muy fuerte a su lado...

Él se calló. Y Eudelina permaneció quieta, sin osar moverse, con los ojos abiertos fijos en las tres cadenas de la lámpara, esperando el alba para retirarse.

El rey de Francia dormía.

NOTAS

1. Esta costumbre de mantener una lámpara encendida durante toda la noche encima del lecho, vigente durante toda la Edad Media, era una práctica destinada a espantar los malos espíritus.

SEGUNDA PARTE

LOS LOBOS SE DEVORAN

1

Luis el Obstinado celebra su primer consejo

Durante dieciséis años, Marigny había ocupado un escaño en el consejo privado, a la derecha del rey. Durante dieciséis años había servido al mismo príncipe, y para hacer prevalecer la misma política. Durante dieciséis años había estado seguro de encontrar en él amigos fieles y subordinados diligentes. Él supo muy bien, esa mañana, desde el momento en que franqueó el umbral de la cámara, que todo había cambiado.

Alrededor de la larga mesa, los consejeros eran casi el mismo número que de costumbre y la chimenea difundía el mismo olor de roble quemado. Pero los lugares estaban distribuidos de manera diferente, o bien ocupados por nuevos personajes.

Después de los miembros por derecho o por tradición, tales como los príncipes de sangre o el condestable Gaucher de Châtillon, Marigny no veía ni a Raúl de Presles, ni a Nicolás Le Loquetier, ni a Guillermo Dubois, eminentes legistas, fieles servidores de Felipe el Hermoso. Habían sido reemplazados por hombres tales como Esteban de Mornay, canciller del conde de Valois, o Berardo de Mercœur, hombre turbulento y, desde hacía años, uno de los más hostiles a la administración real.

En cuanto a Carlos de Valois, había ocupado el escaño habitual de Marigny.

De los viejos servidores del Rey de Hierro sólo quedaba, aparte del condestable, el ex chambelán Hugo de

Bouville, sin duda porque pertenecía a la alta nobleza. Los consejeros de la burguesía habían sido eliminados.

Marigny captó con una sola mirada todas las intenciones de ofensa y de desafío de las que daban testimonio la composición y la disposición del consejo. Permaneció inmóvil un momento, la mano izquierda en el cuello de su túnica, debajo de su amplio mentón, y el codo derecho apretando su bolsa de documentos, como si pensara: «¡Vamos! ¡Tendremos que luchar!» Hacía acopio de todas sus fuerzas.

Luego, dirigiéndose a Hugo de Bouville, pero para ser escuchado por todos, preguntó:

—¿Está enfermo el señor de Presles? ¿No han podido venir los señores de Bourdenai, de Briançon y Dubois? Pues no veo a ninguno de ellos. ¿Han presentado una excusa por su ausencia?

El corpulento Bouville vaciló un instante y respondió, bajando los ojos:

—Yo no he sido el encargado de reunir al consejo. Ha sido el señor de Mornay quien se ha ocupado de todo.

Inclinándose un poco sobre el asiento del que acababa de apropiarse, Valois dijo entonces, con insolencia apenas disimulada:

—No habréis olvidado, señor de Marigny, que el rey convoca el consejo que quiere, como quiere y cuando quiere. Es derecho del soberano.

Marigny estuvo a punto de responder que si el rey tenía, en efecto, el derecho de convocar el consejo que le agradara, también tenía el deber de elegir hombres que entendieran de los asuntos y de saber que las capacidades no se adquirían de la noche a la mañana.

Pero prefirió reservar sus argumentos para un mejor debate y se instaló, aparentemente tranquilo, frente a Carlos de Valois, ocupando el asiento que habían dejado vacío a la izquierda de la silla real.

Abrió su bolsa de documentos y sacó pergaminos y tablillas, que colocó ante sí. Sus manos contrastaban, por su nerviosa finura, con el volumen de su persona. Buscó maquinalmente bajo el tablero de la mesa el gancho del que ordinariamente colgaba su bolsa; no lo encontró y reprimió un movimiento de irritación.

El conde de Valois conversaba misteriosamente con su sobrino Carlos de Francia. Felipe de Poitiers leía, acercándolo a sus ojos miopes, un escrito que le había entregado el condestable referente a uno de sus vasallos. Luis de Evreux callaba. Todos iban vestidos de negro; solamente Carlos de Valois, a pesar del luto de la corte, iba vestido más lujosamente que nunca. El terciopelo negro de su vestido estaba ricamente adornado y bordado con plata, y colas de armiño que le hacían parecer un caballo de pompas fúnebres. No tenía delante pergaminos ni tablillas y dejaba a su canciller la tarea subalterna de leer y de escribir; él se contentaba con hablar.

La puerta que daba acceso a los apartamentos se abrió, y Mateo de Trye apareció anunciando:

—Señores, el rey.

Carlos de Valois se levantó el primero, con una deferencia tan marcada que resultó majestuosamente protectora. Luis el Obstinado dijo:

—Señores, perdonad mi retraso...

Inmediatamente se interrumpió contrariado por aquella declaración. Había olvidado que era rey y que le tocaba entrar el último en el consejo. Se sintió de nuevo embargado por un malestar angustioso, como la víspera en Saint-Denis y como la noche anterior en el lecho paterno.

Había llegado el verdadero momento de comportarse como un rey. Pero la virtud real no es cosa que se manifieste milagrosamente. Luis, con los brazos caídos y los ojos enrojecidos, no se movía, sin sentarse ni invitar al consejo a hacerlo.

Pasaban los segundos y el silencio se hacía difícil.

Matheo de Trye tuvo el gesto preciso; acercó ostensiblemente el sillón real. Luis se sentó y murmuró:

—Sentaos, señores.

Mentalmente volvió a ver a su padre en aquel mismo lugar e imitó maquinalmente su postura: puso las dos manos extendidas sobre los brazos del sillón. Esto le dio un poco de seguridad. Volviéndose entonces hacia el conde de Poitiers, le dijo:

—Hermano mío, mi primera decisión os concierne. Cuando acabe el luto de la corte, os conferiré la dignidad de par por vuestro condado de Poitiers, a fin de que os contéis entre los pares y me ayudéis a llevar el peso de la corona. —Luego, dirigiéndose a su hermano segundo—: A ti, Carlos, te concederé en feudo y usufructo el condado de la Marche, con los derechos y patrimonio consiguientes.

Los dos príncipes se levantaron y fueron, uno a cada lado del asiento real, a besar cada uno una mano de su hermano mayor, en señal de gratitud. Estas medidas que los afectaban no eran ni excepcionales ni inesperadas. Nombrar par al primer hermano del rey constituía algo usual y, por otro lado, se sabía desde hacía mucho que el condado de la Marche, rescatado de los Lusignan por Felipe el Hermoso, se le asignaría al joven Carlos.[1]

El señor de Valois se regodeaba como si la iniciativa hubiera partido de él; dirigió a ambos príncipes un leve gesto que quería decir: «Ya ven cuánto he trabajado por ustedes.»

Pero Luis X, por su parte, no estaba tan satisfecho, pues se había olvidado de comenzar por rendir homenaje a la memoria de su padre y hablar de la continuidad del poder. Las dos bellas frases que había preparado se le fueron de la mente; ahora ya no sabía cómo proseguir.

Se estableció un nuevo silencio, molesto y pesado.

Era demasiado evidente que alguien faltaba en aquella asamblea: el difunto.

Enguerrando de Marigny miraba al joven rey, esperando visiblemente que éste anunciara: «Señor, os confirmo en vuestros cargos de coadjutor y regente general del reino.»

Al no oír nada, Marigny lo dio por supuesto y preguntó:

—¿De qué asuntos desea el rey ser informado? ¿De los ingresos de ayudas y tasas, del estado del Tesoro, de las decisiones del Parlamento, de la penuria que aflige a las provincias, de la posición de los cuarteles, de la situación en Flandes, de las peticiones presentadas por sus barones de Borgoña y de Champaña?

Lo que claramente significaba: «Señor, he aquí las cuestiones de que me ocupo, amén de otras cuyo rosario podría desgranarse largo y tendido. ¿Se considera capaz de pasar sin mí?»

Luis se volvió hacia su tío Carlos con una expresión que mendigaba apoyo.

—Señor de Marigny, el rey no nos ha reunido para esos asuntos —dijo el conde de Valois—. Los atenderá en otra ocasión.

—Si no se me pone al tanto del objetivo del consejo, señor, yo no puedo adivinarlo —respondió Marigny.

—El rey, señores —siguió diciendo Carlos de Valois, sin dar la menor importancia a la interrupción—, el rey desea escuchar sus opiniones sobre la primera preocupación que como buen soberano debe tener: su descendencia y la sucesión al trono.

—Es justamente eso, señores —dijo Luis ensayando un tono de grandeza—. Mi primer deber es el de asegurar la sucesión y para eso me hace falta una esposa...

Después se quedó cortado. Su tío retomó la palabra.

—El rey considera, por lo tanto, que desde ahora debe disponerse a elegir una esposa, y su atención se ha

91

centrado en Clemencia de Hungría, hija del rey Carlos Martel y sobrina del rey de Nápoles. Deseamos oír vuestro consejo antes de enviar una embajada.

Ese «deseamos» sorprendió desagradablemente a varios miembros de la asamblea. ¿Era pues el señor de Valois quien reinaba?

Felipe de Poitiers inclinó el rostro hacia el conde de Evreux:

—¡He aquí —dijo en voz baja— por qué se ha comenzado por dorarme la píldora con la dignidad de par! —Y añadió, ahora en voz alta—: ¿Cuál es el parecer del señor de Marigny sobre este proyecto?

Al decir esto, cometía a sabiendas una gran incorrección con su hermano mayor, pues correspondía al soberano, y solamente a él, invitar a sus consejeros a dar su opinión. Nadie se hubiera aventurado cometer semejante falta en un consejo del rey Felipe. Pero hoy cada uno parecía mandar, y puesto que el tío del nuevo rey se arrogaba el derecho de dominar el consejo, bien podía el hermano tomarse la libertad de hacer otro tanto.

Marigny adelantó un poco su macizo busto.

—La señora Clemencia de Hungría posee, con seguridad, grandes cualidades para ser reina —dijo—, puesto que el pensamiento del rey se ha fijado en ella. Pero aparte de ser la sobrina del señor de Valois, lo que es sobradamente suficiente para que la amemos, no veo con demasiada claridad lo que su alianza aportaría al reino. Su padre, Carlos Martel, murió hace tiempo, siendo rey de Hungría sólo de nombre; su hermano Charobert —a diferencia del señor de Valois, Marigny pronunciaba los nombres a la francesa, motivo por el cual no había dicho Caroberto— logró por fin el año pasado, después de quince años de intrigas y de expediciones, ceñir esa corona que no está demasiado segura en su cabeza. Todos los feudos y principados de la casa de Anjou están ya distribuidos entre esa familia tan numerosa que se extiende sobre el mundo como el aceite sobre el mantel. Pronto se creerá que la familia de Francia no es más que una rama del linaje de Anjou.[2] De semejante matrimonio no se puede esperar ningún aumento de las posesiones, como deseó siempre el rey Felipe, ni ayuda alguna para la guerra, pues todos esos príncipes lejanos están bastante ocupados manteniéndose en sus posesiones. En otras palabras, señor, estoy seguro que su padre se hubiera opuesto a una unión cuya dote estaría formada por nubes más que por tierras.

El señor de Valois se ruborizó, y su rodilla se agitaba con violencia bajo la mesa. Cada frase de Marigny contenía una perfidia hacia él.

—¡Os es fácil, señor —exclamó—, hablar en nombre de quien ya está en la tumba! ¡Yo os responderé que la virtud de una reina vale más que una provincia! Las provechosas alianzas de Borgoña que tan bien urdisteis no han sido tan ventajosas como para que podáis consideraros un juez en la materia. Vergüenza y tristeza, ésos han sido los resultados.

—¡Sí, sí, eso es! —gritó bruscamente Luis el Obstinado.

—Señor —respondió Marigny con leve matiz de cansancio y de desprecio—, vos erais todavía muy joven cuando vuestro enlace fue decidido por vuestro padre, y el señor de Valois no se mostraba tan hostil entonces ni tampoco después, puesto que hace menos de dos años decidió que su propio hijo contrajese matrimonio con la propia hermana de vuestra esposa, para así acercarse más a vos.

Carlos de Valois acusó el golpe y el rubor de sus mejillas se acentuó. Él, en efecto, había creído muy hábil unir a su primogénito Felipe con la hermana menor de Margarita, a la que llamaban Juana *la Coja*, porque tenía una pierna más corta que la otra.[3]

Marigny siguió diciendo:

—La virtud de las mujeres es cosa incierta, señor, tanto como su belleza pasajera; pero las provincias permanecen. El reino en estos tiempos ha crecido más debido a los matrimonios que a las guerras. Así es como el señor de Poitiers posee el Franco Condado; así es como...

—Este consejo —dijo descortés Carlos de Valois— ¿va a estar escuchando al señor de Marigny cantar sus propias alabanzas, o bien a impulsar hacia delante la voluntad del rey?

—Para hacer esto, señor —replicó Marigny también a gritos— sería conveniente no poner la carreta delante de los bueyes. Se puede soñar, para el rey, con todas las princesas de la tierra, y comprendo muy bien que esté impaciente; pero también hay que empezar por separarlo de la esposa que tiene. El señor de Artois parece no haberle traído de Château-Gaillard las respuestas que esperaba. La anulación requiere por lo tanto que haya un Papa...

—... Este Papa que usted nos promete desde hace seis meses, Marigny, pero que todavía no sale de un cónclave fantasma. Sus enviados se han burlado y han echado por las ventanas a los cardenales en Carpentras, de tal manera que éstos han huido, remangándose las sotanas, a campo traviesa. Éste no es un tema para que haga ostentación de su gloria; si hubiese demostrado más moderación y un cierto respeto, desconocido para usted, hacia los ministros de Dios, estaríamos menos afligidos.

—Hasta ahora he evitado que se elija un Papa que no estuviera bajo las órdenes de los príncipes de Roma, o de Nápoles. Es por lo que el rey Felipe quería justamente un Papa que fuera un partidario de Francia.

Los hombres enamorados del poder se ven impulsados ante todo por la voluntad de actuar sobre el universo, de crear los eventos, y de haber tenido razón. Riqueza, honor, distinciones no son a sus ojos más que instrumentos para su acción. Marigny y Valois pertenecían a esta clase de hombres.

Siempre se habían enfrentado y solamente Felipe el Hermoso había podido dominar a esos dos adversarios y sacar el máximo partido de la inteligencia política del legista y de las cualidades militares del príncipe de sangre. Pero Luis X sentía que el debate lo superaba y que era totalmente impotente para arbitrarlo.

El conde de Evreux intervino, tratando de calmar los ánimos, y planteó una sugerencia que pusiera de acuerdo a los dos.

—¿Y si al mismo tiempo conseguimos un compromiso de matrimonio con Clemencia y que el rey de Nápoles acepte como Papa a un cardenal francés?

—Entonces, desde luego señor —repuso Marigny con más sosiego—, tal acuerdo tendría un sentido; pero dudo mucho que lo logremos.

—No arriesgamos nada por intentarlo. Enviemos una embajada a Nápoles, si tal es la voluntad del rey.

—Por supuesto, mi señor.

—Bouville, ¿y su consejo? —dijo bruscamente Luis para que pareciera que tomaba cartas en el asunto.

El obeso Bouville se sobresaltó. Había sido un excelente chambelán, economizador y mayordomo impecable, pero su mente no volaba muy alto... y Felipe el Hermoso jamás se dirigía a él durante un consejo más que para ordenarle que abriese las ventanas.

—Señor —dijo—, la familia en la que buscáis una esposa es noble, y en ella se mantienen arraigadas las tradiciones de caballería. Nos sentiríamos honrados de servir una reina...

Se detuvo, cortado por una mirada de Marigny que parecía decir: «Me traicionas, Bouville.»

Entre Bouville y Marigny existían viejos y sólidos lazos de amistad. Fue en casa del padre de Bouville, Hugo II, donde Marigny había empezado a servir como escudero y, a lo largo de su extraordinaria ascensión, se había mostrado siempre fiel al hijo de su primer señor.

Los Bouville pertenecían a la más alta nobleza. La función de chambelán, si no la de gran chambelán, correspondía a su familia desde hacía más de un siglo; era casi hereditaria. Hugo III, sucesor de su hermano Juan, a su vez sucesor de su padre Hugo II, era por naturaleza y tradición un servidor tan entregado de la corona y tan deslumbrado estaba por la grandeza real, que cuando el rey le hablaba no sabía más que aprobar. Que Luis fuera tan tonto y un lioso no suponía ninguna diferencia; desde el instante que era rey, Bouville se disponía a servirlo con todo el celo que había demostrado a Felipe el Hermoso.

Esta solicitud obtuvo de inmediato su recompensa, pues Luis X decidió que sería a Bouville a quien enviaría a Nápoles. La elección sorprendió pero no suscitó ninguna oposición. Carlos de Valois, suponiendo que él lo arreglaría todo en secreto por medio de cartas, estimaba que un hombre mediocre pero dócil era justamente el embajador que le convenía. Por su parte, Marigny pensaba: «Enviad a Bouville. Tiene tanta aptitud para negociar como un niño de cinco años. Ya veréis los resultados.»

El buen servidor se vio de pronto encargado de una alta misión que no esperaba.

—Recordad, Bouville, que necesitamos un Papa —dijo el joven rey.

—Señor, no pensaré en otra cosa.

De pronto, Luis X adquiría autoridad; hubiera querido que su mensajero ya estuviera en camino. Siguió diciendo:

—Al regreso pasaréis por Avignon, y haréis lo necesario para agilizar este cónclave. Y puesto que los cardenales, al parecer, son gente que se debe comprar, pedidle oro al señor de Marigny.

—¿Y de dónde sacaré este oro, señor? —preguntó Marigny.

—Pues... del Tesoro, ¡evidentemente!

—El Tesoro está vacío, señor. Es decir, queda lo suficiente para honrar los pagos de aquí a San Nicolás y esperar nuevas entradas, pero nada más.

—¿Cómo? ¿El Tesoro está vacío? —exclamó Carlos de Valois—. ¿Y vos no lo habéis dicho antes?

—Yo quería empezar por ahí, mi señor, pero vos me lo habéis impedido.

—¿Y por qué, en vuestra opinión, estamos en semejante penuria?

—Porque los impuestos son difíciles de cobrar a un pueblo con tantas carencias. Porque los barones, como vos sois el primero en saberlo, protestan para pagar las ayudas. Porque el préstamo aprobado por las compañías lombardas sirvió para pagar a los mismos barones las cuotas de la última expedición de Flandes, esta expedición que vos con tanta insistencia aconsejasteis...

—... Expedición que vos quisisteis dar por concluida sin pedir opinión a nadie, señor, antes de que nuestros caballeros hubiesen podido encontrar ahí gloria y beneficios. Si el reino no sacó ventaja de los apresurados tratados que fuisteis a cerrar a Lille, supongo que no sucedió otro tanto en lo que a vos atañe, pues no tenéis por costumbre olvidaros de vos mismo en los negocios que promovéis. Algo que he aprendido sobradamente en detrimento mío.

Estas últimas palabras hacían alusión al intercambio de sus respectivos señoríos de Gaillefontaine y de Champrond, al cual habían procedido cuatro años antes, a petición del conde de Valois, y en el cual éste se sentía estafado. De ahí procedía su animadversión.

—Esto no impide —dijo Luis X—, que el señor de Bouville se ponga en camino lo más pronto posible.

Marigny pareció no haber escuchado lo que el rey

decía. Se levantó y fue seguro que algo irreparable iba a suceder.

—Señor, quisiera que el señor de Valois aclarara lo que acaba de decir a propósito de los tratados de Lille y de Marquette, o bien que retire sus palabras.

Pasaron unos segundos sin que se escuchara ningún ruido en la cámara del consejo. A su vez, Carlos de Valois se levantó agitando las colas de armiño que ornaban sus hombros y su talle.

—Digo delante de vos, señor, lo que todos dicen a vuestras espaldas; a saber, que los flamencos os han comprado nuestra retirada y que vos os habéis embolsado sumas que correspondían al Tesoro.

Con las quijadas tensas, el rostro pálido por la cólera y una mirada capaz de atravesar las paredes, Marigny se parecía a su estatua de la galería Mercière.

—Señor —dijo—, he escuchado hoy más de lo que un hombre de honor escucharía en toda su vida. Mis bienes no proceden más que de la bondad del rey, vuestro padre, del cual fui siempre el servidor y el segundo durante dieciséis años. Acabo de ser acusado de robo delante de vos, y de comercio con los enemigos del reino. Puesto que ninguna voz aquí presente, señor, se levanta para defenderme contra semejante villanía, os pido que nombréis una comisión con el fin de verificar mis cuentas, de las cuales soy responsable delante de vos y solamente delante de vos.

Los príncipes mediocres toleran que los rodeen únicamente aduladores que les oculten su mediocridad. La actitud de Marigny, su tono y su presencia misma recordaban demasiado al joven rey que él era inferior a su padre.

Enojándose también, Luis X exclamó:

—Esta comisión será nombrada, señor, puesto que vos mismo lo pedís.

Con estas palabras el rey se separaba del único hombre capaz de gobernar en su lugar y de dirigir su reino. Francia iba a pagar durante largos años este enojo.

Marigny recogió su bolsa de documentos, la llenó y se encaminó a la puerta. Su gesto irritó un poco más a Luis el Obstinado, que le gritó:

—Y hasta entonces tened la bondad de no tener nada que ver con nuestro Tesoro.

—Me cuidaré de ello, señor —dijo Marigny desde el umbral.

Y se escucharon sus pasos alejarse en la antecámara. Carlos de Valois triunfaba, casi sorprendido de la rapidez de aquella ejecución.

—Habéis cometido un error, hermano —le dijo el conde de Evreux—; no se presiona a tal hombre y de esa manera.

—Tengo mucha razón, hermano —replicó Carlos—, y muy pronto me lo agradeceréis. Este Marigny es una mancha para el que había que darse prisa en eliminar.

—Tío —preguntó Luis X volviendo impacientemente a su única preocupación—, ¿cuándo pondrás en camino nuestra embajada a la corte de Nápoles?

Tan pronto como Carlos de Valois le hubo prometido que Bouville partiría esa misma semana, el rey cerró la sesión. Estaba descontento de todo y de todos, porque estaba descontento de sí mismo.

NOTAS

1. Las patentes por las que se confería el usufructo de la Marche a Carlos de Francia y la dignidad de par a Felipe de Poitiers fueron extendidas en marzo y agosto de 1315 respectivamente.

2. La casa de Anjou-Sicilia está tan ligada a la historia de la monarquía francesa del siglo XIV y aparece tan frecuente-

mente en el curso de este relato que creemos necesario recordar al lector ciertos hechos concernientes a esta familia. En 1246, Carlos, conde usufructuario de Valois y del Maine, hijo de Luis VIII y séptimo hermano de san Luis, se había casado con Beatriz, que aportó, según expresión de Dante, «la gran dote de Provenza». Nombrado por la Santa Sede defensor de la Iglesia italiana, fue coronado rey de Sicilia en San Juan de Letrán en 1265.

Tal fue el origen de esta rama de la dinastía de los Capetos conocida por el nombre de Anjou-Sicilia, cuyas posesiones y alianzas se extendieron rápidamente por Europa.

El hijo de Carlos I de Anjou, Carlos II el Cojo (1250-1309), rey de Nápoles, de Sicilia y de Jerusalén, duque de les Pouilles, príncipe de Salerno, Capua y Tarento, se casó con María, hermana y heredera del rey Ladislao IV de Hungría. Nacieron de esta unión:

- Margarita, primera esposa de Carlos de Valois, hermano de Felipe el Hermoso.
- Carlos Martel de Anjou-Sicilia, rey y titular de Hungría.
- Luis de Anjou, obispo de Toulouse.
- Roberto, rey de Nápoles.
- Felipe, príncipe de Tarento.
- Raimundo Berenguer, conde de Andria.
- Juan Tristán, que tomó los hábitos.
- Juan, duque de Durazzo.
- Pedro, conde de Éboli y de Gravina.
- María, esposa de Sancho de Aragón, rey de Mallorca.
- Blanca, esposa de Jaime II de Aragón.
- Beatriz, casada primero con el marqués de Este, después con el conde Betrán des Baux.
- Leonor, esposa de Federico de Aragón.

El hijo mayor de Carlos el Cojo, Carlos Martel, casado con Clemencia de Habsburgo, y para el cual la reina María reclamaba la herencia de Hungría, murió en 1296. Dejó un hijo, Carlos Roberto, llamado Caroberto (que tras quince años de lucha se ciñó la corona de Hungría), y dos hijas: Beatriz, que se casó con el delfín de Vienne Juan II, y Clemencia, que llegaría a ser la segunda esposa de Luis X el Obstinado.

El segundo hijo de Carlos el Cojo, Luis de Anjou, renunció a los derechos sucesorios para tomar los hábitos. Murió siendo obispo de Toulouse en el castillo de Brignoles, en Provenza, a los veintitrés años. Fue canonizado en el año 1317 durante el pontificado de Juan XXII.

A la muerte de Carlos el Cojo en 1309, la corona de Nápoles pasó a su tercer hijo, Roberto.

El cuarto hijo, Felipe, príncipe de Tarento, fue emperador titular de Constantinopla por su matrimonio con Catalina de Valois Courtenay, hija del segundo matrimonio de Carlos de Valois.

La dinastía de Anjou-Sicilia, fabulosamente fecunda y activa, llegaría a sumar, en toda su historia, doscientas noventa y nueve coronas soberanas y doce beatificaciones.

3. El matrimonio de Felipe de Valois con Juana de Borgoña, llamada Juana *la Coja*, hermana de Margarita, se había celebrado en 1313.

2

Enguerrando de Marigny

Precedido como de costumbre por dos sargentos maceros llevando bastones con flores de lis, escoltado por secretarios y escuderos, Enguerrando de Marigny volvía a su casa ciego de furia. «¡Este villano, este patán me acusa de traficar con los tratados! El reproche como mínimo cómico viniendo de él, que se ha pasado la vida vendiéndose al mejor postor... ¡Y ese reyezuelo que tiene tanto seso como una mosca y es agresivo como una avispa no me dirigió otra palabra que para quitarme la administración del Tesoro!»

Caminaba sin ver nada, ni calles ni gente. Gobernaba a los hombres desde tan alto y desde hacía tanto tiempo, que había perdido la costumbre de verlos. Los parisinos se hacían a un lado delante de él, se inclinaban con grandes reverencias con sus sombreros y después lo seguían con la mirada, intercambiando amargos comentarios. No era amado, o por lo menos ya no lo era.

Al llegar a su palacio de la calle Fossés-Saint-Germain, atravesó el patio rápidamente, arrojó su manto en el primer brazo que se le tendió y, llevando siempre consigo su cartera de documentos, subió la escalera de caracol.

Grandes cofres, candelabros enormes, gruesas alfombras, pesadas cortinas... El palacio estaba amueblado con cosas sólidas y hechas para durar. Un ejército de lacayos velaba al servicio del amo y un ejército de escribanos trabajaba ahí al servicio del reino.

Enguerrando empujó la puerta de la alcoba donde sabía que encontraría a su mujer. Ésta bordaba cerca de la chimenea; su hermana, la señora de Chanteloup, una viuda parlanchina, estaba cerca de ella. Dos hembras de lebrel de Italia, enanas y frioleras, jugueteaban a sus pies.

Viendo el rostro de su marido, la señora de Marigny se preocupó inmediatamente.

—Querido ¿qué sucede? —preguntó.

Alips de Marigny, nacida de Mons, vivía desde hacía cinco años admirando al hombre con quien se había desposado en segundas nupcias y se consumía por él con una dedicación constante y apasionada.

—Sucede —respondió Marigny— que, ahora que ya no está el rey Felipe para someterlos con su látigo, los perros se abalanzaron contra mí.

—¿Te puedo ayudar de alguna forma?

Marigny le dio las gracias pero rechazando su oferta y diciendo que él podía hacer las cosas solo, tan secamente que las lágrimas brotaron en los ojos de la joven señora. Enguerrando se inclinó para besarla en la frente y murmuró:

—Alips, bien sé que sólo tú me amas.

Pasó a su gabinete de trabajo y tiró su maletín de documentos sobre un cofre. Caminó un momento de una ventana a la otra para dar a su mente el tiempo de dominar su cólera.

«Me habéis quitado el Tesoro, joven señor, pero habéis omitido el resto. Esperad un poco; no me destruiréis tan fácilmente», se decía.

Agitó una campanilla.

—Cuatro sargentos, rápido —dijo al ordenanza que se presentó.

Los sargentos solicitados subieron de la sala de guardia. Marigny les distribuyó las órdenes:

—Tú ve a buscar a Alán de Pareilles, al Louvre. Tú busca a mi hermano el arzobispo, que debe estar hoy en el palacio episcopal. Tú a Dubois y Raúl de Presles; tú a Le Loquetier. Si no están en sus palacios, buscadlos dondequiera que estén. Y decidles que los espero aquí inmediatamente.

Cuando salieron los cuatro hombres, corrió una cortina y abrió la puerta de comunicación con la cámara de los secretarios privados.

—Alguien para tomar un dictado —dijo. Un clérigo se acercó, llevando un pupitre y plumas.

Marigny, de espaldas a la chimenea, empezó a dictar:

—A vos, poderoso, muy amado y muy temido señor, rey Eduardo de Inglaterra, duque de Aquitania... Su Majestad, en el estado en que me deja el regreso a Dios de mi señor, amo y soberano, el tan llorado rey Felipe y el más grande que el reino ha conocido, me dirijo a vos para instruiros en cosas que tienen que ver con el bien de las dos naciones...

Se interrumpió para agitar de nuevo la campanilla. El ordenanza volvió a aparecer. Marigny le mandó que fuera a buscar a su hijo Luis. Y siguió dictando su carta.

Desde 1308, fecha del matrimonio de Isabel de Francia con Eduardo II de Inglaterra, Marigny había tenido la ocasión de prestar varios servicios políticos o personales a este último.

En el ducado de Aquitania, la situación era siempre difícil y tensa debido al singular estatuto de aquel inmenso feudo francés gobernado por un soberano extranjero. Más de cien años de guerra, de disputas incesantes, de tratados contestados o negados, habían dejado sus secuelas. Cuando los vasallos, según sus intereses y sus rivalidades, se dirigían a uno u a otro de los soberanos, Marigny siempre se esforzaba para evitar conflictos. Por otra parte, Eduardo e Isabel no eran una pareja armoniosa. Cuando Isabel se quejaba de las costumbres anormales de su marido y le reprochaba los favoritos con los cuales ella vivía en franca lucha, Marigny predicaba la calma y la paciencia por el bien de los reinos. Finalmente, la tesorería de Inglaterra tenía frecuentes dificultades. Cuando Eduardo se veía demasiado corto de dinero, Marigny se arreglaba para que alguien le diera un préstamo.

En agradecimiento por tantas intervenciones, el año anterior Eduardo había gratificado al coadjutor con una pensión de por vida de mil libras.[1]

Ahora le tocaba a Marigny apelar al rey inglés y pedirle apoyo. Era importante para las buenas relaciones entre los dos reinos que los negocios de Francia no cambiaran de dirección.

—... Se trata, señor, más que de mi favor o de mi fortuna; vos podéis ver que está en juego la paz de los imperios, por la cual soy y seré siempre vuestro más fiel servidor.

Pidió que se releyera la carta, e hizo algunas correcciones.

—Vuelva a copiarla y démela para firmar.

—¿Esto debe darse a los mensajeros, señor? —preguntó el secretario.

—No, de ningún modo. Y la sellaré con mi sello.

El secretario salió. Marigny se desabrochó el cuello de su vestidura; la acción le hinchaba el cuello.

«Pobre reino —se decía—. ¡Qué trastornos y qué miserias va a provocar esto, si no me opongo! ¿Tanto habré hecho sólo para ver mis esfuerzos arruinados?»

Los hombres que durante un tiempo muy largo han ejercido el poder acaban por identificarse con su cargo y considerar todo atentado hecho a su persona como un atentado directo a los intereses del Estado. Marigny estaba en este punto, y por lo tanto dispuesto, inconscientemente, a actuar contra el reino, desde el momento que limitaban su facultad de dirigirlo.

Fue con este ánimo que acogió a su hermano el arzobispo.

Juan de Marigny, largo y delgado en su sotana violeta, mantenía una actitud estudiada que no gustaba al coadjutor. Enguerrando tenía ganas de decirle a su hermano menor: «Haz este papel ante tus canónigos, si eso te place, pero no ante mí, que te he visto babear en la sopa y limpiarte la nariz con los dedos.»

En diez frases le narró el consejo del que salía y le comunicó sus órdenes, en el mismo tono que no admitía réplica que usaba para hablar con sus subalternos.

—Yo no deseo un Papa, por el momento; pues mientras no haya Papa, este perverso reyezuelo está en mis manos. Por lo tanto, no quiero cardenales reunidos y dispuestos a escuchar a Bouville cuando éste vuelva de Nápoles. No quiero paz en Aviñón. Que se peleen, que se destrocen. Vos haréis lo que conviene, hermano, para que así sea.

Juan de Marigny, que había empezado por mostrarse totalmente indignado por lo que le decía Enguerrando, se puso serio en cuanto se refirió al cónclave. Reflexionó un momento contemplando su anillo pastoral.

—¿Entonces, hermano? —dijo Enguerrando.

—Hermano, vos sabéis que no quiero más que serviros en todo, y pienso que podría hacerlo mejor si algún día soy cardenal. Ahora bien, sembrando en el cónclave más discordia de la que ya hay, corro el riesgo de perder la amistad de tal o tal papable, Francesco Caetani, por ejemplo, que, si más tarde es elegido, me negará el capelo...

Enguerrando estalló.

—¡Vuestro capelo! ¡Éste no es el momento de hablar de eso! Vuestro capelo. Si jamás lo tendréis, mi pobre Juan. Soy yo el que os lo pondrá como ya tejí vuestra mitra. Pero si tontos cálculos os obligan a tener miramientos con mis adversarios, como ese Caetani, yo os digo que muy pronto iréis no solamente sin capelo, sino también sin zapatos, como un monje miserable relegado a algún convento. Olvidáis demasiado rápidamente, Juan, lo que me debéis y de qué malos pasos os saqué, hace dos meses apenas, por ese tráfico con los bienes del Temple. A propósito de eso... —Su mirada se volvió más brillante, más aguda, debajo de sus espesas cejas—. A propósito de eso, ¿habéis podido destruir las pruebas dejadas imprudentemente al banquero Tolomei y de las cuales los lombardos se han servido para doblegarme?

El arzobispo hizo un movimiento de cabeza que podía interpretarse como una afirmación, se mostró más dócil y suplicó a su hermano que le concretara sus instrucciones.

—Enviad a Aviñón —dijo Enguerrando— a dos emisarios, hombres de Iglesia de absoluta confianza, gente que esté a vuestra merced. Que vayan a Carpentras, a Chateauneuf, a Orange, a todas partes donde los cardenales estén diseminados, y que difundan con autoridad, como si procediera de la corte de Francia, nuevas totalmente opuestas. Uno de ellos anunciará a los cardenales franceses que el nuevo rey permitiría el regreso de la Santa Sede a Roma; el otro dirá a los italianos que nos inclinaríamos ante la idea de establecer el papado todavía más cerca de París, para que dependa más de nosotros. Después de todo, esto no es faltar a la verdad, puesto que el rey es incapaz de juzgar estas cosas, el conde de Valois quiere el Papa en Roma y yo lo quiero en Francia. El rey no tiene en la cabeza más que la anulación de su matrimonio y no ve más lejos. La obtendrá, pero únicamente cuando yo quiera, y de un pontífice a mi conveniencia... Por el momento, retardemos la elección. Aseguraos de que vuestros dos enviados no tengan lazos entre sí; sería mejor si no se conocieran.

Tras estas palabras, despidió a su hermano para recibir a su hijo Luis, que esperaba en la antecámara. Pero cuando el joven entró, Marigny permaneció un momento en silencio. Pensaba tristemente, amargamente: «Juan me traicionará en el momento en que crea obtener su propio provecho.»

Luis de Marigny era un muchacho delgado, guapo, que se vestía con finura. Se parecía bastante, en los rasgos faciales, al arzobispo, su tío.

Hijo de un personaje ante quien todo el reino se inclinaba, y además ahijado del nuevo rey, el joven Marigny no conocía ni la lucha ni el esfuerzo. Mostraba, ciertamente, admiración y respeto por su padre; sufría en secreto por la autoridad brutal de éste y sus rudas maneras, que delataban al hombre que había llegado a ese puesto debido a la acción. Por poco hubiera reprochado a su padre no ser bien nacido.

—Luis, preparaos —dijo Enguerrando—; saldréis dentro de un momento hacia Londres para entregar una carta.

El rostro del joven se ensombreció.

—¿Esto no podría esperar hasta pasado mañana, padre? O bien, ¿no tenéis a nadie que pueda ocupar mi lugar? Debo ir de cacería mañana al bosque de Boulogne... caza menor porque hay duelo, pero...

—¡Cacería! ¡No pensáis más que en cazar! —exclamó Marigny—. ¿No pediré jamás la menor ayuda a los míos, por quien lo hago todo, sin que empiecen a protestar? ¿Sabes que es a mí a quien cazan ahora, para arrancarme la piel y la tuya con la mía? ¡Si fuera suficiente para mí un mensajero cualquiera, hubiera pensado en ello yo solo! Es el rey de Inglaterra ante quien te envío, con el fin de que mi carta le sea entregada en mano y que no vayan a circular ejemplares que el viento podría devolver por aquí. ¡El rey de Inglaterra! ¿Eso no adula suficientemente tu orgullo para que renuncies a una cacería?

—Perdonadme, padre —dijo Luis de Marigny—, os obedeceré.

—Al entregar mi carta al rey Eduardo, al cual recordaréis que os distinguió el año pasado en Maubuisson, añadiréis esto que no he escrito: a saber, que Carlos de Valois intriga para volver a desposar al nuevo rey con una princesa de Nápoles, lo que haría que nuestras alianzas giraran hacia el sur más que hacia el norte. Esto es. ¿Me habéis escuchado? Y si el rey Eduardo os pregunta qué puede hacer en el sentido que yo quiero, decidle que me ayudaría mucho recomendándome encarecidamente al rey Luis, su cuñado... Tomad los escuderos que necesitéis, pero no elevéis un séquito de príncipe. Que mi tesorero os proporcione cien libras.

Se oyeron unos golpes en la puerta.

—Ha llegado el señor de Pareilles —dijo el ordenanza.

—Que entre... Adiós, Luis. Mi secretario os llevará la carta. Que el Señor vele sobre vuestro camino.

Enguerrando de Marigny abrazó a su hijo, gesto desacostumbrado. Después se volvió hacia Alán de Pareilles, que en aquel momento entraba, lo tomó por el brazo y, mostrándole un asiento delante de la chimenea, le dijo:

—Caliéntate, Pareilles.

El capitán general de los arqueros tenía el cabello color de acero, un rostro duramente marcado por el temporal y la guerra, y sus ojos habían visto ya tantos combates, motines, torturas, ejecuciones, que ya nada lo sorprendía. Los colgados de Montfaucon eran para él un espectáculo habitual. Solamente en el año en curso había llevado al gran maestre de los templarios a la hoguera, a los hermanos de Aunay a la rueda y a princesas reales a la cárcel.

Mandaba en el cuerpo de los arqueros a los sargentos de armas de todas las fortalezas; era su misión mantener el orden en el reino, así como la aplicación de los arrestos represivos o penales. Marigny, que no tuteaba a ningún miembro de su familia, lo hacía con este viejo compañero, instrumento exacto, sin defecto ni debilidad, del poder del Estado.

—Tengo dos misiones para ti, Pareilles —dijo Marigny—, y ambas dependen de la inspección de las fortalezas. En primer lugar, te pido que vayas a Château-Gaillard con el fin de sacudir al asno que es su guardián... ¿Cómo dices que se llama?

—Bersumée, Roberto Bersumée.

—Dirás a este Bersumée que siga mejor las instrucciones recibidas. He sabido que Roberto de Artois ha ido allá y que ha tenido acceso a la señora de Borgoña. Esto es contravenir las órdenes. La reina, tanto como se puede decir esto, está condenada al muro, es decir, al secreto; ningún salvoconducto es válido para acercarse a ella si no lleva mi sello o el tuyo. Únicamente el rey puede ir a visitarla, y veo pocas probabilidades de que éste tenga ganas de hacerlo. Por lo tanto, ni embajadas ni mensajes. Y que el asno sepa que le partiré las orejas si no obedece.

—¿Qué deseas, señor, que le suceda a la señora Margarita? —preguntó Pareilles.

—Nada. Que viva; me sirve como rehén y quiero conservarla. Que se vele muy bien por su seguridad. Que, si es necesario, se suavicen su alimentación y su alojamiento, si éstos pueden perjudicar su salud... En segundo lugar, tan pronto como vuelvas de Château-Gaillard, te apresurarás hacia el Midi con tres compañías de arqueros que instalarás en el fuerte de Villeneuve para reforzar ahí nuestro cuartel frente a Aviñón. Te ruego que hagas bien patente tu llegada. Haz que tus arqueros desfilen seis veces seguidas delante de la fortaleza, de manera que de la otra orilla parezca que son dos mil los que van a penetrar ahí. Es a los cardenales a quien destino este desfile marcial, para completar lo que estoy elaborando por otra parte. Hecho esto, volverás lo más rápidamente posible; tu servicio puede ser muy necesario para mí en estos tiempos...

—... En los cuales el aire que sopla a nuestro alrededor no nos gusta, ¿verdad monseñor?

—Ciertamente no... Adiós Pareilles, dictaré tus órdenes.

Marigny estaba más sereno, las diversas piezas de su juego empezaban a encajar. Permaneció solo, reflexionó un momento. Después entró en la cámara de los secretarios. Sillas de roble tallado cubrían las paredes a media altura, como en el coro de una iglesia. Cada silla estaba provista de una tabla para escribir de donde pendían unos plomos que mantenían los pergaminos desenrollados y lisos, y recipientes fijos en los brazos para las tintas. Unos atriles giratorios de cuatro caras sostenían registros y documentos. Quince escribanos trabajaban en silencio. Marigny, al pasar, firmó y selló la carta para el rey Eduardo; llegó a la sala siguiente, donde los legistas que había pedido se encontraban reunidos, junto con otros, como Bourdenai y Briançon, venidos por propia decisión a buscar noticias.

—Señores —les dijo Enguerrando—, no se les ha hecho el honor de invitaros al consejo de esta mañana. Por lo tanto, vamos a tener un consejo entre nosotros muy privado.

—Sólo faltará nuestro señor el rey Felipe —dijo Raúl de Presles con una triste sonrisa.

—Oremos por que su alma nos asista —señaló Godofredo de Briançon.

—Él no dudaba de nosotros —señaló Nicolás Le Loquetier.

—Sentémonos, señores —dijo Marigny. Y cuando estuvieron sentados, prosiguió—: En primer lugar, debo comunicaros que la gestión del Tesoro acaba de serme retirada y que el rey va a empezar a revisar las cuentas. La ofensa os atañe tanto como a mí. Contened vuestra cólera, señores; tenemos algo mejor a qué dedicarnos. Pues deseo presentar cuentas muy claras. Para hacer esto... —Hizo una pausa y se arrellanó un poco en su asiento—. Para hacer esto —repitió—, daréis órdenes a todos los prebostes y recaudadores de todas las bailías y senescalías de que paguen al instante todo cuanto deben. Que pongan al día lo referente a las provisiones, a los trabajos en curso, y a todo lo que ha sido ordenado por la corona sin omitir lo referente a la casa de Navarra. Que paguen en todas partes hasta que se agote el oro, incluso en los casos susceptibles de moratoria. Y para saldo, se hará un estado de deudas.

Enguerrando hizo crujir las articulaciones de sus dedos como si estuviera partiendo nueces.

—¿Quiere mi señor de Valois echar mano al Tesoro? —dijo—. ¡Que lo haga! ¡Se romperá las uñas arañando el fondo y tendrá que buscar en otra parte el dinero para sus intrigas!

NOTAS

1. Nada hay más difícil de establecer, ni que ofrezca más materia de discusión que la comparación del valor de la moneda en las diversas épocas. Su curso ha sufrido tantas variaciones, devaluaciones y medidas gubernamentales diversas que los especialistas no llegan a ponerse de acuerdo.

No se puede fundamentar la equivalencia sobre el precio de los artículos, ni aun los esenciales, porque los precios variaban considerablemente, y a veces de un año a otro, según la abundancia o la escasez de los productos, y también según los impuestos que el Estado carga sobre ellos. Los períodos de escasez eran frecuentes, y los precios citados por los cronistas son muchas veces los del «mercado negro», lo cual falsea cualquier cálculo del poder adquisitivo. Además, ciertos artículos, hoy de uso corriente, estaban poco extendidos en la Edad Media, y por lo tanto su precio era elevado. Por el contrario, a causa del bajo precio de la mano de obra artesanal, los productos manufacturados eran relativamente baratos. La mejor base estimativa podría ser el valor del oro, aunque se nos asegura que en la actualidad el oro se mantiene artificialmente a un precio muy superior a su valor real. Si ya es difícil calcular la equivalencia con el franco de 1914, ¿cómo determinarla con exactitud con la libra de 1314?

Tras comparar diversos trabajos especializados, proponemos al lector, para su comodidad y advirtiéndole que el margen de error puede variar entre el doble y la mitad, que calcule que cien francos actuales equivalen a una libra de comienzos del siglo XIV. En tiempos de Felipe el Hermoso, los gastos del reino eran, menos en años de guerra, de 500.000 libras; lo que representarían un presupuesto aproximado de cincuenta millones, o cinco mil millones de francos viejos.

Por otra parte, nuestros viejos y nuevos francos preparan una nueva trampa a los futuros historiadores.

3

El palacio de Valois

El ajetreo que reinaba en la orilla izquierda, en el palacio de Marigny, no era más que una pequeña agitación en comparación con lo que sucedía en la orilla derecha, en el palacio de Valois. Ahí se cantaba victoria, se voceaba el triunfo, y faltó poco para que empavesaran las ventanas.

«¡El señor de Marigny ya no controla el Tesoro!» La noticia, primero un rumor, ahora se daba a voces. Todos sabían y querían demostrar que sabían; todos comentaban, hacían suposiciones, predecían, y eso tejía toda una red de jactancia, de vanaglorias, de conciliábulos, de adulaciones y peticiones. El ínfimo bachiller hacía gala de una autoridad de condestable para hablar a los lacayos. Las mujeres mandaban con más exigencia; los niños chillaban con más energía. Los chambelanes, dándose importancia, se transmitían con seriedad fútiles consignas, y hasta el último de los clérigos escribanos quería darse las ínfulas de un militar.

Las damas del cortejo parloteaban alrededor de la condesa de Valois, alta, seca, altanera. El canónigo Esteban de Mornay, canciller del conde, pasaba como un navío entre las olas de nucas inclinadas con respeto. Toda una clientela efervescente y cautelosa entraba, salía y se paraba en las ventanas dando su opinión sobre los asuntos públicos. El aroma del poder se había difundido por París, y todos se precipitaban para olerlo más de cerca.

Así fue durante toda una semana. Se acudía pretendiendo haber sido llamado y con la esperanza de serlo, pues el conde de Valois, encerrado en su gabinete, consultaba a mucha gente. Apareció incluso un espectro del siglo anterior, sostenido por un escudero de barba blanca: el viejo señor de Joinville, envejecido y enjuto por la edad. El senescal hereditario de Champaña, compañero de san Luis durante la Cruzada de 1248 que le llevaba el incensario, tenía noventa y un años. Medio ciego, de ojos llorosos y con el entendimiento disminuido aportaba al conde de Valois la garantía de la antigua caballería y de la sociedad feudal.

El partido de los barones, por primera vez desde hacía treinta años, llevaba las de ganar y, por la avalancha de los que se apresuraban a unirse a él, habríase dicho que la verdadera corte ya no estaba en el palacio de la Cité sino en el de Valois.

Mansión real, de hecho. No había una sola viga en los techos que no estuviera labrada; ninguna chimenea cuya monumental campana no se adornara con los escudos de Francia, de Anjou, de Valois, del Perche, del Maine o de la Romaña, y aun de las armas de Aragón o de los emblemas imperiales de Constantinopla, puesto que Carlos de Valois había llevado fugazmente la corona aragonesa y la del imperio romano de Oriente. En todas partes, el suelo estaba cubierto por lanas de Esmirna y los muros por tapices de Chipre. Consolas y aparadores sostenían relumbrante orfebrería, esmaltes y plata dorada labrada.

Pero esa fachada de opulencia y de prestigio ocultaba una lepra: la falta de dinero. Todas aquellas maravillas estaban empeñadas en sus tres cuartas partes para cubrir el fabuloso despilfarro que se hacía en la casa. A Carlos de Valois le gustaba aparentar. Con menos de sesenta invitados, su mesa le parecía vacía, y con menos de veinte platos por servicio se creía reducido a un menú de penitencia. Así como, a sus ojos, eran importantes honores y títulos, también lo eran joyas, ropa, caballos, muebles, vajillas; necesitaba demasiado de todo para tener la sensación de tener lo suficiente.

Todos a su alrededor aprovechaban este lujo. Mahaut de Châtillon,[1] tercera señora de Valois, sabía muy bien acumular vestidos y joyas, y no había otra princesa en Francia tan cubierta de perlas y de gemas. Felipe de Valois, el hijo mayor, cuya madre era una Anjou-Sicilia, amaba las armaduras de Padua, las botas de Córdoba, las lanzas hechas con maderas del norte, las espadas de Alemania.

Jamás ningún comerciante que acudiera para ofrecer un objeto raro o suntuoso, si tenía la habilidad de hacer creer que otro señor podía adquirirlo, se marchó con su mercancía.

Las bordadoras que trabajaban en la mansión, y las que se empleaban en la ciudad, no bastaban para proveer túnicas, las banderolas, las fundas de las sillas, los paramentos, los vestidos de Carlos y las sobretúnicas de su señora.

El escanciador robaba los vinos, los escuderos robaban el forraje, los chambelanes robaban las candelas y el cocinero robaba las especias. Así como hurtaban la lencería sisaban en las cocinas, y eso no era más que el tren de vida común y corriente.

Pues el conde de Valois debía afrontar otras necesidades.

Padre prolífico, tenía innumerables hijas que le habían nacido de sus tres matrimonios. Cada vez que casaba a una, Carlos se veía obligado a endeudarse más con el fin de que la dote y las fiestas de las bodas fueran a la medida de los tronos alrededor de los cuales tomaba a sus yernos. Su fortuna se evaporaba en esta red de alianzas.

Poseía inmensos dominios, los más grandes después de los del rey, pero las rentas que les sacaba ya no cubrían más que a duras penas los intereses de los préstamos. Los prestamistas se ponían más difíciles de mes en mes. Si hubiera tenido menos urgencia para recuperar su crédito, el señor de Valois no se hubiera apresurado tanto a apoderarse de los asuntos del reino.

Pero ciertos combates dejan al vencedor en mayores dificultades que al vencido. Tomando en su mano el Tesoro, Valois no se apoderaba más que del viento. Los enviados a los bailiajes y prebostazgos, con el fin de recaudar fondos volvían tristemente con las manos vacías. Todos habían sido precedidos por los enviados de Marigny, y ya no quedaba un solo denario en los cofres de los prebostes, los cuales habían pagado las deudas en la medida de lo posible, con el fin de presentar las cuentas muy claras.

Y mientras que en la planta baja de su mansión toda una muchedumbre se calentaba y bebía a costa de él, Carlos de Valois, en su gabinete, en el primer piso, recibiendo visita tras visita, buscaba los medios de alimentar ya no solamente sus arcas, sino también las del Estado.

Una mañana, al final de esa semana, estaba encerrado con su primo Roberto de Artois. Esperaban a un tercer personaje.

—Este banquero, ese lombardo, ¿le habéis dicho que venga esta misma mañana? —preguntó Valois—. Os confieso que me urge verlo.

—Creedme, primo —respondió el gigante—, mi impaciencia no es menor que la vuestra. Pero como os respondería Tolomei, viejo bandido donde los haya pero muy hábil en finanzas, tengo antes que haceros una petición.

—¿Cuál?

—Los atrasos, primo mío, los atrasos de las rentas del condado de Beaumont que me otorgaron hace cinco años para fingir que me pagaban el Artois, pero de los cuales no me ha llegado ni el olor... se me deben ya más de mil libras, sobre las que Tolomei me presta con usura. Pero puesto que ahora vos administráis el Tesoro...

Carlos levantó las manos al cielo.

—Primo mío, lo que apremia hoy es encontrar lo necesario para enviar a Hugo de Bouville a Nápoles, pues el rey no cesa de hablarme sin descanso de esa partida. Después, el primer asunto del que me ocuparé será del vuestro, os lo prometo. —¿A cuántos, desde hacía ocho días, había dado la misma garantía?—. Pero la jugada que el señor de Marigny acaba de hacernos será la última, ¡os lo prometo! Ese perro lo devolverá todo y vuestros atrasos los tomaremos de sus bienes, pues ¿adónde creéis que se han ido los ingresos de vuestro condado? ¡A su arca, primo, a su arca!

Y el conde de Valois, paseando por su gabinete, escupió una vez más sus quejas contra el coadjutor, lo que era una manera de eludir las peticiones.

Enguerreando, a su modo de ver, tenía la responsabilidad de todo. ¿Se había cometido un robo en París? Enguerreando no tenía a mano a los sargentos de guardia y, quizá, compartía beneficios con los malhechores. ¿Una decisión del Parlamento desfavorecía a un gran señor? El señor de Marigny la había dictado.

Pequeños y grandes males, las vías públicas y los caminos enfangados, la rebelión de Flandes, la escasez de trigo no tenían más que un solo autor y un solo origen. El adulterio de las princesas, la muerte del rey y hasta el invierno precoz eran imputables a Enguerreando de Marigny. ¡Dios castigaba al reino por haber tolerado tanto tiempo un ministro malhechor!

Roberto de Artois, por costumbre ruidoso y parlanchín, miraba a su primo en silencio y con insistencia. Desde luego, para alguien cuya naturaleza brotaba un poco de la misma fuente, el señor de Valois resultaba fascinante.

Sorprendente personaje aquel príncipe, a la vez impaciente y tenaz, vehemente y engañoso, de cuerpo vigoroso pero débil ante las alabanzas, y siempre lleno de ambición extrema, siempre metido en gigantescas empresas y siempre fracasando por falta de una apreciación justa de la realidad. La guerra era más su asunto que la administración de la paz.

A la edad de veintisiete años, puesto por su hermano a la cabeza de los ejércitos franceses, había destruido Guyenne en rebelión; el recuerdo de esta expedición lo tenía embriagado para siempre. A los treinta y un años, llamado por el papa Bonifacio y por el rey de Nápoles para combatir a los gibelinos partidarios del emperador y pacificar la Toscana, logró que el Papa le otorgara las indulgencias de un cruzado y al mismo tiempo los títulos de vicario general de la Cristiandad y de conde de Romaña. Ahora bien, usó su «cruzada» para chantajear a las ciudades italianas y sacar a los florentinos doscientos mil florines de oro a cambio del favor de ir a robar a otra parte.

Aquel gran señor megalómano tenía temperamento de aventurero, comportamiento de advenedizo y aspiraciones de fundador de una dinastía. Ningún cetro se encontraba libre en el mundo, ningún trono vacante, sin que inmediatamente Carlos de Valois tendiera la mano, y jamás tuvo éxito.

Ahora, a los cuarenta y cuatro años cumplidos, Carlos de Valois exclamaba:

—Me he desgastado tanto únicamente para perder mi vida. ¡La fortuna siempre me ha traicionado!

Consideraba perdidos todos sus sueños: el sueño de Aragón, el sueño de un reino de Arlés, el sueño bizantino, el sueño alemán, y los sumaba en el gran sueño de un imperio que se hubiera extendido de España al Bósforo, comparable al mundo romano de mil años antes bajo Constantino.

Había fracasado en la dominación del universo, pero por lo menos le quedaba Francia para desplegar su turbulencia.

—¿Creéis en serio que nuestro banquero aceptará? —preguntó bruscamente a Roberto de Artois.

—Pues sí; exigirá fianza, pero aceptará.

—¡He aquí hasta dónde he caído, primo! —dijo Carlos de Valois con una desesperación que no era fingida. Tengo que depender de la buena voluntad de un usurero sienés para empezar a poner un poco de orden en este reino.

NOTAS

1. El juicio, en 1309, por el que se pretendía zanjar el asunto de la sucesión de Artois (véase la nota 2 de *El Rey de Hierro*) asignó a Roberto, de la herencia de su abuelo, solamente la castellanía de Conches, parte normanda aportada a los condes de Artois por Amicia de Courtenay, esposa de Roberto II.

En compensación, Mahaut tenía que entregar a Roberto, en el plazo de dos años, una indemnización de 24.000 libras; por otra parte, se le aseguraba a Roberto una renta de 5.000 libras sobre diversas tierras de titularidad real, que, unidas a la castellanía de Conches, constituirían el condado de Beaumont-le-Roger.

La formación del condado fue retrasándose muchos años, durante los cuales Roberto no recibió más que una ínfima parte de sus rentas. En realidad, no fue nombrado conde de Beaumont hasta 1319. El resto de las cantidades que se le debían no le fue pagado hasta 1321, durante el reinado de Felipe V y, en 1329, bajo Felipe VI, el condado fue elevado a procerato.

4

El pie de san Luis

Tolomei fue introducido en el gabinete y Roberto de Artois se apresuró a acogerlo con los brazos abiertos.

—Amigo banquero, tengo grandes deudas contigo y siempre te he prometido que pagaría en el momento en que la fortuna me sonriera. Pues bien, ha llegado ese momento.

—Feliz noticia, señor —respondió Spinello Tolomei inclinándose.

—Ante todo —siguió diciendo Roberto—, quiero empezar por pagar la deuda de gratitud contraída con vos procurándoos un cliente real.

Tolomei se inclinó de nuevo y más profundamente delante de Carlos de Valois, diciendo:

—Quién no conoce al señor, por lo menos de vista o de nombre... Él ha dejado grandes recuerdos en Siena...

Los mismos que en Florencia, aunque de Siena, siendo más pequeña, no había sacado más que diecisiete mil florines para «pacificarla».

—Yo también he conservado una buena impresión de vuestra ciudad —dijo Carlos de Valois.

—Ahora mi ciudad, señor, es París.

De tez morena, mofletudo y con el ojo izquierdo entrecerrado por malicia, Tolomei esperaba que lo invitaran a sentarse. Y lo hizo el conde de Valois designándole un asiento, pues Tolomei merecía algunas consideraciones. Sus colegas, mercaderes y banqueros italianos de París, lo habían elegido recientemente, cuando murió el viejo Boccanegra, «capitán general» de sus compañías. Esta función le daba control o conocimiento de la casi totalidad de las operaciones bancarias en el país, confiriéndole un poder secreto pero primordial. Tolomei era una especie de condestable del crédito.

—Amigo banquero —dijo Roberto de Artois—, vos no ignoráis el gran movimiento que se lleva a cabo estos días. El señor de Marigny, que no es vuestro amigo, creo yo, como tampoco lo es nuestro, se encuentra en mala situación...

—Lo sé... —murmuró Tolomei.

—Por lo tanto, he aconsejado a mi señor de Valois, ya que tenía necesidad de llamar a un financiero, que se dirija a vos, cuya habilidad conozco tanto como vuestra adhesión a nuestra casa.

Tolomei agradeció con una pequeña sonrisa de cortesía. Bajo su párpado cerrado observaba a los dos grandes barones y pensaba: «Si quisieran ofrecerme la gerencia del Tesoro, no me harían tantos cumplidos.»

—¿Qué puedo hacer para serviros, señor? —preguntó volviéndose hacia Carlos.

—¡Pues bien! Lo que puede hacer un banquero, señor Tolomei —respondió el tío del rey con esa arrogancia que desplegaba cuando se disponía a pedir dinero.

—Así lo entiendo, señor. ¿Tenéis fondos que invertir en buenas mercancías que doblarán su precio en los próximos seis meses? ¿Deseáis tomar parte en el comercio de la navegación, en franca expansión en este momento en que se deben traer por mar tantas cosas que hacen falta? Éstos son los servicios que me honraría en prestaros.

—No, no se trata de eso —dijo vivamente el conde de Valois.

—Lo siento mucho, señor; lo siento por vos. Las mejores ganancias se hacen en tiempos de penuria...

—Lo que yo deseo, ahora, es que me prestéis un poco de dinero fresco... para el Tesoro.

La fisonomía de Tolomei dejó ver su desolación.

—¡Ah! Señor, no dudéis que tengo el deseo de hacer algo por vos. Pero ésta es la única cosa en que no puedo satisfaceros. Nuestras compañías han sufrido sangrías muy fuertes estos últimos meses. Tuvimos que dar al Tesoro un gran préstamo, que no nos reporta nada, para saldar el coste de la guerra de Flandes...

—Eso era asunto de Enguerrando de Marigny.

—Ciertamente, señor, pero era nuestro dinero. Debido a eso, nuestras arcas tienen las cerraduras un poco enmohecidas. ¿A cuánto asciende su necesidad?

—Diez mil libras.

De esta cifra, Carlos había calculado cinco mil libras para la embajada de Hugo de Bouville, mil para Roberto de Artois y, el resto, para hacer frente a sus necesidades más apremiantes.

El banquero juntó las manos frente a su cara.

—¡Santa Virgen! Pero, ¿de dónde las sacaré yo? —exclamó.

Estas protestas debían entenderse como el prólogo de costumbre. Roberto ya había prevenido a Carlos, por lo tanto este último usó un tono de autoridad que generalmente imponía a sus interlocutores.

—¡Vamos, vamos, Tolomei! No utilicemos astucias ni rodeos. Le he pedido que viniera para cumplir con su oficio como lo ha hecho siempre, pienso que con provecho.

—Mi oficio, señor —respondió tranquilamente Tolomei—, mi oficio es prestar, no regalar. Ahora bien, desde hace algún tiempo, he dado mucho sin recobrar nada. Yo no fabrico moneda ni he inventado la piedra filosofal.

—¿No me ayudaréis a deshacernos del señor de Marigny? ¡Me parece que éste es vuestro interés!

—Señor, pagar tributo a vuestro enemigo cuando es poderoso y volver a pagar para que ya no lo sea es una doble operación que, espero convendréis conmigo, no reporta nada. Por lo menos tendría que saber lo que vendrá a continuación y si tengo una oportunidad de recuperarme.

Inmediatamente, Carlos de Valois soltó el discurso que recitaba a todo el que venía desde hacía ocho días. En la medida en que le procuraran los medios, él iba a suprimir todas las «novedades» introducidas por Enguerrando de Marigny y sus legistas burgueses. También iba a devolver la autoridad a los grandes barones y, por último, iba a restablecer la prosperidad en el reino volviendo al viejo derecho feudal que había sido la grandeza del país de Francia. Iba a restaurar «el orden». Como todos los revoltosos políticos, no tenía más que esa palabra en la boca, y no le daba otro contenido más que las leyes, los recuerdos o las ilusiones del pasado.

—Antes de que pase mucho tiempo, le aseguro que habremos vuelto a las buenas costumbres de mi abuelo san Luis. Al decir esto mostraba, sobre una especie de altar, un relicario en forma de pie que contenía un hueso del talón de su abuelo; aquel pie era de plata con uñas de oro.

Puesto que los restos del santo rey habían sido compartidos entre los miembros de la familia, cada capilla real quería conservar una parcela. La parte superior del cráneo estaba conservada en un hermoso busto de orfebrería en la Sainte-Chapelle; la condesa Mahaut de Artois, en su castillo de Hesdin, poseía algunos cabellos así como un fragmento de mandíbula, y habían sido repartidos tantas falanges, esquirlas y despojos, que cabía preguntarse qué contenía la tumba de Saint-Denis. Eso si el verdadero cadáver había sido depositado ahí... Pues según una leyenda que corría por África, el cuerpo del rey franco había sido enterrado cerca de Túnez y su ejército no había llevado a Francia más que un féretro vacío o con otro cadáver.[1]

126

Tolomei fue a besar devotamente el pie de plata y preguntó:

—¿Para qué necesitáis esas diez mil libras, señor?

Carlos se vio forzado a revelar en parte sus proyectos inmediatos. El sienés escuchaba moviendo la cabeza y, como si tomara mentalmente notas, decía:

—Señor de Bouville, a Nápoles... sí... sí; comerciamos con Nápoles por nuestros primos los Bardi... Casar al rey... Sí, sí, os escucho, señor... Reunir el cónclave... ¡Ah señor! Un cónclave cuesta más caro de construir que un palacio, y los cimientos son menos sólidos... Sí, señor, sí, lo escucho.

Cuando finalmente tuvo conocimiento de lo que deseaba saber, el capitán general de los lombardos declaró:

—Todo esto está ciertamente bien pensado, señor, y os deseo mucho éxito, os lo digo de corazón; pero nada me asegura que casaréis al rey ni que tendréis un Papa. Ni siquiera, si eso llegara a suceder, que yo vuelva a ver mi oro, suponiendo que estuviera en situación de proporcionároslo.

Carlos de Valois lanzó una mirada irritada hacia Roberto de Artois. «Qué extraño personaje me habéis traído —parecía decir—, ¿tanto he hablado para no obtener nada?»

—Vamos, banquero —exclamó Roberto de Artois poniéndose en pie—, qué interés pides, ¿qué fianza? ¿Qué otra ventaja?

—Pues ninguna, señor, ninguna fianza —protestó Tolomei—, no de vos, bien lo sabéis, ni del señor de Valois, cuya protección me es muy querida. Trato simplemente de ver cómo podría ayudaros.

Y volviéndose de nuevo hacia el pie de plata, añadió suavemente:

—Señor de Valois, acabáis de decir que van a volver al reino las buenas costumbres de san Luis. Pero, ¿qué queréis decir con eso? ¿Se van a poner en uso todas las costumbres?

—Ciertamente —respondió Valois, sin comprender bien dónde quería llegar el otro.

—Por ejemplo, ¿se va a reestablecer el derecho de los barones a acuñar moneda en sus tierras? Si tal ordenanza se retoma, entonces, señor, estaré más dispuesto a apoyaros.

Los condes de Valois y de Artois se miraron. El banquero apuntaba directamente a la más importante de las medidas que Carlos de Valois proyectaba, y la que guardaba más en secreto porque era la más perjudicial para el Tesoro y podía ser la más contestada.

En efecto, la unificación de la moneda en el reino, así como el monopolio real de su emisión, eran instituciones de Felipe el Hermoso. Antaño los grandes señores fabricaban o hacían fabricar, en competencia con la moneda real, sus propias monedas de plata y de oro, de curso en sus feudos, y ellos sacaban de este privilegio una gran fuente de provecho. También sacaban provecho aquellos que, como los banqueros lombardos, proporcionaban el metal bruto y apostaban sobre la variación de tasas de una región a la otra. Y Carlos contaba con esta «buena costumbre» para levantar su fortuna.

—¿Quiere usted decir también, señor —dijo Tolomei considerando el relicario como si estuviera haciendo su estimación—, que va a restaurar el derecho de guerra privada?

Ésta era otra de las prerrogativas feudales abolidas por el Rey de Hierro con el fin de impedir a los grandes vasallos levantar sus estandartes a su gusto y ensangrentar el reino para resolver sus diferencias personales, mostrar su supuesta gloria o sacudirse el aburrimiento.

—¡Que este sano uso se nos devuelva —exclamó Roberto— y no tardaré en recuperar el condado de Artois de mi tía Mahaut!

—Si tenéis necesidad de equipar tropas, señor —dijo Tolomei—, yo puedo obtener para vos el mejor precio de los fabricantes de armas toscanos.

—Tolomei, acabáis de expresar justamente las cosas que quiero llevar a cabo —dijo entonces el conde de Valois dándose importancia. Por lo tanto, os pido vuestra confianza.

Los financieros no dejan de ser tan imaginativos como los conquistadores y creerlos únicamente inspirados por el deseo de la ganancia es conocerlos mal. Sus cálculos frecuentemente disimulan sueños ilusorios de poder.

El capitán general de los lombardos también soñaba; de otra manera que el conde de Valois, pero soñaba. Se veía ya proporcionando oro en bruto a los grandes barones del reino, y dirigiendo sus querellas puesto que él negociaría su armamento. Ahora bien, quien tiene el oro y las armas, tiene el verdadero poder. Tolomei jugaba con pensamientos de gobierno...

—Entonces —dijo Carlos de Valois—, ¿estáis decidido a procurarme la suma que os he pedido?

—Quizá, señor, quizá. No es que pueda dárosla yo mismo, pero puedo, sin duda, encontrarla para vos en Italia, lo que convendría mucho, puesto que es justamente ahí donde va vuestra embajada. Para vos eso no supone ninguna diferencia.

—Ciertamente, no —se vio obligado a responder Valois.

Pero el arreglo estaba lejos de colmar sus deseos, porque le hacía difícil, si no imposible, tomar del préstamo lo que deseaba para cubrir sus propias necesidades. Viendo que el conde se ponía serio, Tolomei hundió más el hierro.

—Vos ofreceréis la garantía del Tesoro; pero todos saben, por lo menos entre nosotros, que el Tesoro está vacío, y estos rumores van a correr rápidamente por las sucursales de los bancos. Yo debería por tanto dar mi propia garantía y lo haría de corazón, señor, para serviros. Pero será necesario que un hombre de mi compañía, portador de las letras de cambio, escolte a vuestro enviado con el fin de tomar a su cargo el dinero y de ser responsable de él.

Carlos de Valois se ensombrecía cada vez más.

—¡Mi señor! —dijo Tolomei—, no voy a actuar solo en este negocio; las compañías de Italia son todavía más desconfiadas que las nuestras y tengo la necesidad de darles toda la seguridad de que no serán engañadas.

En realidad, él quería tener un emisario en la expedición, un emisario que iba, en su nombre y por su cuenta, a espiar al embajador, a controlar el empleo de los fondos, a conocer los proyectos de alianza, a conocer las disposiciones de los cardenales, y a trabajar bajo el agua en el sentido que él le ordenaría. Maese Spinello Tolomei empezaba a reinar un poco.

Roberto de Artois había dicho a Carlos que el sienés exigiría una prenda; no habían pensado que la prenda pudiera ser un pedazo del poder.

Forzosamente el tío del rey, para satisfacer a éste, debía aceptar las condiciones del banquero.

—¿Y a quién vais a designar que haga un buen papel junto al señor de Bouville? —preguntó el conde de Valois.

—Voy a pensar en ello, señor, voy a pensar en ello. No tengo a nadie en este momento. Mis dos mejores viajeros están por los caminos... ¿Cuándo debe partir el señor de Bouville?

—Mañana, si es posible, o un día después.

—¿Y ese muchacho? —sugirió Roberto—. El que había ido por mí a Inglaterra...

—¿Mi sobrino Guccio? —dijo Tolomei.

—Ese mismo, vuestro sobrino. ¿Lo tenéis siempre cerca de vos? Pues bien, ¿por qué no lo enviáis? Es educa-

130

do, ágil de mente y de buena presencia. Ayudará a nuestro amigo el señor de Bouville, que ciertamente no habla el idioma de Italia, a salir adelante en los caminos. Tranquilizaos primo, ese muchacho es un buen elemento.

—Me va a hacer mucha falta aquí —dijo Tolomei—. Pero sea, señor, os lo entrego. Ya he dicho que obtendréis siempre de mí todo lo que deseéis.

Poco después se despidió.

Desde el momento en que salió Tolomei del gabinete, Roberto de Artois se estiró y dijo:

—Pues bien, Carlos, ¿me he equivocado?

Como todo prestatario después de una negociación de aquella naturaleza el conde de Valois estaba a la vez contento y descontento; adoptó una actitud que no demostrara demasiado ni su alivio ni su despecho. Deteniéndose a su vez delante del pie de san Luis dijo:

—Primo, es la vista de esta santa reliquia lo que ha decidido a nuestro hombre. Vamos, todo respeto de lo que es noble no se ha perdido en Francia y este reino puede ser restaurado.

—En cierta forma, un milagro —dijo el gigante guiñando un ojo.

Ambos reclamaron sus capas y sus escoltas para llevar al rey la buena noticia de la partida de la embajada.

Al mismo tiempo, Tolomei informaba a su sobrino Guccio Baglioni de que tenía que ponerse en camino al cabo de dos días, y le enumeraba sus instrucciones. El joven no pareció demasiado entusiasmado.

—*Come sei strano, tiglio mio!* —exclamó Tolomei—. La suerte te da la ocasión de un hermoso viaje, sin que te cueste nada, puesto que a fin de cuentas el Tesoro paga. Vas a conocer Nápoles, la corte de los angevinos, y ahí te codearás con príncipes y, si eres hábil, también harás amigos. Y quizás asistas a los preliminares de un cónclave, una cosa apasionante: ambiciones, presiones, dinero, rivalidades, y aun la fe de algunos. Todos los intereses del mundo juegan en este partido. Tú vas a ver esto. Y me pones cara larga, como si te informara de una desgracia. En tu lugar y a tu edad, yo hubiera saltado de alegría, y ya estaría cerrando mi portamantas de viaje... Para poner esa cara, tiene que haber una mujer que sientes abandonar. ¿No sería por casualidad la señorita de Cressay?

La tez color de aceite de oliva del joven Guccio se oscureció un poco. Ésa era su manera de ruborizarse.

—Si te ama, te esperará —dijo el banquero—. Las mujeres están hechas para esperar. Siempre se las encuentra esperando. Y si temes que te olvide, aprovecha las que encuentres en tu camino. Las únicas cosas que no se vuelven a encontrar son la juventud y la fuerza para recorrer el mundo.

NOTAS

1. El culto a las reliquias fue uno de los aspectos más característicos y sorprendentes de la vida religiosa de la Edad Media. La creencia en la virtud de los sagrados restos degeneró en una superstición universalmente difundida. Todo el mundo quería poseer reliquias grandes para guardarlas en su casa, y pequeñas para llevarlas colgadas del cuello. Cada cual tenía reliquias según su fortuna. Esto fue ocasión de uno de los comercios mas prósperos de los siglos XI, XII y XIII, e incluso durante el siglo XIV. Todos traficaban con los santos vestigios: los abades, para aumentar las rentas de sus conventos o para ganarse el favor de los grandes personajes, cedían los fragmentos de los santos cuerpos que guardaban. Los cruzados que volvían de Palestina podían hacer una fortuna con los piadosos despojos recogidos en sus expediciones. Los judíos tenían una gran organización internacional de venta de reliquias. Los orfebres alentaban mucho este negocio, pues gracias a él les encargaban

marcos y relicarios que eran los objetos más bellos de aquel tiempo, ejemplo tanto de la piedad como de la vanidad de su poseedor.

Las reliquias más preciadas eran los fragmentos de la Vera Cruz, trozos de madera del Pesebre y espinas de la Santa Corona (aunque san Luis hubiera comprado para la Sainte-Chapelle una Santa Corona supuestamente intacta), las flechas de san Sebastián y también muchas piedras: del Calvario, del Santo Sepulcro y del monte de los Olivos.

Cuando un personaje contemporáneo llegaba a ser canonizado, se repartían de inmediato sus restos. Muchos miembros de la familia real poseían, o creían poseer, fragmentos de san Luis. En 1319, el rey Roberto de Nápoles, que asistía en Marsella al traslado de los restos de su hermano Luis de Anjou, canonizado recientemente, pidió la cabeza del santo para llevársela a Nápoles.

Damas de Hungría en un castillo de Nápoles

Hay ciudades más fuertes que los siglos; el tiempo no las cambia. Las dominaciones se suceden en ellas; las civilizaciones se depositan en su alma como aluviones geológicos pero ellas conservan a través de todas las épocas su carácter, su propio perfume, su ritmo y el rumor que las distingue de todas las demás ciudades de la tierra. Nápoles fue, desde siempre, una de estas ciudades. Así había sido, así era y así será a lo largo de los siglos: medio africana y medio latina, con sus callejuelas apiñadas, su bullicio, su olor de aceite, de grasas, de azafrán y de pescado frito, su polvo color de sol, su ruido de cascabeles al cuello de las mulas.

Los griegos la organizaron, los romanos la conquistaron, la asolaron los bárbaros; bizantinos y normandos se turnaron en ella como dueños: pero Nápoles absorbió, utilizó, fundió sus artes, sus leyes y sus lenguajes, y la imaginación de la calle se nutría de los recuerdos, de los ritos y de los mitos de sus conquistadores.

El pueblo no era ni griego, ni romano, ni bizantino; era el pueblo napolitano de siempre, ese pueblo que no se parece a ningún otro en el mundo, que usa la alegría como máscara de mimo para cubrir la tragedia de la miseria, que emplea el énfasis para salpimentar la monotonía de las horas, y cuya aparente pereza es sabiduría que consiste en no fingir actividad cuando no hay nada que hacer; un pueblo que ama la vida, que se ríe de los reveses del destino, que desprecia la agitación guerrera porque la paz, que raramente le fue concedida, no le aburre jamás.

En aquella época, y desde hacía unos cincuenta años, Nápoles había pasado de la dominación de los Hohenstaufen a la de los príncipes de Anjou. El establecimiento de éstos, llamados por la Santa Sede, se logró en medio de matanzas, represiones y asesinatos que ensangrentaron entonces la península. Las dos mayores aportaciones de la nueva monarquía fueron, por una parte, la industria de la lana, que fundaron en los arrabales, y, por otra, la enorme residencia, mezcla de palacio y fortaleza, que la monarquía se hizo construir cerca del mar por el arquitecto francés Pedro de Chaulnes. La residencia tenía un gigantesco torreón rosado levantado hacia el cielo, al que los napolitanos, tanto por su sentido del humor como por su apego a los antiguos cultos fálicos, llamaron inmediatamente el *maschio angioino*, el «macho angevino».

Una mañana de enero de 1315, en una pieza alta de ese castillo, Roberto Oderisi, joven pintor napolitano discípulo de Giotto, contemplaba el retrato recién terminado que constituía la parte central de un tríptico. Inmóvil delante del caballete, con el pincel entre los dientes, se hallaba embebido en el examen de su cuadro. El óleo, todavía fresco, despedía húmedos reflejos. Se preguntaba si un toque de amarillo más pálido, o por el contrario de amarillo ligeramente anaranjado no habría plasmado mejor el brillo dorado de los cabellos, si la frente era bastante clara, si los ojos, aquellos ojos azules y algo redondos, lograban expresar perfectamente la vida. La forma era aquélla, desde luego, la forma... Pero, ¿y la mirada? ¿Qué tenía la mirada? ¿Un puntito de blanco en la pupila? ¿Una sombra un poco más extendida en el rabillo del ojo? ¡Cómo lograr jamás, mediante colores molidos y dispuestos los unos al lado de los otros, reproducir la realidad de un rostro y las extrañas variaciones de luz sobre el contorno de las formas! Tal vez no eran los ojos, después de todo, su preocupación, sino la transparencia de la nariz, o bien el claro brillo de los labios...

«He pintado muchas vírgenes, siempre con la misma cara y la misma expresión de éxtasis ausente...», pensaba el pintor.

—Así pues, señor Oderisi, ¿está terminado? —preguntó la bella princesa que le servía de modelo.

Desde hacía una semana, pasaba horas al día sentada en aquella pieza, posando para un retrato pedido por la corte de Francia.

A través de la gran ojiva con la vidriera abierta, se veían las arboladuras de los navíos de Oriente amarrados en el puerto; más allá, la extensión de la bahía de Nápoles, el mar inmenso, asombrosamente azul a la dorada luz del sol, y el triangular perfil del Vesubio. Había dulzura en el aire, y el día invitaba a vivir.

El joven se quitó el pincel de entre los dientes.

—¡Ay de mí! Sí —respondió—, está terminado.

—¿Por qué «ay de mí»?

—Porque me veré privado de la felicidad de ver cada mañana a doña Clemencia y me parecerá que no ha salido el sol. —No era más que un pequeño cumplido pues para un napolitano, declararle a una mujer, sea princesa o mesonera, que va a caer gravemente enfermo al no volverla a ver no representa más que una mínima exigencia de la cortesía. La dama de compañía bordaba silenciosamente en un rincón de la habitación, con la misión de velar por la decencia de la reunión, y no halló ni siquiera motivo para levantar la cabeza.

»Y además, señora... Y además —prosiguió—, digo "¡ay de mí!" porque este retrato no es bueno. No da de vos una imagen de belleza tan perfecta como la realidad.

Era correcto que se rebajara, pero criticándose a sí mismo era sincero. Experimentaba tristeza el artista delante de su obra acabada, por no haber podido hacerla mejor. Aquel joven de diecisiete años tenía ya el temperamento de un gran pintor.

—¿Puedo verlo? —preguntó Clemencia de Hungría.

—Señora, no me abruméis. Yo sé muy bien que hubiera hecho falta mi maestro para pintaros.

Efectivamente se había recurrido a Giotto, despachando a un mensajero por toda Italia. Pero el ilustre toscano, ocupado aquel año en pintar los frescos de la vida de san Francisco de Asís en los muros del coro de la Santa Croce de Florencia, había respondido desde lo alto de sus andamios que se dirigieran a su joven discípulo de Nápoles.

Clemencia de Hungría se levantó y se acercó al caballete. Alta y rubia, tenía menos gracia que grandeza, tal vez menos feminidad que nobleza. Pero la impresión un poco severa que producía su porte se veía compensada por la pureza de su rostro y la expresión maravillosa de su mirada.

—¡Pero, señor Oderisi —exclamó—, me habéis pintado más bella de lo que soy!

—No he hecho más que copiar vuestros rasgos, doña Clemencia, procurando, además, plasmar vuestro espíritu.

—Entonces, desearía que mi espejo tuviera tanto talento como vos.

Se sonrieron y se dieron mutuamente las gracias por sus cumplidos.

—Esperemos que esta imagen agrade en Francia... quiero decir a mi tío el conde de Valois —añadió con un poco de confusión.

Porque se decía, aunque no lo creía nadie, que el retrato iba destinado a Carlos de Valois por el gran afecto que tenía a su sobrina.

Clemencia, al decir esto, se sintió enrojecer. A los veintidós años todavía se ruborizaba a menudo y, consciente de ello, se lo reprochaba como una debilidad. Cuántas veces su abuela, la reina María de Hungría, le había repetido: «¡Clemencia, no cabe el rubor cuando se es princesa y a punto se está de ser reina!»

¿Podía llegar de verdad a ser reina? Con la mirada vuelta hacia el mar, soñaba con aquel primo lejano, con aquel rey desconocido del que tanto se le hablaba desde hacía veinte días, cuando llegó de París un embajador oficioso...

El corpulento Bouville le había pintado al rey Luis X como un príncipe desgraciado, que había sido duramente herido en sus afectos, pero que estaba dotado de atractivos físicos y de carácter y corazón que podían agradar a una dama de alto linaje. La corte de Francia era tan agradable como la corte de Nápoles, con la ventaja de que en ella disfrutaría de las alegrías familiares y de las grandezas de la realeza. Nada podía seducir más a una doncella del temperamento de Clemencia de Hungría que la perspectiva de borrar las heridas que en el alma de un hombre habían abierto la traición de una mujer indigna y la muerte prematura de un padre al que adoraba. Para Clemencia, el amor no podía separarse de la abnegación. Además, a todo ello se añadía para ella el orgullo de haber sido elegida por Francia... «Ciertamente, había esperado mucho tiempo, hasta el punto de perder la esperanza. Pero he aquí que quizá Dios me dé el mejor esposo y el más feliz reinado», se decía. Así pues, desde hacía tres semanas vivía sumergida en el milagro y rebosaba de gratitud hacia Dios y el universo.

De pronto, se alzó un tapiz, bordado de leones y águilas, y un joven de pequeña estatura, nariz afilada, ojos ardientes y alegres y cabellos muy negros hizo su entrada con una reverencia.

—¡Oh, señor Baglioni, vos aquí...! —exclamó Clemencia de Hungría en tono jovial.

Estimaba al joven sienés que servía a Bouville de intérprete y que, para ella, por eso mismo era como de los mensajeros de su felicidad.

—Señora —dijo él—, el señor de Bouville me envía a preguntar si puede ir a visitaros.

—Desde luego —respondió Clemencia—. Siempre me es grato ver al señor de Bouville. Pero acercaos y decidme qué pensáis de ese retrato ya terminado.

—Digo, señora —respondió Guccio después de haber permanecido un instante en silencio delante del cuadro—, que es maravillosamente fiel y que representa la más bella dama que han admirado mis ojos.

Oderisi, con los antebrazos manchados de ocre y de bermellón, saboreaba el elogio.

—¡Creía que estabais enamorado de una doncella de Francia! —dijo Clemencia sonriendo.

—Cierto, la amo... —respondió Guccio.

—Entonces, o no sois sincero respecto a ella o no lo sois para conmigo, señor Guccio, pues siempre he oído decir que para quien ama no hay en el mundo rostro más bello que el de la persona amada.

—La dama que guarda mi corazón —replicó Guccio con ardor— es de seguro la más bella que existe en el mundo... después de vos, doña Clemencia, y no va contra el amor decir la verdad.

Desde que estaba en Nápoles, y se hallaba mezclado en los preparativos del matrimonio real, el sobrino del banquero Tolomei se complacía en darse aires de héroe de caballería herido de amor por una hermosa lejana. En la realidad, su pasión se compaginaba bien con el alejamiento, pues no había desperdiciado en ninguna ocasión los placeres que se ofrecen al viajero.

La princesa Clemencia se sentía súbitamente llena de curiosidad y simpatía por los amores ajenos; hubiera querido que todos los jóvenes y todas las doncellas de la Tierra fueran dichosos.

—Si Dios quiere que vaya a Francia... —dijo, y enrojeció de nuevo—, tendría gran placer en conocer a la dama de vuestros pensamientos, con la que supongo vais a casaros...

—¡Ah, señora, permita el cielo que vengáis! No tendréis mejor servidor que yo, ni tampoco, estoy seguro de ello, una servidora más fiel que ella.

Y dobló la rodilla con la mayor elegancia, como si se encontrara en un torneo delante del palco de las damas. Ella le hizo con la mano un gesto de agradecimiento; tenía lindos dedos ahusados, un poco alargados en la punta, parecidos a los que suelen verse en las santas de los frescos.

«¡Ah, qué buen pueblo y qué personas tan gentiles!», pensaba, ante aquel italiano que, a sus ojos, venía a representar toda Francia.

—¿Podéis decirme su nombre? —preguntó—, ¿O acaso es un secreto?

—En modo alguno puede ser un secreto para vos, si es que os agrada saberlo, doña Clemencia. Se llama María... María de Cressay. Es de noble linaje; su padre era caballero. Me espera en su castillo, que está a diez leguas de París... Tiene dieciséis años.

—¡Pues bien! Que seáis feliz, os lo deseo, señor Guccio; que seáis feliz con vuestra María de Cressay.

Guccio salió y cruzó los corredores bailando. Ya veía a la reina de Francia asistiendo a su boda. Sin embargo, para realizar ese sueño, faltaba que doña Clemencia llegara a ser reina, como también que la familia Cressay tuviera a bien concederle a él, un lombardo, la mano de María.

Guccio encontró a Hugo de Bouville en el cuarto donde lo habían alojado. El anciano canciller, espejo en mano, buscaba la luz adecuada y giraba sobre sí para asegurarse de su aspecto y poner en orden sus mechones blancos y negros que le daban aire de caballo pío. Se preguntaba si no le convendría hacérselos teñir; los viajes enriquecen a la juventud, pero perturban a los de edad madura. El aire de Italia había exaltado a Bouville. Aquel buen señor, tan atento a sus deberes, no pudo resistirse en Florencia a engañar a su mujer, e inmediatamente se metió en una iglesia a confesarse. En Siena, donde Guccio conocía algunas damas dedicadas a la vida galante, recayó, pero ya con menos remordimientos. En Roma se portó como si hubiera rejuvenecido veinte años. Nápoles, pródiga en fáciles deleites siempre que se dispusiera de un poco de oro, hizo vivir a Bouville en una especie de encantamiento. Lo que en otras partes hubiera pasado por vicio, allí resultaba deliciosamente natural e ingenuo. Chiquillos de doce años, andrajosos y rubios, alababan las nalgas de su hermana mayor con elocuencia de siglos; después, se quedaban prudentemente sentados en la antecámara rascándose los pies. Es más, se tenía el sentimiento de hacer una buena acción, dando de comer con ello a una familia entera durante toda una semana. ¡Y, además, el placer de pasearse en el mes de enero sin manto! Bouville se había vestido a la última moda y llevaba ahora una sobretúnica con mangas de dos colores, rayadas a lo ancho. ¡De seguro lo habían timado en todas partes! ¡Pero el placer de vivir bien merecía aquella insignificancia!

—Amigo mío —dijo al ver entrar a Guccio—, ¿sabéis que he adelgazado hasta el punto de que no parece imposible que pueda recobrar un talle elegante?

Esta suposición era francamente optimista.

—Señor —dijo el joven—, doña Clemencia está preparada para recibiros.

—Espero que no esté terminado el retrato.

—Lo está, señor.

Bouville lanzó un hondo suspiro.

—Entonces, eso significa que debemos regresar a Francia. Lo lamento, pues confieso que le había tomado cariño a este país, y de buena gana le habría dado unos florines a ese pintor para que alargara un poco su trabajo. ¡Qué le vamos a hacer!, hasta las mejores cosas se acaban.

Los dos esbozaron una sonrisa de connivencia y, para llegar hasta las estancias de la princesa, el grueso embajador tomó afectuosamente a Guccio por el brazo.

Entre aquellos dos hombres, tan diferentes por la edad, el origen y la situación, había nacido una sincera amistad que había crecido a lo largo del camino. Para Bouville, el joven toscano era la encarnación misma de aquel viaje, con sus licencias, sus descubrimientos y la juventud nuevamente encontrada. Además, el muchacho se mostraba activo, sutil, discutía con los proveedores, administraba los gastos, allanaba las dificultades y organizaba los placeres. Guccio compartía una manera de vivir de gran señor y en familiaridad con los príncipes. Sus funciones poco definidas de intérprete, secretario y tesorero le valían muchas atenciones. Por otra parte, Bouville no era avaro de sus recuerdos y durante las largas cabalgadas, o bien por la noche, mientras cenaban en los albergues o en las hospederías de los monasterios, había contado a Guccio muchas cosas sobre el rey Felipe el Hermoso, la corte de Francia y las familias reales. De este modo se abrían mutuamente mundos desconocidos y se complementaban a las mil maravillas, formando una curiosa pareja en la que el adolescente guiaba frecuentemente al viejo.

Entraron así en la habitación de doña Clemencia; pero el aire de descuidada indiferencia que habían adoptado se esfumó cuando vieron, de pie, ante el cuadro, a la vieja reina madre María de Hungría. Haciendo reverencias avanzaron con paso prudente.

La reina era una anciana de setenta años, viuda del rey de Nápoles Carlos II el Cojo y madre de trece hijos, de los que ya había visto morir casi a la mitad. Sus embarazos le habían ensanchado la pelvis y las penas le habían marcado grandes arrugas, que iban de los párpados a su

143

boca desdentada. Era alta y de tez oscura, de cabellos nevados y su fisonomía daba una impresión de fuerza, decisión y autoridad no atenuadas por la edad. Llevaba la corona desde que despertaba. Emparentada con toda Europa y reivindicando para sus descendientes el trono vacante de Hungría, lo había logrado, por fin, después de veinte años de lucha.

Ahora que su nieto Caroberto, heredero de su hijo mayor Carlos Martel, muerto prematuramente, ocupaba el trono de Buda; que su segundo hijo, el difunto obispo de Toulouse, estaba a punto de ser canonizado; que el tercero, Roberto, reinaba en Nápoles y las Pullas; que el cuarto era príncipe de Tarento y emperador titular de Constantinopla, y el quinto duque de Durazzo, y que sus hijas supervivientes estaban casadas la una con el rey de Mallorca y la otra con Federico de Aragón, la reina María no creía haber acabado aún su tarea; se ocupaba de su nieta, Clemencia, la huérfana, hermana de Caroberto, que ella había educado.

Volviéndose bruscamente hacia Bouville, como un halcón que localiza un capón, le hizo una señal para que se acercara.

—Bien, señor, ¿qué os parece este retrato?

Bouville se puso a meditar delante del caballete. Miraba menos el rostro de la princesa que los dos postigos laterales destinados a proteger el cuadro durante el transporte, y en los que Oderisi había pintado, en uno, el *maschio angioino* y, en el otro, en una perspectiva con una superposición, el puerto y la bahía de Nápoles. Contemplando aquel paisaje que tanto le dolía abandonar, Bouville sentía ya nostalgia.

—Su arte me parece impecable —dijo al fin—. Fuera de que el marco es tal vez un poco simple para encuadrar un rostro tan bello. ¿No creéis que un festón dorado...?

Trataba de ganar un día o dos.

—No importa, señor —cortó la vieja reina—. ¿Creéis

144

que se parece? Sí, pues esto es lo importante. El arte es cosa frívola y me asombraría que el rey Luis perdiera el tiempo mirando guirnaldas. El rostro es lo que interesa, ¿no es verdad?

No se mordía la lengua y, a diferencia de toda la corte, María de Hungría no se molestaba en disimular el motivo de la embajada. Despidió a Oderisi diciéndole:

—Habéis hecho un buen trabajo, Giovanotto. Que nuestro tesorero os pague lo que os debe. Y ahora, volved a pintar nuestra iglesia y procurad que el diablo sea bien negro y los ángeles bien resplandecientes.

Y, para desembarazarse también de Guccio, le mandó que ayudara al pintor a llevar sus pinceles. Con el mismo fin envió a la dama de compañía a bordar fuera.

Después, alejados los testigos, se volvió hacia Hugo de Bouville.

—Así, pues, señores, regresaréis a Francia.

—Con infinita pena, señora. Todas las atenciones de que se me ha hecho objeto aquí...

—Pero en fin —dijo ella interrumpiendo al mensajero—, vuestra misión ha terminado. Por lo menos, hasta cierto punto.

Sus negros ojos estaban fijos en los del señor de Bouville.

—¿Hasta cierto punto, señora?

—Quiero decir que este asunto ha quedado resuelto en principio, ya que el rey y yo damos nuestro consentimiento. Pero este consentimiento, señor —y apretó las mandíbulas de manera que se le marcaron los tendones del cuello—, este consentimiento, no lo olvidéis, es condicional. Porque aunque nos sentimos altamente honrados por la petición del rey de Francia, nuestro primo, y estamos dispuestos a amarlo con una fidelidad completamente cristiana y a darle numerosa descendencia, no es menos cierto que nuestra respuesta definitiva depende de que vuestro señor se vea libre de la señora de Borgoña, pronta y realmente. No sabríamos contentarnos con una anulación dictada por algunos obispos complacientes, la cual podría ser protestada por las más altas jerarquías de la Iglesia.

—Conseguiremos la anulación dentro de poco, señora, como he tenido el honor de asegurároslo.

—Señor —dijo ella—, ahora estamos solos, no me aseguréis pues lo que todavía está por hacer.

Bouville tosió para disimular su turbación.

—Este asunto —contestó— es la primera preocupación de mi señor de Valois, que hará todo por apresurarla e, incluso, en la actualidad, ya lo da por hecho.

—¡Sí, sí! —gruñó la vieja reina—. Conozco a mi yerno. De palabra, nada se le resiste, y no cae ni cuando tropieza. —Aun cuando su hija Margarita había muerto hacía quince años y Carlos de Valois se había vuelto a casar después dos veces, ella continuaba llamándolo «mi yerno»—. Queda bien claro, también, que no damos nada de tierra. Me parece que Francia tiene suficiente. Hace algún tiempo, cuando nuestra hija se casó con Carlos, aportó de dote Anjou, que era muy importante. Pero al año siguiente, cuando una hija del segundo matrimonio de Carlos se casó con nuestro hijo de Tarento, ella aportó Constantinopla.

Y la vieja reina hizo un gesto con su gotosa mano dando a entender que tan hermoso título no era más que viento.

Algo apartada cerca de la ventana abierta, y mirando al mar, Clemencia experimentaba la violencia de tener que presenciar aquel debate. ¿Debía el amor acompañarse con estos preliminares, tan parecidos a una discusión de negocios? Después de todo, de lo que se trataba era de su felicidad y de su vida. ¡Habían rehusado para ella, y sin consultar su opinión, tantos partidos considerados insuficientes! Y he aquí que se le ofrecía el trono de Francia, cuando sólo un mes antes, se preguntaba si no tendría

que entrar en un convento. Creía que su abuela empleaba un tono demasiado cortante. Por su parte, ella estaba
dispuesta a tratar a la suerte más suavemente, y a mostrarse menos puntillosa sobre el derecho canónico...
Muy lejos, allá en la bahía, un navío de alta borda ponía
rumbo hacia las costas de Berbería.

—A mi regreso, señora, pasaré por Aviñón con instrucciones de mi señor de Valois —dijo Bouville—. Y,
dentro de poco, yo os aseguro que tendremos ese Papa
que nos falta.

—Deseo creeros —respondió María de Hungría—.
Pero también deseamos que todo quede arreglado para
el verano. Tenemos otras ofertas para Clemencia; otros
príncipes la quieren por esposa. No podemos consentir
una demora más prolongada. —Los tendones del cuello
se le volvieron a contraer—. Sabed que en Aviñón —prosiguió ella— el cardenal Duèze es nuestro candidato.
Deseo vivamente que también sea el del rey de Francia.
Vos obtendréis la anulación mucho más rápidamente si
él llega a ser Papa, pues nos es enteramente leal y nos
debe mucho. Además, Aviñón es tierra antigua, de la que
somos señores feudales, bajo el rey de Francia, desde
luego. No lo olvidéis. Id a despediros del rey, mi hijo, y
que todo suceda según vuestros deseos... ¡Antes del verano, os lo recuerdo, antes del verano!

Bouville, tras inclinarse, se retiró.

—Mi señora abuela —dijo Clemencia con voz insegura—, creéis que...

La vieja reina le dio unas palmadas en el brazo.

—Todo está en las manos de Dios, hija mía —respondió—, y no nos sucede nada que Él no quiera.

La anciana salió a su vez.

«Quizá tenga el rey Luis otras princesas en su pensamiento —pensó Clemencia al quedarse sola—. ¿Será acertado apremiarlo así? ¿No dirigirá a otra parte su
elección?»

Permanecía delante del caballete, con las manos cruzadas sobre el talle; había adoptado maquinalmente la postura que tenía el retrato.

«¿Será un rey el que sienta el placer de posar sus labios sobre esas manos?», se preguntó una vez más.

6

La caza de los cardenales

Hugo de Bouville y Guccio se embarcaron a la mañana siguiente. Se había decidido, en efecto, volver por mar para ganar tiempo. Entre el equipaje llevaban un cofrecillo forrado de metal, que contenía el oro entregado por los Bardi de Nápoles, cuya llave guardaba Guccio sobre su pecho. Acodados en el pasamanos del castillo de popa, contemplaban, con melancolía, cómo se alejaban de Nápoles, las islas y el Vesubio. Se veían grupos de velas blancas que dejaban la costa para la pesca diaria. Después se adentraron en alta mar. El Mediterráneo estaba en perfecta calma, justamente con la brisa necesaria para impulsar el navío. Guccio, que no estaba muy tranquilo al embarcarse, pues se acordaba de su detestable travesía del canal de la Mancha el año anterior, se regocijaba de no haberse indispuesto. A las dos horas, ya había tomado confianza en la estabilidad del navío y en sí mismo y poco le faltó para que se comparara con Marco Polo, el navegante veneciano cuyo libro *Las maravillas del mundo*, escrito hacía poco, después de sus viajes, era muy leído y apreciado aquellos años. Guccio iba y venía de proa a popa, instruyéndose en los términos de la marinería y teniéndose interiormente por un auténtico aventurero, mientras el anciano gran chambelán seguía echando de menos la maravillosa ciudad que había tenido que abandonar.

Cinco días más tarde, llegaron a Aigues-Mortes.

Este puerto, del que en otro tiempo había partido

san Luis para la cruzada, no se había acabado realmente hasta el reinado de Felipe el Hermoso.

—Ea —dijo el grueso señor, esforzándose en sacudirse la nostalgia—, será preciso que ahora nos dediquemos a lo que apremia.

Los escuderos se dedicaron a buscar caballos y mulas, y los criados a cargar los portamantas, el retrato de Oderisi embalado en una caja y el cofre de los Bardi que Guccio no perdía de vista.

El tiempo era triste y nuboso, y Nápoles ya no parecía más que el recuerdo de un sueño.

Llegar a Aviñón les costó, con una parada en Arlés, jornada y media de cabalgata. Durante ese trayecto, el señor de Bouville se resfrió. Acostumbrado ya al sol de Italia, se había olvidado de abrigarse convenientemente. Los inviernos en Provenza son cortos pero, a veces, duros. Tosiendo, expectorando y sonándose, Bouville echaba pestes sin parar contra aquel país que ya no le parecía el suyo.

La llegada a Aviñón bajo las ráfagas del mistral, constituyó una amarga decepción, pues allí no había un solo cardenal. Cosa extraña en una ciudad donde residía el papado. Nadie pudo informar al enviado del rey de Francia, nadie sabía nada o no quería saber.

El palacio pontificio estaba cerrado de puertas y ventanas, y solamente lo guardaba un portero mudo e imbécil.[1]

Al caer la noche, el señor de Bouville y Guccio decidieron dirigirse a la fortaleza de Villeneuve, al otro lado del puente. Allí, un capitán de arqueros, muy desabrido y parco, les comunicó que los cardenales se encontraban, sin duda, en Carpentras, y que allí era donde había que buscarlos. Luego, proporcionaron a los viajeros, pero sin diligencia alguna, cena y cama.

—Ese capitán de arqueros —dijo Hugo a Guccio—, no es muy atento con quienes vienen de parte del rey. Haré la oportuna observación cuando regresemos a París.

Al alba, todo el mundo cabalgaba ya, para recorrer las seis leguas que separan Aviñón de Carpentras. La esperanza renació en Bouville pues, habiendo ordenado Clemente V, en sus últimas voluntades, que el cónclave se reuniera en Carpentras, se podía colegir, si los cardenales habían vuelto allí, que el cónclave se celebraba, por fin, donde había sido dispuesto.

En Carpentras, nuevo desencanto. Allí no había rastro de cardenales. Por si fuera poco, helaba, y el viento que seguía soplando se acanalaba en las callejuelas y cortaba la cara. A todo se añadía un vago sentimiento de inseguridad o de maquinación, pues al amanecer, apenas Bouville y los suyos habían dejado Aviñón, dos jinetes los habían adelantado, sin saludarlos, a todo galope hacia Carpentras.

—Es extraño —comentó Guccio—. Se diría que esa gente no se cuida más que de llegar antes que nosotros allá donde vamos.

La pequeña ciudad estaba desierta; parecía como si los habitantes estuvieran metidos bajo tierra o hubieran huido.

—¿Será nuestra llegada —dijo Hugo de Bouville— lo que produce esta desbandada? Nuestra escolta no es tan numerosa como para asustar a nadie.

En la catedral no encontraron más que a un viejo canónigo que fingió, al principio, tomarlos por viajeros que querían confesarse; los llevó hacia la sacristía, y se expresaba cuchicheando o por signos. Guccio, que se temía una emboscada y estaba inquieto por su cofre dejado con las mulas en el portal de la iglesia, echó mano a la daga. El buen hombre, después de haberse hecho repetir seis veces las preguntas, haber reflexionado y balanceando la cabeza, consintió al fin confiarles que los cardenales se encontraban en Orange. Lo habían dejado allí, completamente solo...

—¡En Orange! —exclamó el señor de Bouville—.

¡Pero por los clavos de Cristo! ¡Eso no son prelados, son golondrinas! ¿Estáis seguro al menos de que están en Orange?

—Seguro... —respondió el viejo canónigo, enojado por el juramento que acababa de oír—. ¡Seguro! ¿De qué se puede estar seguro en este mundo, fuera de que Dios existe? Creo que en Orange, por lo menos encontraréis a los italianos.

Después se calló, como si temiera haber dicho ya demasiado. Estaba lleno de rencor, pero no se atrevía a manifestarlo.

—¡Está bien! Vamos a Orange —decidió Hugo de Bouville irritado—. ¿A cuánto está? ¿Seis leguas también? ¡Vamos por las seis leguas! A montar, muchachos.

Pero apenas Hugo y Guccio enfilaron la ruta de Orange, los adelantaron nuevamente dos jinetes a rienda suelta, y esta vez no pudieron dudar ya de que la cabalgada era por ellos.

El señor de Bouville, acometido de repente por un humor combativo, quiso lanzarse tras los dos jinetes; pero Guccio se opuso firmemente.

—Llevamos demasiada carga, señor Hugo, para que podamos alcanzarlos; sus caballos son de refresco, los nuestros están cansados y, sobre todo, no quiero dejar atrás mi cofre.

—Es cierto —respondió Bouville—, mi jaca es mala, siento que se hunde bajo mi peso y me gustaría cambiarla.

En Orange se enteraron, sin asombro, de que los Monseñores no estaban allí. De todos modos, Bouville se encolerizó cuando oyó decir que más bien debían buscarlos en Aviñón.

—¡Pero si ayer pasamos por Aviñón —gritó Bouville al clérigo que intentaba ofrecerle una buena información—, y todo estaba tan vacío como mi mano! ¿Y monseñor Duèze? ¿Dónde está monseñor Duèze?

152

El clérigo respondió que, siendo monseñor Duèze obispo de Aviñón, lo procedente era preguntar en el obispado. Era inútil discutir. El preboste de Orange, por una desdichada coincidencia, había sido trasladado precisamente aquel día, y el empleado que lo reemplazaba no tenía instrucciones para ocuparse del alojamiento de los recién llegados. Éstos tuvieron que pasar de nuevo la noche en una posada muy sucia y fría, al lado de un campo invadido por las hierbas donde rugía el viento. Sentado frente a Hugo de Bouville, derrengado por la fatiga, Guccio comenzó a pensar que sería preciso que se encargara de la expedición si quería regresar a París, con éxito o sin él.

A un hombre de la escolta una mula le había roto una pierna de una coz y habría que dejarlo allí; dos caballos de carga tenían heridas en la cruz y se hacía urgente herrar de nuevo las monturas. Al señor de Bouville le moqueaba la nariz que era una pena. Mostró tan poca energía durante todo el día siguiente, parecía tan desesperado al volver a ver los muros de Aviñón, que apenas puso obstáculos a que Guccio lo sustituyera.

—Jamás me atreveré a presentarme delante del rey —gemía—. Pero, decidme, ¿cuál es el medio de conseguir un Papa, cuando todo lo que lleva sotana desaparece al aproximarnos? Nunca más me podré sentar en el consejo, nunca más. Esta misión ha arruinado toda mi vida.

Se enredaba en tontos cuidados. ¿Iba bien colocado el retrato de doña Clemencia? ¿No se había deteriorado por el viaje?

—Dejadme a mí, señor Hugo —le respondió Guccio con autoridad—. Lo primero es encontraros alojamiento cómodo: me parece que lo estáis necesitando mucho.

Guccio se fue al encuentro del capitán de la ciudad. Y tan acertado estuvo en el tono que debiera haber empleado el señor de Bouville desde el principio, tan alto hizo sonar, con su fuerte acento italiano, los títulos de su

153

jefe y los que a sí mismo se otorgaba, puso tanta naturalidad al expresar sus exigencias que, en menos de una hora, hizo desocupar un palacio y consiguió un cómodo alojamiento. Guccio instaló a su gente y acostó a Hugo de Bouville en un lecho bien caliente; después, cuando el gordo de su señor, que se escudaba hipócritamente en su resfriado para no tomar ninguna decisión, estuvo acostado, Guccio le dijo:

—No me gusta nada este olor a trampa que flota en torno a nosotros, y de momento no tengo otro cuidado que el de poner al abrigo nuestro oro. Aquí hay un agente de los Bardi, y a él es a quien le voy a confiar mi depósito. Después de esto me sentiré más desahogado para ir a buscaros a vuestros condenados cardenales.

—¡Mis cardenales, mis cardenales! —gruñó el otro—. ¡Ésos no son mis cardenales! Estoy más apesadumbrado que vos por las malas pasadas que me están jugando. Hablaremos de eso cuando haya dormido un poco, si queréis, pues me siento completamente aterido. ¿Estáis por lo menos bien seguro de vuestro lombardo? ¿Podemos confiar en él? Al fin y al cabo, ese dinero pertenece al rey de Francia...

Guccio alzó entonces la voz:

—¡Señor Hugo, tened en cuenta que estoy, como vos podéis ver, tan preocupado por ese dinero como si precisamente perteneciera a alguno de mi familia!

Se dirigió sin perder tiempo a la banca, en el barrio de Saint-Agricol. El agente de los Bardi —que era primo del jefe de aquella poderosa compañía— recibió a Guccio con la cordialidad debida al sobrino de un cofrade importante, y él mismo fue a encerrar el oro en su caja fuerte. Se extendió la oportuna escritura, y después, el lombardo condujo al salón a su visitante, para que le relatara sus dificultades. Un hombre delgado, ligeramente encorvado, que permanecía delante de la chimenea, se volvió hacia los que entraban.

—*Guccio, che piacere!* —exclamó—. *Come stai?*
—*Carissimo Boccaccio! Che fortuna!*

Siempre son las mismas personas las que se encuentran en el camino, porque, de hecho, siempre son las mismas las que viajan.

No tenía nada de asombroso el que el señor Bocaccio se encontrara allí, puesto que era viajante principal de la compañía de los Bardi.

Pero las amistades nacidas casualmente en los caminos, entre gentes que viajan mucho, son más rápidas, más entusiastas y frecuentemente más sólidas que las de los sedentarios.

Boccaccio y Guccio se habían conocido un año antes, camino de Londres; en París se habían visto varias veces y se trataban como amigos de toda la vida. Su alegría se expresaba en invectivas toscanas adornadas con palabrotas. Un oyente desconocedor de las costumbres florentinas no hubiera comprendido que dos compañeros tan alegres se trataran mutuamente de bastardos, podridos y sodomitas.

Mientras el lombardo de Aviñón les hacía servir vino con especias, Guccio relató su viaje, las aventuras que había pasado los últimos días persiguiendo cardenales, y describió el lastimoso estado del grueso señor de Bouville.

Pronto Boccaccio no pudo aguantar la risa.

—*La caccia ai cardinali, la caccia ai cardinali! Vi hanno preso per il culo, i Monsignori!*

Después, ya en serio, dio a Guccio algunas explicaciones.

—No te extrañe que se escondan los cardenales. La experiencia les ha enseñado a ser prudentes, y todo el que viene de la corte de Francia, o se anuncia como tal, los hace salir huyendo. El verano pasado, Beltrán de Got y Guillermo de Budos, sobrinos del difunto Papa, llegaron aquí, enviados por tu buen amigo Marigny, pretextando

155

conducir a Cahors el cuerpo de su tío. Traían consigo nada menos que quinientos hombres armados. ¡Una bagatela para conducir un cadáver! Tenían la misión de hacer elegir un Papa francés, y por cierto que no emplearon la dulzura como argumento. Una mañana, todas las casas de Sus Eminencias fueron saqueadas, mientras sitiaban el convento de Carpentras donde tenía lugar el cónclave, y los cardenales, por una brecha del muro, hubieron de salir corriendo a campo traviesa para salvar la piel. A no ser por aquella brecha que les deparó la providencia, lo hubieran pasado mal. Algunos corrieron su buena legua con la sotana arremangada hasta las rodillas. Otros se escondieron en las granjas. Aún no lo han olvidado.

—Añadid a esto —dijo el primo Bardi— que se acaba de reforzar la guarnición de Villeneuve, y que los cardenales esperan a cada momento ver a los arqueros pasar el puente. Os han visto ir a Villeneuve y volver, eso basta... ¿Y sabéis quiénes son esos jinetes que os han adelantado varias veces? Hombres de Marigny, el arzobispo, sin duda. Van, en este momento, de un sitio para otro. No llego a comprender con precisión el trabajo que hacen, pero con seguridad es distinto del vuestro.

—No obtendréis nada, Hugo de Bouville y tú —prosiguió Boccaccio—, presentándoos de parte del rey de Francia, y os arriesgáis a tragar alguna noche un potaje sazonado de manera que no os despertéis más. Por ahora no hay otra recomendación válida para acercarse a los cardenales... a algunos cardenales... que la que procede del rey de Nápoles. Según me has dicho, llegáis de allá.

—Directamente —respondió Guccio— e incluso nos acompañan las bendiciones de la vieja reina María para que veamos al cardenal Duèze.

—¡Ah! ¿Por qué no has empezado por ahí? Lo conocemos. Es cliente nuestro desde hace veinte años. Curioso hombre, además, ese monseñor; parece bien situado, en Carpentras, para ser elegido Papa.

—Entonces, ¿por qué no lo dejan elegir? Es francés.

—Sí, es francés de nacimiento; pero fue canciller de Nápoles, por esto no lo quiere Marigny. Puedo hacer que lo veas cuando queráis, mañana mismo.

—¿Tú sabes, pues, dónde encontrarlo?

—No se ha movido de aquí —dijo Boccaccio riéndose—. Vuelve a tu casa y te llevaré noticias antes de esta noche. Y si disponéis de un poco de dinero para él eso facilitará las cosas: siempre anda corto, y a nosotros nos debe bastante.

Tres horas más tarde, el señor Boccaccio golpeaba la puerta del palacio donde estaba instalado Hugo de Bouville. Era portador de informaciones bastante nuevas. El cardenal Duèze iría al día siguiente, a eso de las nueve, a dar un paseo reparador a un lugar situado al norte de Aviñón, en un paraje llamado Pontet a causa de un pequeño puente que allí se encontraba. El cardenal no tenía inconveniente en encontrarse, como por casualidad, con el señor de Bouville, si éste pasaba por aquellos parajes, siempre que no fuera acompañado de más de seis hombres. Las escoltas debían quedar a una parte y a la otra de un gran campo, mientras que Duèze y el señor de Bouville permanecerían en medio, lejos de todas las miradas y a salvo de oídos indiscretos. El cardenal tenía predilección por el misterio.

—Guccio, hijo mío, sois mi salvación. Siempre os estaré agradecido —dijo Hugo, cuya salud había mejorado un poco al recobrar la esperanza.

Así pues, a la mañana siguiente, acompañado de Guccio, el señor Boccaccio y cuatro escuderos, se llegó a Pontet. Había una niebla que borraba los contornos y amortiguaba los sonidos, y el paraje estaba desierto. El señor de Bouville se había puesto tres capas. Hubo que esperar un buen rato.

Al fin, un pequeño grupo de jinetes surgió de la niebla, rodeando a un hombre joven que iba en una mula blanca, y que bajó ágilmente de su montura. Llevaba un manto negro bajo el que se adivinaban las vestiduras encarnadas, y se cubría la cabeza con un gorro con orejeras forrado de blanca piel de abrigo. Avanzó con paso vivo, casi brincando, por la hierba empapada, y entonces se vio que este joven era el cardenal Duèze, y que «Su Adolescencia» tenía setenta años. Solamente el rostro, de mejillas chupadas y sienes hundidas, con blancas cejas sobre la piel seca, delataba su edad; pero los ojos tenían la vivacidad atenta de la juventud.

También Hugo de Bouville se puso en marcha y se reunió con el cardenal al lado de un pequeño muro. Los dos hombres permanecieron un instante observándose mutuamente, desconcertados por su apariencia, que en modo alguno respondía a lo que habían imaginado. El señor de Bouville, con su innato respeto por la Iglesia, esperaba ver a un prelado lleno de majestad, de unción, no a aquel duende brincando en la niebla. El cardenal de curia, que creía que le habían enviado un capitán de guerra como Nogaret o Beltrán de Got, observaba a aquel hombre gordo cubierto como una cebolla que se sonaba ruidosamente.

Fue el cardenal quien atacó. La primera vez que se oía, su voz siempre sorprendía. Velada como un tambor fúnebre, a la vez viva, rápida y ahogada, no parecía salir de él, sino de algún otro que estuviera en aquellos parajes y al que se buscaba instintivamente.

—Venís, pues, señor de Bouville, de parte del rey Roberto de Nápoles, que me honra con su cristiana confianza. El rey de Nápoles... El rey de Nápoles —repitió—. Está muy bien. Pero también sois enviado del rey de Francia. Vos erais gran chambelán del rey Felipe, que no me quiso demasiado... aunque en verdad, no acierto a ver el motivo, pues le fui fiel en el concilio de Vienne para hacer suprimir a los templarios.

Bouville comprendió que la entrevista iba a tomar

un cariz político. Se sintió, asentados los pies sobre un campo de Provenza, como si lo interpelaran en el consejo privado. Bendijo su memoria, que le proporcionó esta respuesta:

—Me parece, monseñor, que os opusisteis a que se condenara como hereje al papa Bonifacio, y eso el rey Felipe no lo olvidó jamás.

—En verdad, señor, aquello era pedirme demasiado. Los reyes no se dan cuenta de lo que exigen. Cuando uno pertenece al colectivo del que surgen los pontífices, le repugna sentar tales precedentes. Un rey, cuando sube al trono, no hace proclamar que su padre era falso, adúltero y ladrón, aunque frecuentemente sea verdad. Sabemos que Bonifacio murió loco, rechazando los sacramentos y profiriendo horribles blasfemias; pero había perdido la razón porque fue abofeteado en su mismo trono. Pero, ¿qué ganaría la Iglesia publicando esta vergüenza? En cuanto a las bulas publicadas por Bonifacio antes de su locura, no contenían más herejía que la de haber disgustado al rey de Francia. Ahora bien, en esta materia el juicio pertenece al Papa, no al rey. Y el papa Clemente V, mi venerado bienhechor... vos sabéis que le debo lo poco que soy; el papa Clemente era del mismo parecer... Monseñor de Marigny no me aprecia mucho más; ha hecho cuanto ha podido para oponerse a mi elección, desde que está vacante el trono de san Pedro. Por esto no comprendo por qué deseáis verme. ¿Sigue siendo Marigny tan poderoso en Francia, o bien solamente finge serlo? Se dice que ya no manda, pero todos continúan obedeciéndole.

Extraño hombre ese cardenal que empleaba astucias para encontrarse con un embajador y que, desde el primer instante, penetraba en lo vivo de las cosas como si conociera a su interlocutor de toda la vida.

—La verdad, monseñor —respondió Hugo de Bouville, que no quería iniciar el debate sobre Marigny—, es que vengo a expresaros el deseo del rey Luis y de mi señor de Valois de tener un Papa cuanto antes.

Las blancas cejas del cardenal se alzaron.

—Bonito deseo —dijo Duèze—, cuando se me viene impidiendo con astucia, con dinero o por la fuerza ser elegido desde hace nueve meses... No es que me crea digno de tan alta misión... Pero, ¿quién lo es?, os pregunto... Ni tampoco estoy más ávido que cualquier otro de una tiara cuyo peso conozco muy bien. El obispado de Aviñón me ocupa suficientemente, y lo mismo los escritos a los cuales consagro todas mis horas libres. He empezado mi *Thesaurus pamperum*, un *Art transmutatoire* sobre alquimia y mi *Elixir des Philosophes*, que van muy adelantados, y que quisiera ver acabados antes de morir. ¿Ha cambiado la decisión de París referente a mí? ¿Es que desean ahora que sea yo el Papa?

Hugo de Bouville se percató en ese instante de que las instrucciones de Carlos de Valois eran, como siempre, tan imperativas como vagas. Le había dicho «un Papa».

—Desde luego, monseñor —respondió con blandura—. ¿Por qué no habéis de serlo vos?

—Entonces es que tienen algo muy grave que pedirme... es decir, pedir a quien sea elegido. ¿Qué servicio esperan?

—Sucede, monseñor, que el rey tiene necesidad de anular su matrimonio —dijo su interlocutor.

—¿Para volverse a casar con Clemencia de Hungría? —dijo el cardenal.

—¿Conocéis, pues, el proyecto?

—¿No habéis permanecido tres largas semanas en Nápoles, y no lleváis un retrato de Clemencia?

—Estáis bien informado, monseñor.

El cardenal no respondió y se puso a mirar al cielo como si viera pasar ángeles por él.

—Anular —murmuró con su voz velada que se disolvía en la niebla—. Verdaderamente siempre se puede anular. ¿Estaban las puertas de la iglesia bien abiertas el día de la boda? Asististeis a ella... y no os acordáis, ¿no es eso? Puede ser que otros recuerden que habían sido cerradas por descuido... ¡Vuestro rey es pariente muy próximo de su esposa! Tal vez se omitió pedir dispensa. Por tal motivo se podría descasar a todos los príncipes de Europa; son primos por los cuatro costados, y no hay más que ver los productos de tales uniones para darse cuenta: éste cojea, ése es sordo y aquel otro es impotente. Si de vez en cuando no se colara entre ellos el fruto de algún pecado o de un casamiento morganático, pronto se les vería extinguirse de escrófula y de debilidad.

—La familia de Francia es muy sana —respondió Bouville, molesto—, y nuestros príncipes de sangre son robustos como carreteros.

—Sí, sí... Pero cuando la enfermedad no se apodera de su cuerpo les ataca la cabeza. Y además sus hijos mueren con frecuencia a edad temprana... No, de verdad, no me seduce ser Papa.

—Pero si llegáis a serlo, monseñor —dijo Hugo de Bouville procurando retomar el hilo—, ¿os parecería posible la anulación... antes del verano?

—Anularlo es menos difícil —repuso amargamente Jacobo Duèze— que recuperar los votos que me han hecho perder.

La conversación giraba en círculo. El señor de Bouville, que percibía a sus hombres al extremo del camino batiendo los pies para calentarse, sentía con todo su corazón no poder llamar a Guccio, o bien a aquel señor Boccaccio que parecía tan hábil. Comenzaba a levantarse la niebla que dejaba adivinar pálidamente la presencia del sol. No hacía viento. Hugo de Bouville agradeció esta tregua, pero se hallaba cansado de estar de pie y sus tres capas comenzaban a pesarle. Se sentó maquinalmente en el pequeño muro de piedras lisas sobrepuestas y preguntó:

—En fin, monseñor, ¿en qué punto está el cónclave?

—¿El cónclave? ¡Pero si no hay cónclave! El cardenal D'Albano...

—¿Os referís al señor Arnaldo de Auch, que vino a París el año pasado... como delegado del Papa para condenar al gran maestre del Temple?

—El mismo. Siendo cardenal camarlengo, es él quien debe reunirnos; pero se las compone para no hacerlo desde que el señor de Marigny, de quien es una marioneta, se lo ha prohibido.

—Pero si, por fin...

En aquel momento, el señor de Bouville se dio cuenta de que estaba sentado mientras el prelado seguía en pie, y se levantó rápidamente excusándose.

—No, no; acomodaos —dijo Duèze, forzándole a sentarse de nuevo.

Y él mismo, con un ágil movimiento, fue a sentarse a su lado en el pequeño muro.

—Si el cónclave se reuniera al fin —prosiguió Hugo—, ¿a qué se llegaría?

—A nada. Eso es muy sencillo de comprender.

Naturalmente, muy sencillo para Duèze, que, como todo candidato a una elección, repasaba cada día el cálculo de sus votos; menos sencillo para él, que tuvo cierta dificultad para comprender lo que el cardenal le dijo a continuación, siempre con la misma voz de confesionario.

—El Papa debe ser elegido por los dos tercios de los votantes. Estamos presentes veintitrés: quince franceses y ocho italianos. De estos ocho, cinco son para el cardenal Caetani, el sobrino de Bonifacio... irreducibles. Jamás los conseguiremos. Quieren vengar a Bonifacio, odian la corona de Francia y a todos los que, directamente o por medio del papa Clemente, la han podido servir.

—¿Y los otros tres?

—Odian a Caetani; se trata de los dos Colonna y de Orsini. Rivalidades ancestrales. No teniendo ninguno de estos tres suficiente poder para aspirar al solio, me son favorables en la medida en que yo constituyo un obstáculo para Caetani, a menos que... alguien les prometa llevar de nuevo la Santa Sede a Roma, lo que podría ponerles un instante de acuerdo, aunque luego se asesinaran entre sí.

—¿Y los quince franceses?

—¡Ah! Si los franceses votaran unidos, no tardaríais en tener Papa. Al principio, seis eran partidarios míos, pues el rey de Nápoles, por mi mediación, había sido generoso con ellos.

—Con seis franceses —contó Hugo de Bouville— y tres italianos, tenemos nueve.

—Desde luego, señor... Tenemos nueve, pero necesitamos dieciséis para que salga la cuenta. Considerad que los otros nueve franceses tampoco constituyen número suficiente para obtener el Papa que quisiera conseguir Marigny.

—Así, pues, sería preciso que obtuvierais siete votos más. ¿Creéis que algunos pueden conseguirse por dinero? Yo puedo proporcionaros algunos fondos. ¿Cuánto necesitaríais por cardenal?

El señor de Bouville creía haber llevado el asunto con mucha habilidad; pero, para su sorpresa, Duèze no dio muestras de entusiasmo por la propuesta.

—No creo —respondió— que los cardenales franceses que nos faltan sean sensibles a ese argumento. Y no es que la honradez constituya su mayor virtud, ni que vivan con austeridad; pero el miedo que le tienen al señor de Marigny los coloca por el momento por encima de los bienes materiales. Los italianos son más ávidos, pero el odio les sirve de conciencia.

—¿Según eso, todo depende de Marigny y del poder que conserva sobre esos nueve cardenales franceses?

—En estos momentos, así es, señor... Mañana puede depender de otra cosa. ¿Cuánto oro vais a poder dejarme?

Hugo de Bouville enarcó las cejas.

—¡Pero acabáis de decirme, monseñor, que ese oro no puede serviros de nada!

—Me habéis comprendido mal, señor. Ese oro no puede ayudarme a conquistar nuevos partidarios, pero me es necesario para conservar los que tengo, a quienes, mientras no sea elegido, no puedo conceder beneficios. Haremos buen negocio si cuando me hayáis conseguido los votos que me faltan he perdido los que tengo ahora.

—¿De cuánto necesitáis disponer?

—Si el rey de Francia es lo bastante rico para proporcionarme seis mil libras, yo me encargo de emplearlas de manera beneficiosa.

En este instante, el señor de Bouville tuvo de nuevo necesidad de sonarse. El otro creyó que era una estratagema y temió haber pedido una cifra demasiado alta. Ése fue el único punto a su favor que obtuvo Hugo en toda la entrevista.

—Incluso con cinco mil —susurró Duèze— podría hacer frente... durante cierto tiempo. —Sabía de antemano que aquel oro no saldría de su bolsa o, más bien, que lo usaría para saldar sus deudas.

—Ese oro —dijo Hugo de Bouville— os será entregado por los Bardi.

—Que lo guarden en depósito —respondió el cardenal—. Tengo cuenta en esa casa. Lo iré tomando según sea necesario.

Después de esto, se mostró súbitamente ansioso por volver a montar y aseguró a Hugo que no dejaría de rogar por él y que tendría sumo placer en volver a verlo.

Dio a besar su anillo al grueso señor, y luego se volvió, brincando por la hierba, como había venido.

«Curioso Papa tendremos: se ocupa de cosas de alquimia tanto como de asuntos de Iglesia —pensaba el señor de Bouville viéndolo alejarse—. ¿Estará hecho para el estado que ha elegido?»

Por lo demás, Hugo no se hallaba demasiado descontento de sí mismo. ¿Se le había encargado que viera a los cardenales? Había conseguido acercarse a uno... ¿Encontrar un Papa? Este Duèze no parecía desear otra cosa que serlo... ¿Distribuir el oro? Estaba hecho.

Cuando estuvo de nuevo con Guccio y le contó, satisfecho, el resultado de su entrevista, el sobrino de Tolomei exclamó:

—Entonces, señor Hugo, lo único que habéis conseguido es comprar a un precio carísimo al único cardenal que ya estaba de nuestra parte.

Y el oro que los Bardi de Nápoles habían prestado, por cuenta de Tolomei, al rey de Francia, volvió a los Bardi de Aviñón para reembolsarles lo que habían prestado al candidato del rey de Nápoles.

NOTAS

1. Éste no es el famoso palacio de los Papas que hoy conocemos y que fue construido al siglo siguiente. La primera residencia papal de Aviñón fue el palacio episcopal, algo ampliado.

7

Una absolución a cambio de un pontífice

Con sus piernas delgadas en postura de garza y la cabeza baja, Felipe de Poitiers permanecía delante de Luis el Obstinado.

—Señor, hermano mío —dijo con una voz tranquila y fría que recordaba la de Felipe el Hermoso—, os he entregado el resultado de nuestra investigación. No podéis pedir que niegue la verdad cuando ésta resplandece.

La comisión nombrada para comprobar la gestión financiera de Enguerrando de Marigny había acabado la noche anterior sus trabajos.

Durante varias semanas Felipe de Poitiers, los condes de Valois y de Evreux, el conde de Saint-Pol, el oficial mayor, Luis de Borbón, el arzobispo Juan de Marigny, el canónigo Esteban de Mornay y el primer chambelán Mateo de Trye, reunidos bajo la severa presidencia del conde de Poitiers, habían estudiado línea por línea el diario del Tesoro de los últimos dieciséis años, y habían exigido explicaciones complementarias y comprobantes sin omitir ningún capítulo.

Ahora bien, en esta severa investigación, efectuada en un clima de rivalidad e incluso de odio, pues la componían, casi a partes iguales, adversarios y amigos de Marigny, no se había encontrado nada que pudiera acusar a éste. Su administración de los bienes de la corona y de los fondos públicos se revelaba como totalmente exacta y escrupulosa. Si era rico, se debía a la munificencia del difunto rey y a su propia habilidad financiera.

Pero nada probaba que hubiera confundido alguna vez sus intereses privados con los del Estado y menos aún que hubiera robado al Tesoro. Carlos de Valois, presa de una furiosa decepción, como un jugador que ha hecho un mal envite, se obstinó en negar la evidencia hasta el final. Y sólo su canciller Mornay, a regañadientes, lo apoyaba en esta posición insostenible.

Luis X tenía en sus manos ahora las conclusiones de la comisión con seis votos contra dos y, sin embargo, dudaba en aprobarlas: esa vacilación hería en lo más vivo a su hermano.

—Las cuentas de Marigny están limpias, yo os traigo la prueba —prosiguió Felipe de Poitiers—. Si deseabais un informe diferente de la verdad, debíais haber buscado otro informador.

—Las cuentas, las cuentas... —replicó Luis X—. Todos saben que a los números se les hace decir lo que se quiere, y todos saben también que vos sois favorable a Marigny.

El conde de Poitiers miró a su hermano con tranquilo desprecio.

—Yo no soy favorable a nada, Luis, sino al reino y a la justicia; por esto os presento a la firma la aprobación que debe darse a Marigny.

La misma oposición de carácter que había existido entre Felipe el Hermoso y su hermano menor Carlos de Valois reaparecía entre Luis X y Felipe de Poitiers. Pero ahora los caracteres se hallaban invertidos. Al lado de un hermano que reinaba con acierto, el envidioso Carlos había desempeñado siempre un papel de intrigante. Ahora el intrigante era el rey, y el hermano menor el que poseía cerebro de soberano. El conde de Valois había murmurado durante veintinueve años: «¡Ah, si yo hubiera nacido primero!» Ahora Felipe de Poitiers empezaba a decirse, pero con mayor razón: «Yo ocuparía mejor el sitio donde el nacimiento ha puesto a mi hermano...»

—Y, además —dijo Luis—, las cuentas no lo son todo; hay cosas que me gustan muy poco. Mirad esta carta que he recibido del rey de Inglaterra, recomendándome que devuelva a Marigny la confianza que nuestro padre tenía en él, y alabando los servicios que ha prestado a los dos reinos... No quiero que me dicten mis actos.

—¿Y porque nuestro cuñado os da un sabio consejo es preciso que os neguéis enseguida a seguirlo?

Luis vio la mirada de su hermano y se rebulló en su asiento. Respondía con evasivas y, evidentemente, quería ganar tiempo.

—Aguardemos al señor de Bouville, cuyo inmediato regreso se me ha anunciado.

—¿Qué tiene que ver el señor de Bouville con nuestra decisión?

—Quiero tener noticias de Nápoles y del cónclave —dijo Luis, que empezaba a ponerse nervioso—. No quiero ir contra nuestro tío Carlos en el momento en que me consigue una esposa y me proporciona un Papa.

—Así que estáis dispuesto a sacrificar a los antojos de nuestro tío un ministro íntegro, y a alejar del poder al único hombre que sabe, hoy por hoy, conducir los asuntos del reino. Tened cuidado, hermano; no podéis seguir entre dos aguas. Habéis visto que mientras estábamos escudriñando las cuentas de Marigny como las de un mal servidor, todos seguían obedeciéndole en Francia, como siempre. Os será preciso restablecerlo en todo su poder o bien destruirlo completamente, considerándolo culpable de crímenes inventados y castigándolo por haber sido fiel. Escoged. Marigny puede tardar un año en obteneros un Papa; pero os lo dará conforme a los intereses del reino. Nuestro tío Carlos os prometerá un Santo Padre de la noche a la mañana; no será más rápido y os proporcionará a algún Caetani que querrá volver a Roma, nombrar desde allá a vuestros obispos y regirlo todo en vuestra propia casa.

Tomó el escrito de descargo que había preparado, y se lo acercó a los ojos, pues era muy miope, para leerlo por última vez: «... así apruebo, celebro y recibo las cuentas del señor Enguerrando de Marigny y lo considero libre, a él y a sus herederos, de todos los ingresos hechos por la Administración del tesoro del Temple, del Louvre y de la Caja del rey».

No le faltaba al pergamino más que la firma real y la aplicación del sello.

—Hermano —prosiguió el conde de Poitiers—, me asegurasteis que me haríais par al final del duelo de la corte, y que ya debía considerarme como tal. Como par del reino, os aconsejo que firméis. Es un acto de justicia.

—La justicia no pertenece más que al rey —exclamó Luis el Obstinado, con aquella repentina violencia que lo acometía cuando se veía en un mal paso.

—No, señor —replicó calmosamente Felipe—. Es el rey quien pertenece a la justicia, para ser su expresión y hacerla triunfar.

El mismo día, y hacia la misma hora, Hugo de Bouville y Guccio llegaban a París. La capital empezaba a aletargarse por el frío y por las repentinas sombras de las tardes de invierno.

Mateo de Trye esperaba a los viajeros en la puerta de Saint-Jacques. Estaba encargado de recibir al señor de Bouville en nombre del rey, y de llevarlo inmediatamente a palacio.

—¿Qué? ¿Sin el menor descanso? —dijo Hugo—. Estoy tan fatigado como sucio, mi buen amigo, y me tengo en pie de milagro. Mi edad no me permite estos trotes. ¿No podía darme tiempo para asearme y dormir un poco?

Estaba disgustado por tanta premura. Había imaginado que cenaría con Guccio por última vez, en una habitación íntima de alguna buena posada, que se dirían todo aquello que no habían encontrado modo de decirse en sesenta días de viaje y que se siente necesidad de formular en el último momento, como si ya no se hubiera de presentar otra ocasión.

En lugar de eso, se vieron obligados a separarse en medio de la calle, e incluso sin grandes efusiones, pues la presencia de Mateo de Trye constituía un estorbo. Hugo estaba afligido; sentía la melancolía de las cosas que se terminan, y mirando a Guccio marcharse, veía alejarse con él los bellos días de Nápoles y aquel milagroso instante de juventud que la suerte le había deparado en su otoño. Ahora el retoño se había secado y no renacería jamás.

«No le he agradecido bastante todos los servicios que me ha prestado, ni su grata compañía», pensaba el señor de Bouville.

Incluso no había advertido, tan natural era la cosa, que Guccio se llevaba consigo el cofre donde se encontraba el resto del oro de los Bardi, la pequeña suma restante después de los gastos del viaje y del pago al cardenal, pero que permitiría a la banca Tolomei percibir su comisión.

Esto no impedía que Guccio sintiera también la emoción de dejar a su grueso compañero, pues, a los bien dotados para los negocios, el sentido del interés no les embota de ningún modo los sentimientos.

Al penetrar en palacio, Hugo de Bouville notó algunas cosas que no le gustaron. Los servidores con que se cruzaba parecían haber perdido aquella corrección que él les había sabido imponer en tiempos del rey Felipe, y aquel aire de deferencia y de ceremonia, en sus menores gestos, que eran prueba de que pertenecían a la casa real. El relajamiento era visible.

Pero cuando el antiguo gran chambelán se encontró en presencia de Luis X, perdió todo espíritu crítico. Estaba delante del rey y no pensaba en otra cosa que no fuera en hacer su reverencia lo bastante profunda.

—Bien, Bouville —dijo Luis el Obstinado dándole un breve abrazo, lo que acabó de trastornar al grueso señor—, ¿cómo está María de Hungría?

—Temible, señor; no ha dejado de hacerme temblar. Para su edad, tiene una vitalidad asombrosa.

—¿Y su apariencia? ¿Y su figura?

—Muy majestuosa todavía, señor, aunque le faltan completamente los dientes.

El rostro de Luis se contrajo de espanto. Carlos de Valois, que permanecía al lado de su sobrino, se echó a reír.

—No, señor de Bouville —exclamó—, el rey no os interroga sobre la reina María, sino sobre doña Clemencia.

—¡Oh! ¡Perdón, señor! —dijo, enrojecido—. ¿Doña Clemencia? Os la voy a mostrar.

E hizo traer el cuadro de Oderisi, que pusieron sobre una consola. Abrieron los postigos que protegían el retrato y aproximaron unos candelabros.

Luis se acercó lentamente, con prudencia, como si temiera un desengaño. Después sonrió mirando a su tío con aire feliz.

—Si vos supierais, señor, lo hermoso que es aquel país —dijo el señor de Bouville al volver a ver Nápoles pintado en los dos postigos—. El sol brilla todo el año, la gente es alegre, y por todas partes se oye cantar...

—Y bien, sobrino, ¿os había engañado? —exclamó Carlos de Valois—. ¡Mirad esa tez, esos cabellos como la miel, esa hermosa y noble apostura! Y el escote, sobrino, ¡qué hermoso escote!

Él mismo, que hacía doce años que no había visto a la joven princesa, se sintió satisfecho y contento de sí mismo.

—Y debo decir al rey —añadió el señor de Bouville— que doña Clemencia es aún más agradable de contemplar al natural...

Luis callaba; parecía como si se hubiera olvidado de

172

la presencia de los otros. Con la frente adelantada y la espalda algo encorvada, se hallaba absorto en un extraño mano a mano con el retrato. No hacía más que mirarlo. Lo interrogaba y se interrogaba. En los azules ojos de Clemencia volvía a encontrar algo de la mirada de Eudelina, una especie de paciencia soñadora y de tranquilizadora bondad; la sonrisa, los mismos colores no dejaban de sugerir cierto parecido con la lencera de palacio... Una Eudelina, pero que había nacido de reyes, y para ser reina.

Por un instante, Luis trató de superponer al retrato, con la imaginación, el rostro de Margarita: su frente redonda y combada, los rizos de negros cabellos que la bordeaban, su piel morena, sus ojos fácilmente hostiles... Después, aquel rostro se desvaneció y el de Clemencia reapareció triunfante en su tranquila belleza, y Luis tuvo la convicción de que, al lado de aquella rubia princesa, no habría de temer que su cuerpo desfalleciera.

—¡Ah! ¡Es bella, verdaderamente bella! —exclamó al fin—. Tío, habéis tenido una buena idea, y lo mismo al haber encargado este retrato; os estoy agradecido, altamente agradecido. Y vos, señor de Bouville, recibiréis doscientas libras de renta a cargo del Tesoro, en mérito a vuestra embajada.

—¡Oh, señor! —murmuró Bouville en reconocimiento—, estoy suficientemente pagado con el honor de haberos servido.

El rey paseaba, agitado.

—Así que somos prometidos —prosiguió Luis—. Somos prometidos... No nos queda más que desposarnos.

—Sí, señor, y ha de hacerse antes del verano. Ésta es la condición para que podáis casaros con doña Clemencia.

—¡Cuento con no tener que esperar tanto! ¿Pero quién ha impuesto esa condición?

—La reina María, señor... Ella tiene otros partidos para su nieta, y aunque el que vos representáis sea en verdad el más honroso y el más deseado, no quiere comprometerse por más tiempo.

El rey se volvió con expresión interrogadora hacia Carlos de Valois, que puso también cara de asombro.

Carlos de Valois, que, durante la estancia del señor de Bouville, había permanecido en contacto epistolar con Nápoles y se atribuía el éxito de la empresa, había asegurado a su sobrino que el compromiso estaba en vías de conclusión, de manera definitiva y sin plazo alguno.

—Esta condición, ¿os la ha expresado María de Hungría en el último instante? —le preguntó a Hugo de Bouville.

—No, mi señor, lo dijo muchas veces, y lo repitió en el último momento.

—¡Bah! No son más que palabras para darnos prisa o hacerse valer. Si por desgracia la anulación tardara algo más, lo que no creo, María de Hungría tendría paciencia.

—No sé, mi señor, hizo la advertencia de manera muy firme.

Carlos no se sentía muy a gusto, y tamborileaba con la punta de los dedos en el brazo de su silla.

—Antes del verano —murmuró Luis—, antes del verano... ¿Y en qué situación se halla el cónclave?

Entonces el señor de Bouville relató su visita a Aviñón, esforzándose en no presentar una imagen de sí mismo demasiado ridícula. Repitió la información recogida por Guccio, contó su entrevista con el cardenal Duèze, e insistió sobre el hecho de que la elección del Papa dependía principalmente de Marigny.

Luis X escuchaba con gran atención, sin apartar los ojos del retrato de Clemencia de Hungría.

—Duèze... Sí —dijo—. ¿Por qué no Duèze?... Está dispuesto a conceder la anulación... Le faltan siete votos franceses... ¿Así pues me aseguráis, señor de Bouville, que sólo Marigny puede llevar a buen término este asunto?

—Ésa es mi firme convicción, señor.

Luis se acercó despacio a la mesa en que se hallaba el escrito de descargo preparado por su hermano. Tomó una pluma de ganso y la mojó en tinta.

Carlos de Valois palideció.

—¡Sobrino —exclamó lanzándose hacia él—, no iréis a exculpar a ese bribón!

—Otros, tío, afirman que sus cuentas son limpias. Seis de los barones designados para realizar el examen son de este parecer; sólo vuestro canciller está de vuestra parte.

—Sobrino, os suplico que esperéis... ¡Ese hombre nos engaña como engañó a vuestro padre! —gritó Carlos de Valois.

Hugo de Bouville hubiera querido hallarse fuera de la estancia.

Luis X miraba a su tío con aire obstinado, malicioso.

—Os había dicho que me hacía falta un Papa —dijo al fin.

—Pero Marigny no es favorable a Duèze.

—Bien. Ya buscará otro.

Por cortar cualquier otra objeción, fuera de lugar pero autoritario, añadió:

—Recordad que el rey pertenece a la justicia, para... hacerla triunfar. —Y firmó el descargo.

Valois salió de la estancia sin ocultar su despecho. Estaba ciego de rabia. «Hubiera hecho mejor —pensaba—, encontrándole una joven contrahecha y de aspecto desagradable. Así tendría menos prisa. He hecho el ridículo, y Marigny recuperará el favor del rey gracias a mis intrigas para echarlo.»

8

La carta de la desesperación

Una ráfaga de viento azotó la angosta vidriera. Margarita de Borgoña se echó atrás, como si alguien desde el cielo hubiera intentado golpearla.

El día comenzaba a alborear, incierto, sobre la campiña normanda. Era la hora en que la primera guardia subía a las almenas de Château-Gaillard. La tempestad del oeste empujaba enormes nubarrones negros portadores de verdaderas trombas de agua, y los álamos, a lo largo del Sena, curvaban su desnudo tronco.

El sargento Lalaine vino a descorrer los cerrojos de la puerta que aislaba, a mitad de la escalera de caracol, los calabozos de las dos princesas; el arquero Guillermo depositó sobre el escabel dos escudillas de madera llenas de una papilla humeante; después salió arrastrando los pies sin haber pronunciado palabra.

—¡Blanca! —gritó Margarita acercándose a la escalera. —No obtuvo respuesta—. ¡Blanca! —repitió más fuerte.

El silencio que siguió la llenó de angustia. Al fin oyó el golpeteo de los zuecos de madera sobre los escalones. Blanca entró vacilante, abatida; sus ojos claros, en la gris claridad que llenaba la estancia, tenían una expresión ausente a la par que obstinada.

—¿Has dormido? —le preguntó Margarita.

Blanca, sin contestar, fue hasta el cántaro de agua puesto al lado de las escudillas, se arrodilló e, inclinándolo hacia su boca, bebió a grandes tragos. Desde hacía algún tiempo adoptaba extrañas posturas para realizar las cosas ordinarias de la vida.

En la pieza ya no quedaba ninguno de los muebles de Bersumée. El comandante de la fortaleza lo había recogido todo hacía ya dos meses, inmediatamente después de la intempestiva visita de Alán de Pareilles, siguiendo la orden de Marigny de atenerse a las antiguas instrucciones.

Habían desaparecido los cofres y las cajas llevadas ahí en honor de monseñor de Artois; había desaparecido la mesa en la que había comido la reina prisionera, frente a su primo. Sólo algunos elementos del grosero mobiliario destinado a la tropa animaban pobremente el redondo calabozo. El camastro estaba provisto de un colchón relleno de vainas de guisante secas. Pero, como había señalado Pareilles que la salud de Margarita era importante para Marigny, Bersumée se cuidaba de que no faltaran las mantas, aunque no habían cambiado una sola vez las sábanas y no se encendía la chimenea más que cuando helaba.

Las dos mujeres se sentaron en el camastro, una al lado de la otra, con las escudillas sobre el regazo.

Blanca, sin usar la cuchara, se tomaba a lametazos la papilla de alforfón directamente de la escudilla. Margarita no comía. Se calentaba las manos sosteniendo el tazón de madera; aquél era uno de los pocos momentos buenos de la jornada, y constituía el último placer corporal que le quedaba. Cerraba los ojos, completamente concentrada en el miserable gozo de recoger un poco de calor en el hueco de sus manos.

De repente, Blanca se levantó y arrojó su escudilla al otro lado de la habitación. La papilla se derramó por el suelo, donde permanecería una semana.

—¿Quieres decirme qué te pasa? —preguntó Margarita.

—¡Quiero morir, me mataré! —gritó Blanca—. ¡Me tiraré de lo alto de la escalera, y tú te quedarás sola... sola!

Margarita suspiró y hundió la cuchara en el tazón.

—Nunca saldremos de aquí, por culpa tuya —prosiguió Blanca—, porque no quisiste escribir la carta que te pidió Roberto. ¡Por tu culpa, por tu culpa! Estar aquí no es vivir. Pero yo voy a morir, tú te quedarás sola.

La esperanza truncada es funesta para los prisioneros. Blanca había creído, al saber de la muerte de Felipe el Hermoso y, sobre todo, con la visita de Roberto de Artois, que iba a ser puesta en libertad. Y después, nada había sucedido; sólo la casi absoluta retirada del pequeño alivio material que la estancia de su primo había significado para las reclusas.

Desde entonces, el cambio que se había operado en Blanca era pavoroso. Había dejado de lavarse y adelgazaba rápidamente; pasaba de repentinos furores a crisis de llanto que dejaban largos surcos en sus manchadas mejillas. Sus cabellos, algo más largos, escapaban, sucios y enmarañados, de su toca de tela. Y no cesaba de abrumar a Margarita con reproches. Llegó hasta acusarla de haberla empujado a los brazos de Gualterio de Aunay; la insultaba y luego le exigía pataleando que escribiera a París para aceptar la proposición que le habían hecho. El odio había levantado una barrera de incomprensión entre aquellas mujeres, que no tenían más que su mutuo apoyo y compañía.

—¡Pues bien, revienta, ya que no tienes el valor de luchar! —respondió Margarita.

—¿Para qué? Dar golpes contra los muros... ¿Para que tú seas reina? ¿Es que aún crees que serás reina? ¡Reina! ¡Reina! ¡Mirad a la reina!

—Si hubiera aceptado, hubiera sido a mí a quien, quizás, habrían puesto en libertad, no a ti.

—¡Sola, sola, te vas a quedar sola! —repetía Blanca.

—¡Tanto mejor! ¡No deseo otra cosa! —exclamó Margarita.

También en ella las últimas semanas habían hecho

más estragos que todo el medio año anterior de reclusión. Su rostro se había estirado y endurecido, marcado por herpes. Como los días se sucedían sin traer nada nuevo, continuamente la atormentaba la misma pregunta: «¿Habré hecho mal rehusando la propuesta?»

Blanca se lanzó hacia la escalera. «¡Bueno, que se tire! ¡A ver si no la oigo gemir ni gritar más! No se matará, pero al menos le harán entrar en razón, o se la llevarán», se dijo Margarita. Luego corrió detrás de su cuñada como si quisiera empujarla a las profundidades de la escalera.

Blanca se volvió. Por un instante, se desafiaron con la mirada. De repente, Margarita se apoyó, se hundió casi, en el muro...

—Nos volvemos locas las dos... —dijo—. Vamos, creo que hay que escribir esa carta. Yo tampoco aguanto más.

E inclinándose sobre el agujero de la escalera gritó:

—¡Guardias, guardias! ¡Que llamen al capellán!

Sólo le respondió el viento de invierno, que arrancaba las tejas de los techos.

—Ya ves... —dijo Margarita encogiéndose de hombros—. Lo haré llamar cuando nos traigan comida.

Pero Blanca bajó los escalones volando y se puso a golpear frenéticamente la puerta de abajo gritando que quería ver al capellán. Los arqueros de guardia interrumpieron su juego de dados y se oyó que salía uno de ellos.

Bersumée llegó un momento después, con su gorro de piel de lobo calado hasta las orejas. Escuchó la petición de Margarita. ¿El capellán? Estaba ausente aquel día. ¿Plumas, un pergamino? ¿Para qué? Las prisioneras no tenían derecho a comunicarse con nadie, ni oralmente ni por escrito. Éstas eran las órdenes de monseñor de Marigny.

—Tengo que escribir al rey —dijo Margarita.

¿Al rey? ¡Ah! Verdaderamente aquello planteaba un problema a Bersumée. La palabra «nadie», ¿comprendía también al rey?

Margarita habló con altivez y estuvo tan acertada que el hombre acabó por obedecer.

—Id sin tardanza —exigió.

Bersumée se dirigió a la sacristía y trajo por sí mismo el material de escribir.

En el momento de empezar la carta sintió una última rebeldía y tuvo una sensación de repulsa. Nunca más, si por suerte se volvía a abrir su proceso, podría defender su inocencia y pretender que los hermanos de Aunay habían confesado en falso bajo tormento. Además, iba a privar a su hija de todo derecho a la corona...

—¡Vamos, vamos! —insistió Blanca de Borgoña, animándola.

—En verdad, nada puede ser peor que esto —murmuró Margarita. Y comenzó a escribir su renuncia: «Yo reconozco y confieso que mi hija Juana no es hija vuestra. Yo reconozco y declaro haberos negado siempre mi cuerpo, de manera que, entre nosotros, nunca hubo unión carnal. Yo reconozco y confieso que no tengo derecho a considerarme casada con vos... Espero, como se me prometió de parte vuestra por el señor de Artois si yo confesaba sinceramente mis faltas, que tengáis piedad de mi pena y arrepentimiento y me enviéis a un convento de Borgoña...»

Bersumée, receloso, se mantuvo a su lado durante todo el tiempo que estuvo escribiendo; después, cuando hubo acabado, tomó la carta y la observó un momento simulando leer, aunque no sabía hacerlo.

—Esto debe llegar lo antes posible a manos de monseñor de Artois —dijo Margarita.

—¡Ah! Señora, eso cambia las cosas. Al solicitarla, habíais dicho que era para el rey...

—¡... A monseñor de Artois para que él la lleve al rey!

—exclamó Margarita—. Sois demasiado estúpido, en verdad. ¿No veis el encabezamiento?

—¡Ah! Bueno... ¿y quién llevará esta carta?

—¡Vos mismo!

—Es que no tengo ninguna orden.

En todo el día no pudo decidir lo que debía hacer, y esperó al capellán para pedirle consejo. Puesto que la carta no estaba sellada, el capellán la leyó.

—Yo reconozco y confieso... yo reconozco y confieso... O miente cuando se confiesa conmigo, o miente aquí —dijo, rascándose la cabeza.

Estaba algo borracho y olía a sidra. No obstante, se acordó de que el conde de Artois le había hecho esperar tres horas en el cortante frío de la noche para tomar una carta de Margarita y que se había marchado sin ella, y encima lo había insultado en sus propias narices. Persuadió a Bersumée para que descorchara otra botella y, tras numerosos comentarios, le aconsejó que le entregara la carta; ponía en ello algunas esperanzas personales.

Bersumée pretendía guardársela, y por motivos igualmente personales. Se comentaba mucho en los Andelys que Marigny había caído en desgracia, y hasta se aseguraba que el rey intentaba procesarlo. Una cosa era cierta: aunque Marigny continuara cursando instrucciones, ya no enviaba dinero. Bersumée había recibido, de improviso sus atrasos de sueldo hacía tres meses pero, después, nada, y no estaba lejos el momento en que no podría alimentar a sus hombres ni a las mujeres. No era una mala ocasión para ir a informarle, sobre el terreno, de lo que pasaba.

—En tu lugar, capitán —decía el capellán—, yo haría enviar la carta al gran inquisidor, que al mismo tiempo es confesor del rey. Ella ha escrito: «Yo confieso.» Esto es asunto de la Iglesia y es asunto real... Si te parece, yo podría encargarme. Conozco al hermano inquisidor, que es de mi convento de Poissy...

—No, iré yo mismo —respondió Bersumée.

—Entonces, si ves al hermano inquisidor, no dejes de hablarle de mí.

A la mañana siguiente, pasadas las consignas al sargento Lalaine, Bersumée, con un casco de hierro y montado en su mejor jaca, tomó el camino de París.

Llegó al día siguiente a media tarde. Llovía a mares. Bersumée, enfangado hasta los ojos y con la ropa empapada, entró en una taberna cercana al Louvre para reponer fuerzas y reflexionar, ya que durante todo el camino la inquietud no había dejado de atenazarlo. ¿Cómo saber si hacía bien o mal, si obraba en pro o en contra de su ascenso? ¿Debía dirigirse a Marigny o bien al conde de Artois? Al infringir las órdenes del primero, ¿qué ganaba ante el segundo? Marigny... o Roberto de Artois; Roberto de Artois o Marigny. O si no, ¿por qué no al gran inquisidor?

La providencia vela a veces por los imbéciles. Mientras Bersumée secaba sus botas delante del fuego, un manotazo asestado sobre su espalda le sacó de sus meditaciones.

Era el sargento Quatre-Barbes, un antiguo compañero de guarnición, que acababa de entrar y lo había reconocido. No se habían visto desde hacía seis años. Se abrazaron, retrocedieron para examinarse, se volvieron a abrazar y comenzaron a pedir vino con gran alboroto a fin de celebrar su encuentro.

Quatre-Barbes, un mocetón delgado, con los dientes negros y estrábico, era sargento de arqueros en la compañía del Louvre, allí cerca, y frecuentaba aquella taberna. Bersumée lo envidiaba por residir en París. Quatre-Barbes envidiaba a Bersumée por haber ascendido más rápidamente que él y por ser comandante de fortaleza. Así pues, todo iba de maravilla, puesto que cada uno se creía admirado por el otro.

—¿Cómo? ¿Eres tú el encargado de custodiar a doña

Margarita? Dicen que tenía cien amantes. Las nalgas le deben quemar, y seguro que no te aburres, viejo picarón —exclamó Quatre-Barbes.

—¡Sí, sí! ¡No lo creas!

De las preguntas pasaron a los recuerdos, y después a los problemas de actualidad. ¿Qué había de verdad en la pretendida desgracia de Enguerrando de Marigny? Quatre-Barbes debía saberlo, puesto que vivía en la capital. Así supo Bersumée que el señor de Marigny había salido indemne de todas las trampas que le habían tendido; que el rey, no hacía más de tres días, lo había llamado y abrazado delante de muchos nobles, y que de nuevo era poderoso como nunca.

«Estoy metido en un buen embrollo con esta carta», pensaba Bersumée.

Con la lengua suelta por el vino, Bersumée se deslizaba hacia las confidencias, y pidiendo a Quatre-Barbes que le guardara un secreto que él mismo no podía guardar, le reveló el motivo de su viaje.

—¿Qué harías tú en mi lugar?

El sargento balanceó un momento su narizota encima de su jarra; después respondió:

—En tu lugar, yo iría a ver a Alán de Pareilles, que es tu jefe, para que te dé su parecer. Al menos, así te pondrás a cubierto.

—Bien pensado, eso haré.

Habían pasado la tarde hablando y bebiendo. Bersumée estaba algo embriagado y se sentía aliviado, sobre todo porque habían tomado la decisión por él. Pero la hora era ya demasiado avanzada para ejecutarla inmediatamente, y Quatre-Barbes, aquella noche, no estaba de guardia. Los dos compañeros cenaron en la taberna; el tabernero se excusó por no haber podido servir más que salchichas con guisantes, y se quejó largamente de las dificultades que encontraba para abastecerse. Sólo el vino no escaseaba.

—Vos estáis todavía mejor que nosotros en nuestros

campos, donde empieza ya a venderse la corteza de los árboles —dijo Bersumée.

Para que la fiesta fuera completa, Quatre-Barbes condujo a Bersumée a las callejuelas que discurrían detrás de Notre-Dame, a las chicas de vida alegre, que, por una ordenanza de tiempos de san Luis, continuaban llevando el cabello teñido de color de cobre para distinguirse de las mujeres honradas.

Al amanecer, Quatre-Barbes invitó a Bersumée a ir a su alojamiento del Louvre para asearse y, hacia las tres, cepillado, lustrado y afeitado hasta hacerse sangre, Bersumée llegó al cuerpo de guardia de palacio y se hizo anunciar a Alán de Pareilles.

El capitán de los arqueros no mostró vacilación alguna cuando Bersumée le hubo explicado su caso.

—¿De quién recibís vuestras instrucciones?

—De mi señor de Marigny, señor.

—¿Quién, por encima de mí, manda sobre todas las fortalezas reales?

—Mi señor de Marigny, señor.

—¿A quién debéis dirigiros en todo?

—A vos, señor.

—¿Y por encima de mí?

—A mi señor de Marigny.

Bersumée recuperó ese sentimiento de honor y a la vez de protección que experimenta el buen militar delante de un hombre que, poseyendo un grado superior al suyo, dicta su conducta.

—Entonces —concluyó Alán de Pareilles—, es a mi señor de Marigny a quien debéis entregar esa misiva. Pero hacedlo en propia mano.

Media hora más tarde, en la calle de Fossés-Saint-Germain, entraron a anunciar a Enguerrando de Marigny, que trabajaba en su gabinete, que un tal capitán Bersumée, que venía de parte del señor de Pareilles, insistía en verlo.

—Bersumée... Bersumée —dijo Enguerrando—. ¡Ah, sí! Es el asno que manda en Château-Gaillard. Que pase.

Temblando ante el hecho de ser introducido a la presencia de tan gran personaje, Bersumée apenas podía sacar de debajo de la cota y el tabardo la carta destinada al conde de Artois. Marigny la leyó enseguida, con mucha atención, y sin que ningún músculo de su cara se moviera.

—¿Cuándo fue escrita? —preguntó.

—Anteayer, monseñor.

—Habéis hecho muy bien trayéndola. Os felicito. Asegurad a doña Margarita que su carta llegará a su destino. Y si se le antoja escribir otra, procurad que tome el mismo camino... ¿Cómo se encuentra doña Margarita?

—Como una persona puede encontrarse en prisión, mi señor. Sin embargo, con toda seguridad la resiste mejor que doña Blanca, cuya razón parece algo extraviada.

El señor de Marigny hizo un gesto vago que significaba que la mente de las prisioneras le importaba poco.

—Cuidad de su salud corporal; que estén bien alimentadas y calientes.

—Mi señor, ya sé que ésas son vuestras órdenes; pero no puedo darles más que alforfones, que es de lo único que me queda un poco. En cuanto a la leña, tengo que enviar a mis arqueros a cortarla; pero no puedo exigirles muchas veces este trabajo penoso y gratuito a unos hombres que apenas comen lo suficiente.

—¿Por qué eso?

—Hay escasez de dinero en Château-Gaillard. No he recibido la soldada de mis hombres, ni he podido renovar el aprovisionamiento, que está todo al precio que vos sabéis, en estos tiempos de hambre.

Enguerrando se encogió de hombros.

—No me sorprende —dijo—. En todas partes sucede lo mismo. No he sido yo quien ha administrdo el Tesoro estos últimos meses. Pero pronto se arreglarán las cosas. El pagador os dará todo antes de una semana. ¿Cuánto se os debe a vos personalmente?

—Quince libras y seis sueldos, mi señor.

—Vais a recibir treinta al instante. —Y llamó a su secretario para que acompañara a Bersumée y le pagara el precio de su obediencia.

Una vez solo, Enguerrando de Marigny releyó la carta de Margarita, reflexionó un momento, la arrojó al fuego y permaneció ante la chimenea todo el tiempo que tardó en consumirse el pergamino.

En aquel instante se sentía verdaderamente el más poderoso personaje del reino. Tenía en sus manos todos los destinos, incluso el del rey.

TERCERA PARTE

PRIMAVERA DE CRÍMENES

1

El hambre

Desde hacía cien años no se había conocido una miseria tan grande como la de aquel año en Francia. Reapareció el flagelo de pasados siglos: el hambre. En París, el precio del celemín de sal llegó a alcanzar los diez sueldos de plata y la media fanega de trigo se vendió a sesenta sueldos, un precio nunca visto. La primera causa de este encarecimiento había sido la desastrosa cosecha del verano anterior, pero también la desorganización de la administración pública, la agitación sembrada por las ligas de la nobleza en numerosas provincias, el pánico de la gente que había acaparado por miedo a que le faltara, y, por último, la avidez de los especuladores.

Febrero es el mes más duro en los años de escasez. Las últimas provisiones del otoño están agotadas, del mismo modo que la resistencia de los cuerpos y de las almas. El frío se añade al hambre. Es el mes en que se produce mayor número de fallecimientos. Las gentes desesperan de volver a ver la primavera y esta desesperación conduce a unos al abatimiento y, a otros, al odio. Al tomar con demasiada frecuencia el camino del cementerio, cada cual se pregunta cuándo llegará su turno.

En la campiña se habían comido hasta los perros, a los que ya no podían alimentar, y cazaban los gatos, que se habían vuelto salvajes. El ganado se moría por falta de forraje, y la gente se peleaba por los despojos del descuartizamiento. Había mujeres que arrancaban la hierba helada para devorarla. Se descubrió que la corteza de haya producía mejor harina que la de encina. Algunos adolescentes se ahogaban a diario bajo el hielo de los estanques por haber querido atrapar algún pez. Casi no quedaban ancianos. Los carpinteros, demacrados y sin fuerzas, clavaban ataúdes sin descanso. Los molinos estaban parados. Madres enloquecidas mecían los cadáveres de sus hijos. A veces asediaban un monasterio; pero la misma limosna de nada servía, pues nada quedaba por comprar fuera de los sudarios. Hordas titubeantes subían de los campos a los burgos con la vana ilusión de procurarse allí el pan; pero se encontraban con otras hordas de esqueletos que volvían de las villas y parecían marchar hacia el juicio final.

Esto sucedía tanto en las regiones consideradas ricas como en las regiones pobres, de Artois a Auvernia, de Poitou a Champaña, en Borgoña y en Bretaña, en Valois, Normandía, Beuce y Brie, y hasta en la Île-de-France. E igual era la situación de Neauphle y de Cressay.

Parecía que la maldición que acosaba a la familia real se había extendido aquel invierno a todo el país.

Guccio, volviendo de Aviñón hacia París con el señor de Bouville, bien había podido observar esta penuria. Pero, alojándose en los prebostazgos o en los castillos reales, y llevando buen dinero en la bolsa para satisfacer los precios desmesurados de las posadas, había visto el desastre desde muy alto.

Tampoco se preocupaba por ello cuando, tres días después de su regreso, trotaba por el camino de París a Neauphle. Su abrigo forrado de pieles era una bendición; su caballo, fogoso, y él corría hacia la mujer que amaba. Pulía las frases que iba a pronunciar ante la bella María: cómo había hablado de ella con Clemencia de Hungría, futura reina de Francia, y cómo su pensamiento nunca la había abandonado, lo que, en efecto, era verdad. Pues las infidelidades fortuitas no impiden pensar, sino al contrario, en aquél a quien se es infiel, y hasta es la manera más frecuente que tienen los hombres de ser constantes. Luego describiría a María los esplendores de Nápoles... Se sentía revestido del fasto del viaje y estaba seguro de que María se rendiría a sus pies.

Sólo en las cercanías de Cressay, ya que conocía bien el lugar y le guardaba afecto, comenzó Guccio a darse cuenta de la existencia de algo que no fuera él mismo.

Los campos desiertos, los caseríos silenciosos, las escasas humaredas que se elevaban de las chozas, la ausencia de animales, el estado de flaqueza y de suciedad de los hombres que encontraba, y sobre todo sus miradas, crearon en el joven toscano un sentimiento de malestar y de inseguridad. Y cuando entró en el patio de la vieja casa solariega, por encima del arroyo de Mauldre, intuyó la desgracia. Ni un gallo en el corral, ni un mugido en los establos, ni siquiera un ladrido. El joven avanzó sin que nadie, siervo o señor, apareciera mientras se aproximaba. La casa parecía muerta. «¿Se habrán marchado todos? —se preguntaba—. ¿Los habrán embargado y desahuciado durante mi ausencia? ¿Qué ha sucedido? ¿O quizá la peste habrá hecho estragos por aquí?» Anudó las riendas de su caballo a una anilla del muro y entró en la mansión. Así se encontró frente a la viuda de Cressay.

—¡Oh! ¡Señor Guccio! —exclamó la señora—. Me alegro... Me alegro... Otra vez aquí...

Las lágrimas acudieron a los ojos de Eliabel, que se apoyó en un mueble, como si la sorpresa la hiciera vacilar. Había adelgazado unos diez kilos y había envejecido diez años. Parecía flotar dentro del vestido, que antes le apretaba en las caderas y en el pecho; tenía la cara grisácea y las mejillas hundidas bajo la toca de viuda.

Guccio, para disimular su sorpresa al verla tan cambiada, miró la gran sala a su alrededor. Antes se percibía en ella cierta dignidad de vida señorial a pesar de los pocos medios; ahora, todo en ella expresaba miseria sin defensa posible, y desnudez desordenada y polvorienta.

—No estamos en las mejores condiciones para acoger a un huésped —dijo con tristeza Eliabel.

—¿Dónde están vuestros hijos, Pedro y Juan?

—De caza, como todos los días.

—¿Y María? —preguntó Guccio.

—¡Ay de mí! —dijo Eliabel bajando los ojos.

—¿Qué ha pasado?

Doña Eliabel bajó los hombros, con gesto de desolación.

—Está tan mal —dijo Eliabel en tono de desolación—, tan débil que no espero que se levante más, ni siquiera que llegue a Pascua.

—¿Qué tiene? —preguntó Guccio con impaciente ansiedad.

—¡Pues el mal que todos sufrimos y del que muere la gente a montones por aquí! Hambre, señor Guccio. Si cuerpos ya hechos, como el mío, han quedado agotados, pensad en los estragos que puede hacer el hambre en los jóvenes, todavía en desarrollo.

—¡Pero, por Dios, mi señora! —exclamó Guccio—, ¡yo creía que la penuria no alcanzaba más que a los pobres!

—¿Y qué creéis que somos nosotros —respondió la viuda—, sino pobres? No porque seamos nobles y poseamos una casa solariega que se hunde somos más afortunados. Los pequeños señores no tenemos más bienes que nuestros siervos y su trabajo. ¿Cómo podemos esperar que nos alimenten, cuando ellos mismos no tienen qué comer y vienen a morir delante de nuestra puerta tendiéndonos la mano? Hemos tenido que matar nuestro ganado para compartirlo con ellos, añadid a esto que el preboste nos ha obligado a entregarle víveres, por orden del rey, según él; sin duda, para alimentar a los suyos, pues éstos siguen bien lustrosos... Cuando todos nuestros lugareños hayan muerto, ¿qué nos quedará, sino hacer lo mismo? La tierra no vale nada, no vale si no se la trabaja, y no son los cadáveres los que la harán producir... Ya no tenemos ni criados ni siervos. Nuestro pobre cojo...

—¿Al que llamabais vuestro escudero trinchante?

—Sí, nuestro «escudero trinchante» —dijo ella con una triste sonrisa— lo enterramos la semana pasada. Y todo por el estilo.

Guccio agachó la cabeza, compasivo. Pero del drama le importaba una sola persona.

—¿Dónde está María? —preguntó.

—Allá arriba, en su cuarto.

—¿Puedo verla?

—Venid.

Guccio la siguió a la escalera, que ella subió penosamente, de peldaño en peldaño, ayudándose con la cuerda de cáñamo que corría a todo lo largo.

María de Cressay reposaba en una estrecha cama pasada de moda, con una manta nada lujosa y cuyos colchones y almohadas estaban muy alzados en la parte de la cabecera, del tal modo que el cuerpo parecía deslizarse hacia el suelo.

—Señor Guccio... Señor Guccio... —murmuró María.

Sus ojos aparecían agrandados por las ojeras, sus largos cabellos castaño claro estaban esparcidos sobre la almohada de terciopelo. En sus enjutas mejillas y en su frágil cuello, la piel tenía una transparencia inquietante. Y la impresión de resplandor que daba antes había desaparecido, como si un blanco nubarrón hubiera cubierto su rostro.

Doña Eliabel los dejó, para que no vieran sus lágrimas.

—María, mi bella María —dijo Guccio, acercándose al lecho.

—Al fin aquí, al fin estáis aquí de regreso. He tenido tanto miedo, ¡oh!, tanto miedo de morir sin volver a veros.

Miraba intensamente a Guccio, y su mirada contenía el mensaje de una terrible pregunta. Inclinada como estaba por el amontonamiento de los colchones, no parecía real sino arrancada de algún fresco o, mejor, de una vidriera con la perspectiva cambiada.

—¿De qué sufrís, María? —inquirió Guccio.

—De debilidad, mi bien amado, de debilidad. Y además, del gran temor de que me hubierais abandonado.

—He estado en Italia al servicio del rey, y tuve que partir tan apresuradamente que no pude avisaros.

—Sirviendo al rey... —murmuró ella.

En el fondo de su mirada, continuaba habiendo una enorme y muda interrogación. Y Guccio se sintió bruscamente avergonzado de su buena salud, de sus vestidos guarnecidos con pieles, de las despreocupadas semanas que había pasado viajando; avergonzado, sobre todo, de la vanidad que le inundaba hasta una hora antes por haber vivido entre los poderosos de este mundo.

María le tendió su bella mano enflaquecida y Guccio la tomó entre las suyas, y sus dedos volvieron a encontrarse, se interrogaron y acabaron por unirse, entrecruzados en ese gesto con el que el amor se ofrece con más seguridad que con una plegaria.

El mar de duda desapareció entonces de los ojos de María. Cerró los ojos y quedaron así, un momento, sin hablar.

—Me parece que cobro nuevas fuerzas al tener vuestra mano —dijo ella al fin.

—María, ¡ved lo que os he traído!

Sacó de su monedero dos broches de oro labrado incrustados de perlas y cabujones, entonces de moda entre la gente de dinero, que los llevaba cosidos a los cuellos de las capas. María tomó los broches y los llevó a sus labios. Guccio se sintió angustiado, pues una joya, incluso la cincelada por el más hábil orfebre veneciano o florentino, no calma el hambre. «Un pote de miel o de frutas

confitadas hubiera sido mejor presente en esta ocasión»,
pensó. Y le dominó la prisa por hacer algo inmediatamente.

—Voy en busca de algo que daros —exclamó.

—Que estéis aquí, que penséis en mí. No pido otra
cosa... ¿Os marcháis ya?

—Dentro de unas horas estaré de regreso.

Iba a franquear la puerta.

—¿Lo sabe vuestra madre? —preguntó él sin alzar
la voz.

María le hizo con los ojos un signo negativo.

—No he querido obligaros —respondió—. Vos podéis disponer de mí, si Dios quiere que viva.

Al bajar a la sala, encontró a doña Eliabel en compañía de sus dos hijos, que acababan de volver. Con las mejillas hundidas y los ojos brillantes de fatiga, con los vestidos desgarrados y mal remachados, Pedro y Juan de
Cressay mostraban también las señales de la miseria. Ex-
presaron su alegría de ver de nuevo a su amigo. Pero no
pudieron librarse de un poco de envidia y de amargura al
contemplar el próspero aspecto del joven lombardo. «La
banca, sin duda, se defiende mejor que la nobleza», pensaba Juan de Cressay.

—Nuestra madre os lo ha contado, y además habéis
visto a María... —dijo Pedro—. Mirad nuestra casa hoy;
un cuervo y una rata de campo, he aquí toda nuestra caza
de esta mañana. ¡Poco caldo darán para toda una familia!
¿Qué queréis? Los campos están llenos de trampas. Hemos amenazado a los lugareños con apalearlos si cazan
para sí mismos, pero prefieren el palo y comerse la caza.
Yo haría otro tanto. Ya no nos quedan más que tres perros.

—¿Os son, al menos, de utilidad los halcones mila-
neses que os traje el otoño pasado? —preguntó Guccio.

Los dos hermanos desviaron la mirada con gesto
embarazado. Después, Juan, el mayor, se decidió a responder:

—Tuvimos que cederlos al preboste Portefruit para que nos dejara el último cerdo. No teníamos con qué alimentarnos.

—Habéis hecho muy bien —dijo Guccio—. En la primera ocasión, trataré de procuraros otros.

—Ese maldito preboste no ha mejorado desde que nos librasteis de sus garras —masculló Pedro de Cressay encolerizándose—, os lo juro. Por sí solo es peor que la miseria y doblemente pernicioso.

—Me avergüenzo, señor Guccio, de la humilde comida que voy a ofreceros para que la compartáis con nosotros —dijo la viuda.

Guccio rehusó con mucha delicadeza, alegando que lo esperaban en su delegación de Neauphle.

—Voy a ver si encuentro algunos víveres —añadió—. No podéis continuar así.

—Os agradecemos de corazón vuestro deseo —respondió Juan de Cressay—, pero no encontraréis nada fuera de hierba a lo largo de los caminos.

—¡Ya veremos! —exclamó Guccio haciendo sonar la bolsa—. Dejaría de ser lombardo si no lo lograra.

—Incluso el oro carece de utilidad —dijo Juan.

—Probaremos.

Siempre que visitaba a aquella familia, Guccio hacía el papel de caballero salvador y no el de acreedor. Ya ni se acordaba de la deuda de trescientas libras, todavía impagada desde la muerte del señor de Cressay.

Guccio cabalgó hacia Neauphle, persuadido de que los empleados de la banca Tolomei lo sacarían de apuros. «Conociéndolos, sé que prudentemente han debido de hacer buen acopio o bien sabrán adónde hay que dirigirse teniendo con qué pagar», se dijo.

Pero encontró a los tres empleados apiñados alrededor de un fuego de turba; tenían el rostro del color de la cera y la nariz tristemente dirigida hacia el suelo.

—Desde hace dos semanas todo el comercio está paralizado, señor Guccio —le dijo el jefe—. Ni siquiera se hace una operación al día. Los créditos no se cobran y no se adelanta nada con ordenar el embargo; la nada no se puede embargar. ¿Provisiones? —Se encogió de hombros—. Nosotros vamos a darnos un festín con una libra de castañas —prosiguió—, y nos lameremos los labios tres días. ¿Hay todavía sal en París? Es la falta de sal lo que, sobre todo, hace que la gente se debilite. ¡Si pudierais hacernos enviar aunque sólo fuera un celemín! El preboste de Montfort tiene, pero no quiere distribuirla. Ése no carece de nada, os lo juro; ha saqueado los alrededores como si fuera un país en guerra.

—¡Es una verdadera peste, ese Portefruit! —exclamó Guccio. Voy a su encuentro yo mismo. Ya domé una vez a ese ladrón.

—Señor Guccio... —dijo el jefe de la sucursal, aconsejándole prudencia.

Pero Guccio ya estaba fuera y volvía a montar a caballo. Un sentimiento de odio como jamás había conocido acababa de estallarle en el pecho.

Como María estaba en trance de morir de hambre, él se pasaba al lado de los pobres que sufrían; y eso habría sido suficiente para que se diera cuenta de que su amor era verdadero.

Él, el lombardo, el hijo del dinero, se colocaba de repente del lado de la miseria. Ahora se daba cuenta de que los muros de las casas parecían transpirar la muerte. Se sentía solidario con aquellas familias vacilantes que seguían a los ataúdes, con aquellos hombres de piel pegada a los pómulos cuyas miradas se habían transformado en miradas de bestias.

Clavaría su daga en el vientre del preboste Portefruit. Vengaría a María. Vengaría a toda la provincia y realizaría un acto de justicia. Luego, de seguro, sería detenido; lo deseaba. Su tío Tolomei removería cielo y tierra; iría a buscar al señor de Bouville y al conde de Valois.

El proceso se llevaría ante el Parlamento de París, e incluso ante el rey. Y entonces Guccio exclamaría: «Señor, he aquí por qué he matado a vuestro preboste.»

Legua y media de galope le calmó un poco la imaginación. «Recuerda, muchacho, que un cadáver no paga intereses», había oído repetir a sus tíos banqueros desde su infancia. Además, a fin de cuentas, uno no se bate bien más que con las armas que le son propias. Y aunque Guccio, como todo buen toscano, sabía manejar con bastante maestría las hojas cortas, aquélla no era su especialidad.

Así pues, se detuvo a la entrada de Montfort-l'Amaury, tranquilizó su caballo, calmó su espíritu y se presentó en el prebostazgo. Como el sargento de guardia no le mostraba el respeto debido, Guccio sacó de su abrigo el salvoconducto, marcado con el sello privado de Luis X, que Carlos de Valois le había entregado para su misión de Nápoles.

Los términos en que estaba redactando eran lo suficientemente amplios... —«yo requiero de todos mis senescales y prebostes que presten ayuda y asistencia...»—, como para que Guccio pudiera usarlo todavía.

—¡Servicio del rey! —dijo Guccio.

Al ver el sello real, el sargento del prebostazgo se deshizo en amabilidades y corrió a abrir las puertas.

—Da de comer a mi caballo —le ordenó Guccio.

Las gentes a las que hemos dominado una vez se sienten generalmente vencidas de antemano cuando se vuelven a encontrar en nuestra presencia. E incluso, aunque pretendan revolverse, no les sirve de nada, pues las aguas corren siempre en el mismo sentido. Esto era lo que sucedía entre el señor Portefruit y Guccio.

Con las cejas, las mejillas y la panza redondas, el preboste, vagamente inquieto, rodó, más que anduvo, hacia su visitante.

La lectura del salvoconducto no hizo más que aumentar su turbación. ¿Cuáles podían ser las funciones secretas de aquel joven lombardo? ¿Venía a informarse? ¿A inspeccionar? Felipe el Hermoso disponía de agentes secretos que, con el pretexto de otros cometidos, recorrían el reino y presentaban sus informes; luego, de improviso, se abría la reja de una prisión...

—¡Ah! Señor Portefruit, ante todo quiero haceros saber —dijo Guccio— que no he hablado en las altas esferas de aquel asunto de la tasa de sucesión de los Cressay, que hizo que nos encontráramos el año pasado. Desde luego, he admitido que se trataba de un error. Esto os lo digo para tranquilizaros.

¡Buen comienzo, en efecto, para tranquilizar al preboste! Era decirle claramente, desde el principio: «Os recuerdo que os sorprendí en flagrante delito de prevaricación, y que puedo darlo a conocer cuando quiera.»

La cara grande y redonda del preboste palideció un poco, lo cual acentuó, por contraste, el color viscoso de la fresa de nacimiento que le cubría la sien y parte de la frente.

—Os agradezco, señor Baglioni, vuestra decisión —respondió—. En efecto, fue un error. Por otra parte, he hecho rectificar las cuentas.

—¿Había, pues, necesidad de corregirlas? —observó Guccio.

El otro comprendió que acababa de decir una necedad peligrosa. Decididamente aquel joven lombardo tenía el don de confundirlo.

—Precisamente iba a ponerme a comer —dijo para cambiar rápidamente de tema—. ¿Me haréis el honor de compartir...?

Comenzaba a mostrarse obsequioso. La experiencia aconsejaba a Guccio que aceptara; donde más se abre la gente es en la mesa. Además, desde la mañana no había probado bocado y llevaba corrido un buen trecho. Así pues, aun cuando había partido de Neauphle para matar al preboste, se encontró confortablemente sentado a su lado, y no se sirvió de la daga más que para trinchar un cochinillo asado en su punto y bañado por un apetitoso jugo dorado.

La comida con que se regalaba el preboste en un país asolado por el hambre era verdaderamente escandalosa. «¡Cuando pienso que he venido aquí para encontrar con qué alimentar a María y que soy precisamente yo quien se está hartando! —se decía Guccio. Cada bocado aumentaba su odio, y como el preboste, creyendo congraciarse con su visitante, hacía servir sus mejores provisiones y sus vinos más añejos, Guccio, cada vez que el otro lo forzaba a aceptar algo, se repetía—: ¡Me las pagará todas juntas, este puerco! No pararé hasta que lo envíen a la horca.» Nunca fue devorada una comida con tanto apetito por el invitado y tan poco provecho para el anfitrión. Guccio no desperdiciaba ocasión para incomodar a éste.

—Me he enterado de que habéis adquirido unos halcones —dijo de repente—. ¿Tenéis derecho a cazar como los señores?

El otro se atragantó con su bebida.

—Cazo con los señores de la comarca, cuando ellos tienen a bien convidarme —respondió vivamente. De nuevo trató de cambiar el rumbo de la conversación, y añadió, por decir algo—: Viajáis mucho, según me parece, señor Baglioni.

—Mucho, en efecto —respondió Guccio con despreocupación—. Vengo de Italia, donde me he ocupado de un asunto por cuenta del rey, acerca de la reina de Nápoles.

Portefruit se acordó de que, en su primer encuentro, volvía de realizar una misión acerca de la reina de Inglaterra. Debía de ser muy poderoso aquel joven que parecía destinado a servir de enviado a las reinas. Además, siempre sabía lo que hubiera sido preferible que no supiera...

—Señor Portefruit, los empleados de la sucursal que

mi tío posee en Neauphle se hallan reducidos a la miseria. Los he encontrado muertos de hambre, y me han asegurado que no pueden comprar nada —declaró súbitamente Guccio—. ¿Cómo en un país tan asolado por la miseria imponéis diezmos en especie y requisáis todo cuanto queda por ahí de comer?

—¡Ah! Señor Baglioni, es un enojoso asunto para mí, y me causa un gran dolor, os lo juro. Pero debo obedecer órdenes de París. Me obligan a enviar cada semana tres carretas de víveres, como a todos los prebostes de por aquí, porque el señor de Marigny teme un motín y quiere tener en sus manos a la capital. Como siempre, el campo es el que sufre.

—Y cuando vuestros sargentos recogen lo necesario para llenar tres carretas, toman también lo suficiente para llenar otra, que guardáis para vos.

—¡De ningún modo, señor Baglioni, de ningún modo! ¿Qué estáis pensando?

—¡Vamos, vamos, preboste! ¿De dónde proviene todo esto? —exclamó Guccio mostrando la mesa—. Que yo sepa, los jamones no caen por la chimenea. Y vuestros sargentos no tendrían tan buen aspecto si sólo lamieran la flor de lis de sus bastones.

«De haberlo sabido —pensó Portefruit—, no lo habría tratado tan bien.»

—Es que, ¿sabéis? —respondió—, si se quiere el orden en el reino, es preciso alimentar decentemente a quienes han de mantenerlo.

—Sin duda —dijo Guccio—, sin duda. Habláis muy razonablemente. Un hombre sobre el que pesa tan alto cargo como el vuestro no debe pensar como el común de los mortales, ni obrar de la misma manera.

De pronto, Guccio empleó un tono amigable de aprobación, y parecía estar enteramente de acuerdo con el punto de vista del interlocutor. El preboste, que había bebido a placer para darse ánimo, cayó en la trampa.

—Ocurre como en el asunto de las tasas impositivas... —prosiguió Guccio.

—¿Las tasas? —repitió el preboste.

—¡Sí, las tasas! La tenéis sólo en depósito; ahora bien, habéis de vivir, tenéis que pagar a vuestros empleados. Por ello, forzosamente debéis descontar más de lo que os exige el Tesoro. ¿Cómo lo hacéis? Dobláis las tasas, ¿no es eso? Es lo que hacen, según tengo entendido, todos los prebostes.

—Poco más o menos —dijo Portefruit, dejándose ganar por la confianza, porque creía tener ante él a uno que estaba enterado del asunto—. Nos vemos obligados a ello. En primer lugar, para conseguir mi cargo tuve que untar la mano a un secretario del señor de Marigny.

—¿Un secretario del señor de Marigny? ¿De verdad?

—Claro, y continué mandándole una bonita bolsa cada San Nicolás. Además, debo repartir con mi recaudador, sin hablar de lo que me regatea el baile, que está por encima de mí. Con lo que, a fin de cuentas...

—No os queda nada para vos mismo, lo comprendo... Entonces, preboste, me vais a ayudar, y yo voy a proponeros un convenio en el que no saldréis perjudicado. Necesito alimentar a mis empleados. Cada semana les entregaréis en sal, harina, habas, miel y carne fresca o curada lo que necesitan para alimentarse. Ellos os lo pagarán al mejor precio de París y, además, con un aumento de tres sueldos por libra. Incluso puedo dejaros de adelanto veinte libras —dijo haciendo sonar su bolsa.

El tintineo del oro acabó por adormecer la desconfianza del preboste. Discutió un poco, por pura fórmula, los pesos y los precios. Se admiraba de las cantidades pedidas por Guccio.

—Vuestros empleados sólo son tres. ¿Necesitan tanta miel y tanta ciruela? ¡Oh, sí, se la puedo entregar!

Como Guccio quería llevar al instante algunas provisiones, el preboste lo condujo a su despensa, que más bien parecía un almacén.

Una vez que había hacho el trato, ¿para qué disimular? Incluso experimentaba cierta satisfacción enseñando impunemente, creía él, sus tesoros alimenticios. Con la cara redonda, la nariz hacia arriba y los brazos cortos, se movía entre los sacos de lentejas y de guisantes secos, olía sus quesos, acariciaba con la mirada sus ristras de salchichas. Aunque había pasado dos horas en la mesa, parecía que el apetito le hubiera vuelto de nuevo.

«Este bribón merecería que vinieran a saquearlo a horcazos y bastonazos», pensaba Guccio. Un criado preparó un gran paquete de vituallas que envolvió en un lienzo para disimularlo, y que Guccio hizo sujetar a su silla.

—Y si por ventura —dijo el preboste acompañándolo— os hiciera falta algo en París...

—Os lo agradezco, lo tendré presente; pero, sin duda, no tardaréis en verme de nuevo. De todos modos, estad seguro de que hablaré de vos como merecéis.

A continuación, Guccio partió para Neauphle y entregó a los empleados, aturdidos y con la boca que se les hacía agua, el ansiado botín.

—Así, cada semana —les dijo—. Está convenido con el preboste. De lo que os entreguen, haréis dos partes; una para vosotros, y la otra que vendrán a buscar de Cressay, o que les llevaréis con todo secreto. Mi tío se interesa mucho por esa familia, que es mejor de lo que aparenta: cuidad de que no le falte nada.

—¿Deben pagar al contado o bien será preciso sumarlo a su cuenta? —preguntó el jefe de la sucursal.

—Llevaréis una cuenta aparte que yo vigilaré.

Diez minutos más tarde, Guccio llegaba a la casa solariega y ponía a la cabecera de María de Cressay, miel y frutos secos y confitados.

—He dado a vuestra madre cerdo salado, harina, sal...

Los ojos de María se llenaron de lágrimas.

—¿Cómo habéis podido...? ¿Sois mago? ¡Miel, oh, miel!

—Mucho más haría con tal de veros recuperar las fuerzas, y por el gozo de ser amado por vos. Cada ocho días recibiréis otro tanto... Creedme —añadió sonriendo—, esto es menos difícil que encontrar un cardenal en Aviñón.

Esto le recordó que no había ido a Cressay solamente para alimentar hambrientos. Como estaban solos, aprovechó la ocasión para preguntar a María si el depósito que le había confiado el pasado otoño seguía en el mismo escondrijo de la capilla.

—Yo no lo he tocado —respondió ella—. Sentía gran inquietud de morir sin saber lo que debía hacer con él.

—No os preocupéis más, voy a recogerlo. Y por favor, si me amáis, no penséis más en la muerte.

—Ahora no —dijo ella sonriendo.

Él la dejó saboreando la miel a cucharaditas, con aire de éxtasis. «¡Todo el oro del mundo, todo el oro del mundo por ver feliz esa cara! Vivirá, estoy seguro. Está enferma de hambre; pero sobre todo está enferma de mí», pensaba con la fatuidad de la juventud.

Cuando bajó a la gran sala, le dijo a Eliabel que había traído de Italia excelentes reliquias, muy eficaces, y que deseaba rezar ante ellas, en la soledad de la capilla, para obtener la curación de María. La viuda se maravilló de que aquel joven tan afectuoso, tan desenvuelto y tan hábil fuera al mismo tiempo tan piadoso.

Tras recibir la llave, Guccio fue a encerrarse en la capilla; detrás del pequeño altar, encontró sin dificultad la piedra que giraba sobre sí misma, la quitó y, entre la polvorienta osamenta de un lejano señor Cressay, encontró el estuche de plomo que contenía, además del duplicado de las cuentas del rey de Inglaterra y del señor de Artois, el recibo firmado por el arzobispo Marigny. «He aquí una buena reliquia para curar el reino», se dijo.

Devolvió la piedra a su lugar, espolvoreó sobre ella un poco de polvo y salió con aire devoto.

Enseguida, tras los abrazos, las gracias y los buenos deseos de la castellana y de sus hijos, emprendió el regreso a París.

Aún no había pasado el Mauldre, cuando los Cressay se precipitaron a la cocina.

—Esperad, hijos míos, esperad a que os prepare una comida —dijo Eliabel. Pero no pudo evitar que los dos hermanos cortaran gruesas rodajas del embutido.

—¿No os parece que Guccio está enamorado de María, para preocuparse tanto por nosotros? —dijo Pedro de Cressay—. No nos reclama la deuda ni los intereses y, en lugar de ello, nos colma de regalos.

—Pues no —respondió Eliabel—. Nos aprecia a todos, eso es, y se honra con nuestra amistad.

—No sería mal partido —prosiguió Pedro.

Juan, el mayor, gruñó profundamente. Para él, como jefe de la familia, conceder la mano de su hermana a un lombardo chocaba con todas las tradiciones de nobleza.

—Si ésa fuera su intención, yo jamás...

Pero como tenía la boca llena no acabó de expresar su pensamiento. Y es que ciertas circunstancias adormecen un momento los escrúpulos y los principios, y Juan, masticando, se quedó pensativo.

Entretanto Guccio, cabalgando hacia París, se preguntaba si no había hecho mal en marcharse tan pronto y no aprovechar la ocasión para pedir la mano de María.

«No, no hubiera sido delicado. No se presenta semejante petición a gente hambrienta. Parecería que quiero aprovecharme de su miseria. Esperaré a que María esté bien.»

En realidad, le había faltado valor para decidirse y buscaba excusas para su falta de audacia.

La fatiga lo obligó a detenerse al anochecer. Durmió unas horas en Versalles, pueblecito triste y aislado entre insalubres pantanos. Allí los campesinos también se morían de hambre.

A la mañana siguiente, llegó a la calle Lombards; inmediatamente se encerró con su tío, al cual contó, indignado, cuanto acababa de ver. Una hora larga duró su relato, que Tolomei escuchó calmosamente, sentado ante el fuego.

—¿He obrado bien con la familia Cressay? ¿Lo apruebas, verdad, tío?

—Cierto, lo apruebo, desde luego. Y, además, de nada sirve discutir con un enamorado... ¿Has traído el recibo del arzobispo? —preguntó Tolomei.

—Desde luego, tío —respondió Guccio, tendiéndole el estuche de plomo.

—Así pues, me aseguras que ese preboste —prosiguió Tolomei— ha declarado él mismo que percibe el doble de las tasas y entrega una parte a un secretario de Marigny. ¿Sabes a quién?

—Puedo averiguarlo. Ese Portefruit me tiene ahora por muy amigo suyo.

—¿Y afirma que los demás prebostes hacen otro tanto?

—Sin duda. ¿No es una vergüenza? Comercian con el hambre y engordan como puercos mientras a su alrededor el pueblo se muere. ¿No debería ponerse todo esto en conocimiento del rey?

El ojo izquierdo de Tolomei, ojo que nadie veía nunca, se abrió bruscamente, y todo su rostro adoptó una expresión distinta, a la vez irónica e inquietante. Al mismo tiempo, el banquero se frotaba lentamente sus manos gordas y puntiagudas.

—¡Bien! Me has traído muy buenas noticias, mi pequeño Guccio; muy buenas noticias —dijo sonriendo.

2

Las cuentas del reino

Spinello Tolomei no actuaba con precipitación. Reflexionó dos largos días; al tercero, con la capa sobre el abrigo forrado porque llovía a cántaros, se dirigió al palacio de Valois. Fue recibido de inmediato por el mismo conde de Valois y por el señor de Artois. Ambos, apabullados, agrios en su conversación y tragándose difícilmente su derrota, se afanaban ideando vagos planes de venganza.

El palacio estaba mucho más tranquilo que los pasados meses, y se veía, bien a las claras que el viento del favor soplaba de nuevo del lado de Marigny.

—Mis señores —les dijo Tolomei—, os habéis conducido estas últimas semanas de tal manera que, si vuestro negocio fuera de banca o comercio, tendríais que cerrar las puertas. —Podía permitirse este tono de amonestación; se lo había ganado por diez mil libras, aunque no entregadas por él, sí garantizadas—. No me pedisteis consejo —prosiguió—. Por eso no os lo di. Pero habría podido advertiros que hombre tan poderoso y avisado como Enguerrando no iba a poner sus manos en los cofres del rey. ¿Cuentas limpias? Claro que están limpias. Si ha traficado, lo ha hecho de otra manera. —Después, dirigiéndose directamente al conde de Valois, añadió—: Os procuré algún dinero, mi señor Carlos, a fin de que os ganarais la confianza del rey; ese dinero debía devolvérseme pronto.

—¡Os será devuelto, maese Tolomei! —exclamó Valois.

—¿Cuándo? Yo no osaría, mi señor, dudar de vuestra palabra. Estoy seguro del préstamo; sin embargo, me interesaría saber cuándo y por qué medios me será reembolsado. Ahora bien, ya no sois vos, sino de nuevo el señor de Marigny, quien está a cargo del Tesoro. Por otra parte no veo que se haya promulgado ordenanza alguna concerniente a la emisión de moneda, que tanto deseábamos, ni tampoco sobre el restablecimiento del derecho de guerra privada. Enguerrando de Marigny se opone a ello.

—¿Tenéis algo que proponernos para acabar con ese hediondo jabalí? —dijo Roberto de Artois—. Nosotros estamos tan interesados en ello como vos, creedlo, y si tenéis una idea mejor que las nuestras, será bien recibida. Esto es una caza en la que necesitamos perros de refresco.

Tolomei alisó los pliegues de su traje y entrecruzó las manos sobre el vientre.

—Mis señores, yo no soy cazador —respondió—, pero soy toscano de nacimiento, y sé que, cuando no se puede abatir de frente al enemigo, hay que atacarlo de costado. Habéis ido al combate demasiado a las claras. Dejad, pues, de acusar al señor de Marigny y de pregonar por todas partes que es un ladrón, más cuando el rey ha admitido que no lo es. Aparentad durante algún tiempo que aceptáis su gobierno, fingid que os reconciliáis con él; después, a sus espaldas, haced indagaciones en las provincias. No encarguéis esto a los oficiales del reino, pues son obra de Enguerrando de Marigny, y es precisamente a ellos a quienes necesitáis vigilar; más bien decid a los nobles grandes y pequeños sobre los que tenéis influencia que os informen acerca de las actividades de los prebostes. En muchos lugares, sólo la mitad de las tasas cobradas llega al Tesoro. Lo que no se cobra en dinero se cobra en víveres y luego se vende a precios prohibitivos. Haced indagaciones, os digo; por otra parte, obtened del rey que convoque a todos los prebostes, recaudadores y empleados del Erario para que sean examinados sus libros. ¿Por quién? Por el señor de Marigny, asistido naturalmente por los barones y los inspectores de cuentas. Al mismo tiempo, vos haréis aparecer a vuestros investigadores. Entonces, yo os lo aseguro, saldrán a la luz tales malversaciones y tan monstruosas que no tendréis dificultad en achacarle la culpa al señor de Marigny, sea o no culplable. Y, al hacerlo así, mi señor de Valois, tendréis a vuestro lado a todos los nobles, que andan malhumorados al ver en sus feudos a los agentes de Enguerrando; además, tendréis con vos a todo el pueblo llano, que desfallece de hambre y busca un responsable de su miseria. He aquí, mis señores, el consejo que me tomo la libertad de daros y que yo en vuestro lugar daría al rey... Por otra parte, sabed que las compañías lombardas, que tienen sucursales repartidas por todo el reino, pueden, si lo deseáis, contribuir a vuestra indagación.

—Lo difícil será convencer al rey —dijo Carlos de Valois—, pues hoy por hoy está encantado con el señor de Marigny y con su hermano, el arzobispo, del que espera un Papa.

—Por el arzobispo no os inquietéis —replicó el banquero—. Para él dispongo de un bozal que ya usé una vez, y que puedo pasarle de nuevo por las narices, llegado el momento.

Cuando Tolomei hubo salido, Roberto de Artois dijo al conde de Valois:

—Ese buen hombre es sin duda más fuerte que nosotros.

—Más fuerte... Más fuerte... —murmuró Carlos—. Yo diría que no hace más que precisar, en su lenguaje de comerciante, las cosas que nosotros anteriormente habíamos pensado.

Desde el día siguiente, se apresuró a ceñirse a las instrucciones del capitán general de los lombardos, el cual, por una garantía de diez mil libras dada a sus cofrades italianos, se permitía el lujo de gobernar Francia.

Un largo mes de insistencia necesitó el señor de Valois para convencer a Luis el Obstinado. En vano le repetía a su sobrino:

—Recordad, Luis, las últimas palabras de vuestro padre. Recordad que os dijo: «Enteraos cuanto antes del estado de vuestro reino.» Sólo convocando a todos los prebostes y recaudadores lo conoceréis. Y nuestro santo abuelo, cuyo nombre lleváis, puede serviros también de ejemplo, pues mandó hacer una gran indagación de esa clase en el año 1247.

Enguerrando de Marigny aprobaba en principio tal reunión; veía en ella la ocasión de tener otra vez en su mano a los agentes reales; pues él también percibía cierta relajación en la administración. Pero juzgaba oportuno aplazar la convocatoria puesto que afirmaba que no era prudente alejar de sus puestos simultáneamente a todos los funcionarios del rey, cuando la miseria enfurecía al pueblo y se agitaban las ligas de los barones.

Era evidente que desde la muerte de Felipe el Hermoso se había debilitado la autoridad central. En realidad, dos poderes se oponían, se enfrentaban y se anulaban entre sí. Se obedecía o bien al señor de Marigny o bien al conde de Valois. Acosado por los dos bandos, mal informado, no sabiendo a ciencia cierta qué afirmaciones eran calumniosas y cuáles fidedignas, incapaz por naturaleza de cortar por lo sano, depositando su confianza ahora en unos ahora en otros, Luis X no tomaba más decisiones que las que se le imponían y creía gobernar cuando no hacía más que sufrir.

Cediendo a la violencia de las ligas de la nobleza y siguiendo el parecer de la mayoría de su consejo, el 19 de marzo de 1315, a los tres meses y medio de reinado, Luis X firmó la carta para los señores normandos. A ésta debían seguir en breve las cartas para los del Languedoc, para los de la Borgoña, Picardía y Champaña. La de Picardía interesaba particularmente a Carlos de Valois y a Roberto de Artois. Estas cartas anulaban todas las disposiciones, escandalosas a los ojos de los privilegiados, por las cuales Felipe el Hermoso había prohibido los torneos, las guerras particulares y los juicios de Dios. Se permitía de nuevo a los caballeros «guerrear unos contra otros, cabalgar, ir y venir y llevar armas...». Dicho de otra forma: la nobleza francesa recuperaba su querido y ancestral derecho de arruinarse en verdaderas o falsas batallas, de destruirse y, en ocasiones, de asolar el reino para dirimir querellas personales. ¿Qué soberano realmente monstruoso, cuya memoria debía ser escarnecida, había sido aquél que durante treinta años les había privado de tan inocentes pasatiempos?

Igualmente, los señores volvían a tener la libertad de distribuir tierras y sumar nuevos vasallos sin dar cuenta de ello al rey. Los nobles no debían ser citados más que ante organismos de nobles. Los sargentos y prebostes del rey no podían detener a los delincuentes o citarlos directamente a juicio sin haber informado al señor del lugar. Las gentes de los burgos y los campesinos libres no podían, salvo casos excepcionales, salir de las tierras de sus señores para ir a pedir justicia al rey. En fin, para los subsidios militares y la leva de tropas, los nobles recuperaban una especie de independencia que les permitía decidir si querían o no participar en la guerra nacional y cómo deseaban hacérselo pagar.

Enguerrando de Marigny logró hacer inscribir al final de estas cartas una vaga fórmula concerniente a la suprema autoridad real en todo lo que «según una antigua costumbre pertenecía al príncipe soberano y a ningún otro». Esta fórmula de derecho, dejaba a un monarca fuerte la posibilidad de recobrar pieza por pieza todo lo que se había concedido. No obstante, Carlos de Valois consintió en ello porque, cuando se decía «antigua costumbre», él sobreentendía «san Luis», pero Marigny no se hacía ilusiones; en teoría y en la práctica, eran todas las instituciones del Rey de Hierro lo que se hundía. El señor de Marigny salió de aquel consejo declarando que se había preparado el terreno para los más graves desórdenes. Al mismo tiempo, fue decidida la convocatoria de todos los prebostes, tesoreros y recaudadores. Se despachó a todas las bailías y senescalías a investigadores oficiales a los que se llamó «reformadores», aunque no se les concedieron los poderes necesarios para llevar a cabo una inspección en toda regla, dado que la reunión estaba fijada para mediados del siguiente mes; y como se buscaba un lugar para la reunión, Carlos de Valois propuso Vincennes, en recuerdo de san Luis.

El día señalado, Luis el Obstinado, pares, barones, dignatarios, altos funcionarios de la corona y miembros de la Cámara de Cuentas se dirigieron con gran pompa a la mansión de Vincennes. Formaban una bella cabalgata que atrajo a las gentes al umbral de las puertas y a la que los pilletes seguían, gritando: «¡Viva el rey!», con la esperanza de que les echaran un puñado de confites. Se había extendido el rumor de que el rey iba a juzgar a los recaudadores de impuestos, y nada podía ser más del agrado del pueblo.

La temperatura de abril era suave, con ligeras nubes que cruzaban el cielo por encima de la espesura de los árboles. Un verdadero tiempo de primavera que devolvía la esperanza; aunque la penuria continuaba, al menos el frío había terminado, y se decía que la próxima cosecha sería buena, de no sobrevenir una helada que echara a perder el trigo recién germinado.

Cerca de la mansión real se había levantado una enorme tienda, como para una fiesta o una gran boda, y doscientos recaudadores, tesoreros y prebostes estaban alineados, unos en bancos de madera y otros sentados en el suelo con las piernas cruzadas.

Bajo un dosel con las armas de Francia bordadas, el joven rey, con la corona en la cabeza y el cetro en la mano, se hallaba instalado en un *faudesteuil*, una especie de asiento plegable heredero de la silla curul que, desde los orígenes de la monarquía francesa, servía de trono al soberano cuando se desplazaba. Los brazos del *faudesteuil* de Luis X estaban esculpidos con cabezas de galgos y su respaldo cubierto con un cojín de seda roja.

A uno y otro lado del rey estaban colocados los pares y los nobles y, detrás de las mesas de tijera, los miembros de la Cámara de Cuentas. Uno tras otro, los funcionarios reales, llevando su registro, eran llamados al mismo tiempo que los «reformadores» que habían circulado por sus circunscripciones.

Aunque las investigaciones habían sido muy rápidas, permitieron, no obstante, recoger gran número de denuncias locales, cuya mayor parte fue verificada rápidamente. Casi todos los libros presentaban huellas de despilfarro y trazas de abusos y malversaciones, sobre todo en los últimos meses, en incremento desde la muerte de Felipe el Hermoso y más aún desde que se había minado la autoridad de Enguerrando de Marigny.

Los barones empezaron a murmurar, como si ellos hubieran sido ejemplo de honradez, o como si las dilapidaciones se hubieran ensañado en sus bienes propios. El miedo se apoderó de los funcionarios, y algunos prefirieron desaparecer subrepticiamente por el fondo de la tienda, dejando para más tarde sus explicaciones.

Cuando se llegó a los prebostes y recaudadores de las regiones de Montfort-l'Amaury, Neauphle, Dourdan y Dreux, sobre los que Tolomei había proporcionado a los reformadores elementos muy concretos de acusación, se alzó alrededor del rey una gran oleada de cólera. Pero el más indignado de todos los señores, el que más alto dejó sentir su furor, fue el de Marigny. Su voz ahogó el resto y se dirigió a sus subordinados con tal violencia que les hizo encorvar la espalda. Exigía restituciones y prometía castigos. Súbitamente, el conde de Valois, levantándose, le cortó la palabra.

—Hermoso papel estáis representando ante nosotros, señor Enguerrando —exclamó—. Pero de poco os sirve tronar tan fuerte ante estos bribones. Todos ellos no son más que hombres que vos habéis empleado, afectísimos servidores vuestros, y todo indica que habéis participado en sus manejos.

A esta declaración siguió un silencio tan profundo que se pudo oír el canto de un grillo allá en la campiña. Luis, visiblemente sorprendido, miraba escrutador a derecha e izquierda.

Todos los asistentes contuvieron el aliento al ver que Enguerrando de Marigny se dirigía a Carlos de Valois.

—¡Señor...! —dijo sordamente—. Si alguno de esos canallas... —Señaló con la mano abierta la asamblea de recaudadores—, si uno solo de esos malos servidores del reino puede afirmar en conciencia y jurar por su fe que me ha sobornado de alguna manera, o remitido la menor cantidad de sus ingresos, que se aproxime.

Entonces, empujado por la enorme pierna de Roberto de Artois, se vio adelantarse al preboste de Montfort cuyas cuentas estaban siendo examinadas.

—¿Qué tenéis que decir? ¿Venís a buscar cuerda? —le gritó Marigny.

Tembloroso, con la cara redonda marcada por la fresa violácea, el preboste permanecía mudo. Sin embargo, había sido bien adoctrinado, primero por Guccio, después por Roberto de Artois, quien le había prometido que no sería castigado si declaraba contra Enguerrando de Marigny.

—Y bien, ¿qué tenéis que decir? —preguntó a su vez Carlos de Valois—. No temáis confesar la verdad, pues nuestro querido rey está aquí para escucharlo todo y sentenciar de manera justa.

Portefruit puso una rodilla en tierra delante de Luis X y, abriendo los brazos, pronunció con una voz tan débil que a duras penas se oía:

—Señor, he cometido grandes faltas, pero he sido obligado a hacerlo por un agente de mi señor de Marigny, que me reclamaba cada año la cuarta parte de las tasas, por cuenta de su amo.

—¿Qué agente? Decid su nombre y que comparezca —gritó Enguerrando—. ¿Qué cantidades le habéis entregado?

Entonces el preboste se desmoronó, cosa que podían haber previsto los que lo habían aleccionado, pues era seguro que un hombre que se había dejado dominar por Guccio se hundiría en presencia del señor de Marigny. Nombró a un empleado que había muerto hacía cinco años y se enredó citando otro cómplice; pero éste resultó pertenecer a la casa del conde de Dreux y no a la del señor de Marigny. No pudo explicar por qué misterioso conducto pudieron llegar al rector del reino los fondos desaparecidos.

Su declaración rezumaba falsedad. Marigny la cortó enseguida, diciendo:

—Señor, como vos podéis juzgar, no hay una sola palabra de verdad en lo que ha farfullado ese hombre; es un ladrón que, para salvarse, repite palabras dictadas y mal aprendidas. Que se me reproche haberme equivocado al poner mi confianza en esos sapos, cuya falta de honradez se acaba de poner de manifiesto; que se me acuse de no haber mandado a atormentar a una buena docena de ellos. Pero que no se me agravie acusándome de robo. Es la segunda vez que el señor de Valois se permite hacerlo, y esta vez no lo toleraré.

Señores y magistrados comprendieron entonces que se iba a ventilar por fin la larga disputa.

Dramático, con una mano sobre el corazón y con la otra señalando a Enguerrando, Carlos de Valois replicó, dirigiéndose al rey:

—Señor, sobrino mío, hemos sido engañados por un bellaco que ha estado entre nosotros demasiado tiempo y cuyas fechorías han traído la maldición sobre nuestra casa. Él es la causa de los males que nos aquejan y quien, por el dinero que recibió, concedió a los flamencos varias treguas vergonzosas para el reino. Por eso vuestro padre cayó en tal tristeza que se anticipó su hora. Enguerrando es el causante de su muerte. Por mi parte, estoy dispuesto a probar que es un ladrón y que ha traicionado al reino, y si no lo mandáis detener al instante, ¡juro a Dios que no apareceré más por vuestra corte ni por vuestro consejo!

—¡Mentís! —gritó el señor de Marigny.

—Vos sois quien miente, Enguerrando —respondió Carlos.

Y se lanzaron el uno contra el otro llenos de furor; se agarraron por el cuello, y aquellos dos hombres, aquellos dos búfalos, uno de los cuales había llevado la corona de Constantinopla y el otro tenía su estatua en la Galería de los Reyes, se recrearon en vomitarse las peores injurias, golpeándose como mozos de cuerda delante de toda la corte y de toda la administración del país.

Los nobles se habían levantado, los prebostes y recaudadores habían retrocedido derribando los bancos. Luis X tuvo una reacción inesperada: sentado en la silla curul se echó a reír estrepitosamente.

Indignado por esta risa tanto como por el espectáculo vergonzoso que ofrecían los dos luchadores, Felipe de Poitiers se adelantó y, con una energía inesperada en un hombre tan delgado, separó a los dos adversarios y los mantuvo al extremo de sus largos brazos. Enguerrando y Carlos jadeaban, con la cara como la grana y la ropa desgarrada.

—Tío —dijo Felipe de Poitiers—, ¿cómo os atrevéis? Marigny, ¡dominaos, os lo ordeno! Volved a vuestras casas y esperad a recobrar la calma.

La decisión, la autoridad que emanaba de aquel muchacho de veinticuatro años se impuso a unos hombres que casi le doblaban la edad.

—Partid, Enguerrando, os digo —insistió Felipe de Poitiers—. ¡Bouville! Lleváoslo.

Marigny se dejó llevar por Bouville y salió de la mansión de Vincennes. La gente se apartaba a su paso como si fuera un toro de lidia al que trataran de conducir al toril.

Carlos de Valois no se había movido de su sitio; temblaba de furor y repetía:

—¡Lo haré colgar! ¡Tan verdad como que existo! ¡Lo haré colgar!

Luis X había dejado de reír. La intervención de su hermano acababa de darle una lección de autoridad. Además, se daba cuenta de que se la habían jugado. Se desembarazó del cetro, que entregó a su chambelán, y dijo brutalmente a Carlos:

—Tío, tengo que hablar con vos sin tardanza. Tened la bondad de seguirme.

3

Del lombardo al arzobispo

—Me habíais asegurado, tío —exclamó Luis el Obstinado, midiendo a grandes pasos nerviosos una de las salas de la mansión de Vincennes—, que no se trataba, esta vez, de acusar al señor de Marigny. ¡Y lo habéis hecho! Esto es demasiado. Os habéis burlado de mí.

Al llegar al extremo de la pieza se volvió bruscamente y su manto corto, que se había puesto en lugar del largo de ceremonia, giró en redondo a la altura de sus pantorrillas.

Carlos de Valois, sofocado aún por la disputa, y con la garganta destrozada, respondió:

—¿Qué otra cosa, sobrino, se podía hacer sino ceder a la cólera ante tamaña villanía?

Parecía expresarse de buena fe, y él mismo se persuadía ahora de haber cedido a un impulso espontáneo, a pesar de que su comedia estaba decidida desde hacía muchos días.

—Vos sabéis más que nadie que nos hace falta un Papa —prosiguió Luis—, y también sabéis por qué no podíamos apartar a Marigny. ¡Bouville nos lo ha dicho de sobra!

—¡Bouville! ¡Bouville! Vos no creéis más que lo que os ha contado el señor de Bouville, que no ha visto nada ni comprende nada. El joven lombardo que se envió con él para vigilar el oro me ha hecho saber más cosas que vuestro señor de Bouville sobre los asuntos de Aviñón. Mañana podría ser elegido un Papa dispuesto a declarar la anulación al día siguiente, si Enguerrando de Marigny, sólo él, no pusiera todos los obstáculos posibles. ¿Creéis vos que trabaja para apresurar vuestro asunto? Al contrario, lo retrasa a su gusto porque sabe por qué razón lo mantenéis en su puesto. No quiere un Papa angevino, ni que tengáis una esposa angevina y, mientras os traiciona en todo, asegura en su mano todos los poderes que le entregó vuestro padre. ¿Dónde estaréis esta tarde, sobrino?

—He decidido no moverme de aquí —respondió Luis, arrogante...

—Entonces, antes de la noche os habré traído algunas pruebas que van a aplastar a vuestro señor de Marigny, y espero que entonces acabaréis por ponerlo en mis manos.

—Os conviene que sea así, tío; porque de otro modo, tendréis que ateneros a vuestra palabra de no aparecer por la corte ni por el consejo.

El tono de Luis X era de ruptura. Carlos de Valois, muy alarmado por el giro de los acontecimientos, partió a París llevando consigo a Roberto de Artois y a los escuderos que le servían de escolta.

—Ahora, todo depende de Tolomei —dijo Roberto al subir al caballo.

Por el camino se cruzaron con el convoy de carretas que transportaban a Vincennes las camas, cofres, mesas y vajillas para la instalación del rey durante la noche.

Una hora más tarde, mientras Carlos de Valois iba a su palacio para cambiarse de ropa, Roberto de Artois irrumpía en la casa del capitán general de los lombardos.

—Amigo banquero, ha llegado el momento de confirmarme el escrito del que me habéis hablado y que denuncia los robos cometidos por el arzobispo Marigny. Ya sabéis: el bozal... Mi señor de Valois lo necesita inmediatamente.

—Inmediatamente, inmediatamente... ¡Qué bien!, monseñor Roberto. Me pedís que me desprenda de un arma que ya nos salvó una vez, a mí y a todos mis amigos. Si os sirve para derribar a Enguerrando de Marigny, me alegro mucho. Pero si después, por desgracia, el señor de Marigny sigue en el poder estoy perdido. Además, he reflexionado mucho, mi señor...

A Roberto le hervía la sangre con esta conversación, pues Carlos de Valois le había pedido que fuera diligente, y sabía lo que valía cada instante perdido.

—Sí, he reflexionado mucho —prosiguió Tolomei—. Las costumbres y enseñanzas de mi señor san Luis que están por reestablecerse son excelentes de verdad para el reino; pero desearía que se exceptuaran las ordenanzas sobre los lombardos, por las que primero fueron expoliados y luego desterrados de París. Aún no lo han olvidado. Nuestras compañías han tardado muchos años en levantar cabeza. Pues... san Luis... Mis amigos están inquietos, y quisiera tranquilizarlos.

—Vamos, banquero, mi señor de Valois os lo dijo. Él os sostiene y os protege.

—Sí, sí, con buenas palabras; pero desearíamos que todo eso quedara por escrito. Así que hemos preparado un documento para el rey en el que solicitamos que confirme nuestros privilegios consuetudinarios. En estos tiempos en que el rey firma todas las cartas que se le presentan veríamos con buenos ojos que también firmara la nuestra. Después, con mucho gusto, os pondría en las manos el medio de hacer colgar, quemar o torturar, según vuestra elección, al menor o al mayor de los señores de Marigny, o a ambos a la vez. Una firma, un sello; es cosa de un día, de dos a lo sumo. Ya lo hemos redactado.

El gigante descargó su mano sobre la mesa, y cuanto había en la habitación tembló.

—¡Ya habéis jugado bastante, Tolomei! —exclamó—. Os he dicho que no podemos esperar. Dadme vuestra petición, yo me comprometo a hacérosla firmar; pero dadme al mismo tiempo el pergamino. Estamos del mismo lado y será necesario que, por una vez, tengáis confianza en mí.

—¿Mi señor de Valois no puede esperar un día?

—No.

—Eso significa que ha perdido mucho el favor del rey y muy de improviso —dijo despacio el banquero moviendo la cabeza—. ¿Qué ha sucedido, pues, en Vincennes?

Roberto le relató brevemente el desarrollo de la asamblea y sus consecuencias. Tolomei escuchaba moviendo todavía la cabeza. «Si Carlos de Valois es apartado de la corte —pensaba—, y Enguerrando de Marigny se afirma en el poder, entonces adiós carta, franquicias y privilegios. El peligro ahora es grave.» Se levantó y dijo:

—Mi señor, cuando un príncipe intrigante, como lo es el nuestro, se encapricha realmente con un servidor, ya se le pueden denunciar sus fechorías; él lo perdonará, le encontrará excusas y se unirá más a él cuanto más lo haya engañado.

—A menos que se pruebe al príncipe que las fechorías han sido cometidas contra él. No se trata de denunciar al arzobispo, se trata de hacerlo cantar... enseñándole el bozal.

—Entendido, entendido. Queréis serviros de un hermano contra el otro. Puede resultar. El arzobispo, por cuanto yo sé, no tiene un espíritu férreo... Bueno... Hay que correr el riesgo.

Y entregó a Roberto de Artois el documento que Guccio había traído de Cressay.

Juan de Marigny, aunque era arzobispo de Sens, vivía más frecuentemente en París, principal diócesis de su jurisdicción, y tenía reservada una parte del palacio episcopal. Fue allí, en una bella sala abovedada y entre perfume de incienso, donde lo sorprendió la súbita aparición del conde de Valois y de Roberto de Artois.

El arzobispo tendió a los visitantes la mano para que le besaran el anillo. Carlos fingió no haber advertido el gesto y Roberto levantó hasta sus labios los dedos del arzobispo con tal descaro que se habría dicho que lo iba a arrojar por encima de su hombro.

—Mi señor Juan —dijo Carlos de Valois—, sería necesario que nos dijerais por qué motivo os oponéis tan obstinadamente, vos y vuestro hermano, a la elección del cardenal Duèze, en Aviñón, que ese cónclave parece realmente un colegio de fantasmas.

Juan de Marigny palideció un poco y con voz llena de unción contestó:

—No comprendo vuestro reproche, mi señor. Yo no me opongo a ninguna elección, y estoy seguro de que mi hermano hace lo que considera más conveniente para ayudar al rey, y yo mismo le sirvo en todo cuanto puedo, dentro de los límites de mi sacerdocio. Pero el cónclave depende de los cardenales y no de nuestros deseos.

—¿Ésas tenemos? Está bien —exclamó Carlos de Valois—. Puesto que la cristiandad puede pasarse sin Papa, ¡la archidiócesis de Sens tal vez podría pasarse también sin arzobispo!

—No comprendo vuestras palabras, señor, a no ser que estéis profiriendo una amenaza contra un ministro de Dios. Podría asegurar que es eso lo que hacéis.

—¿Ha sido Dios, por casualidad, señor obispo, quien os ha mandado malversar ciertos bienes de los templarios? —dijo entonces Roberto de Artois—. ¿Y creéis que el rey, que también es representante de Dios en la tierra, puede tolerar en la sede episcopal de su principal ciudad a un prelado deshonesto? ¿Reconocéis esto? —concluyó, poniéndole ante las narices el documento firmado por Tolomei.

—¡Es falso! —exclamó el arzobispo.

—Si es falso —replicó Roberto—, apresurémonos

entonces a poner de manifiesto la verdad. ¡Presentad, pues, una demanda ante el rey para que se descubra al falsario!

—La majestad de la Iglesia no ganaría nada con ello...

—Y vos lo perderíais todo, según creo.

El arzobispo se había sentado en un gran sillón. «No retrocederán ante nada», se decía. La fecha de su acto reprobable se remontaba a más de un año, y su beneficio ya había sido consumido. Dos mil libras que había necesitado... e iba a estar hundido toda su vida. El corazón le golpeaba agitado en el pecho y notaba que le corría el sudor bajo las moradas vestiduras.

—Mi señor Juan —dijo entonces Carlos de Valois—, todavía sois muy joven, y tenéis ante vos un gran porvenir en los asuntos de la Iglesia y del reino. Lo que hicisteis en aquella ocasión es un grave error excusable en tiempos en que toda moral se deshace, y pienso que obrasteis bajo la influencia de malos ejemplos. Si no os hubieran obligado a condenar a los templarios, no hubierais tenido ocasión de traficar con sus bienes. Sería una verdadera lástima que esta falta, que no es más que pecuniaria, apagara el brillo de vuestra posición y os obligara a desaparecer del mundo. Pues si llegara al Consejo de Pares o al tribunal de la Iglesia, os llevaría derecho, por mucho que nos pesara, a la celda de un convento. Mi parecer es que habéis cometido una falta mucho más grave siguiendo los manejos de vuestro hermano contra los deseos del rey. Para mí, ésta es la falta que os reprocho ante todo, y, si aceptáis denunciar este segundo error, yo os libraré del castigo del primero.

—¿Qué me exigís? —preguntó el arzobispo.

—Abandonad el partido de vuestro hermano, que ya no tiene ningún valor, y venid a revelar al rey Luis todo cuanto sabéis de sus criminales órdenes referentes al cónclave.

El prelado era blando de carácter. La cobardía se apoderó de él. El miedo ni siquiera le dejó tiempo para pensar en su hermano, al que se lo debía todo; no pensó más que en sí mismo, y esta ausencia de duda le permitió guardar cierta dignidad de porte.

—Habéis despertado mi conciencia —dijo—, y estoy dispuesto, mi señor de Valois, a redimir mi error en el sentido que me digáis. Sólo desearía que ese pergamino me fuera devuelto.

—Con mucho gusto —dijo el conde de Valois, entregándole el documento—. Basta que el conde de Artois y yo mismo lo hayamos visto; nuestro testimonio vale ante todo el reino. Vos vais a acompañarnos al instante a Vincennes; un caballo os espera abajo.

El arzobispo hizo que le dieran su manto, sus guantes bordados y su bonete, y bajó con lentitud, majestuosamente, precediendo a los dos nobles.

—Jamás había visto a un hombre humillarse con tanta altanería —murmuró Roberto de Artois a Carlos de Valois.

4

La impaciencia por enviudar

En sus diversiones, más que en cualquier otro acto, es donde un rey revela las profundas tendencias de su carácter. El rey Luis X apenas sentía inclinación por la caza, por los juegos de armas ni por los torneos, y en general por ningún ejercicio que implicara riesgo de herirse. Desde su infancia tenía predilección por jugar al frontón con pelotas de cuero; pero se cansaba y se ahogaba demasiado pronto. Su diversión preferida consistía en instalarse, arco en mano, en un jardín cerrado, y tirar desde muy cerca a los pájaros, pichones y palomas que un escudero le iba soltando, uno tras otro, de una canasta de mimbre.

Aprovechando lo largo del día, estaba dedicado a este cruel ejercicio en un pequeño patio de Vincennes acondicionado como un claustro, cuando su tío y su primo le trajeron al arzobispo.

La hierba verde y recortada que cubría el suelo del patio estaba sucia de plumas y de gotas de sangre. Una paloma, clavada por un ala a una viga del deambulatorio, continuaba agitándose y zureando lastimosamente; otras, alcanzadas con mejor puntería, yacían en tierra con sus delgadas patas dobladas y crispadas sobre el vientre. Luis el Obstinado soltaba una exclamación de alegría cada vez que una de las flechas traspasaba a su víctima.

—¡Otra! —gritaba al escudero enseguida.

Y si la flecha, por haber errado el blanco, iba a despuntarse sobre un muro, Luis reprochaba al escudero que había soltado a la paloma en un mal momento, o por el lado equivocado.

—Señor, sobrino mío —dijo Carlos de Valois—, hoy os veo con más habilidad que nunca; pero si tenéis la bondad de suspender por un instante vuestro ejercicio, podré probaros las graves cosas que os he anunciado.

—¿Qué hay de nuevo? —dijo Luis con impaciencia.

Tenía la frente húmeda y los pómulos rojos. Vio al arzobispo, e hizo una señal al escudero para que saliera.

—Entonces, Monseñor —dijo dirigiéndose al prelado—, ¿es verdad que vos me impedíais conseguir un Papa?

—¡Ah, señor! —dijo Juan de Marigny—. Vengo a revelaros ciertas cosas que yo creía ordenadas por vos y de las que estoy sinceramente apenado al saber que son contrarias a vuestra voluntad.

A continuación, dando la sensación de la mejor fe del mundo y con bastante énfasis, relató al rey todas las maniobras de Enguerrando de Marigny para impedir la reunión del cónclave y obstaculizar tanto la elección de Jacobo Duèze como la de un cardenal romano.

—Por duro que sea, señor —concluyó—, tener que denunciar las malas acciones de mi hermano, me es aún más duro verle actuar contra la felicidad del reino, contra el bien de la Iglesia, y dedicarse a traicionar al mismo tiempo a su señor de la tierra y al Señor del cielo. Ya no lo tengo por miembro de mi familia, puesto que un hombre de mi estado no tiene más familia que Dios y su rey.

«Por poco el taimado hace que se nos salten las lágrimas. ¡Verdaderamente este bribón sabe servirse de su lengua!», pensaba Roberto de Artois.

Una paloma olvidada se había posado sobre el tejado de la galería.

Luis tiró una flecha, que atravesó al ave y movió las tejas. Después, enfadado, dijo de repente:

—¿De qué me sirve lo que me decís ahora? ¡Está bien

denunciar el mal cuando ya está hecho! Fuera, señor arzobispo, porque me encolerizo.

Roberto de Artois arrastró consigo al arzobispo, que ya no era necesario, y Carlos de Valois se quedó con el rey.

—¡En buena situación me encuentro! —continuó éste—. Enguerrando me ha engañado. Está bien, triunfáis vos; pero, ¿qué beneficio me reporta a mí esto? Estamos a mediados de abril, se acerca el verano. ¿Os acordáis, tío, de la condición de María de Hungría? De aquí a ocho semanas, ¿me habréis conseguido un Papa?

—Honradamente, sobrino, no lo creo.

—Entonces no hay motivo alguno para que os pavoneéis tanto.

—Desde el invierno que os vengo aconsejando que os libréis del señor de Marigny.

—Pero ya que no lo he hecho, ¿no es mejor servirse de él? Lo voy a llamar, le sermonearé, le amenazaré, tendrá que obedecerme al fin.

Tan rabioso como testarudo, Luis el Obstinado volvía siempre a Enguerrando de Marigny como si fuera la única solución. Se había puesto a dar grandes pasos desordenados por el porche; algunas plumas blancas se le habían pegado a los zapatos.

En realidad, el rey, Enguerrando de Marigny, Carlos de Valois, Roberto de Artois, Tolomei, los cardenales e incluso la reina de Nápoles, todos ellos habían hecho su juego de tal forma que se encontraban en un callejón sin salida, recíprocamente por fortuna, pero sin poder avanzar un paso. Carlos de Valois se daba perfecta cuenta de ello, así como de que, si quería conservar la ventaja, necesitaba encontrar una solución. Y pronto.

—¡Ah, sobrino —exclamó—, cuando pienso que he quedado dos veces viudo de mujeres ejemplares, considero una injusticia muy grande que vos no lo seáis de una mujer desvergonzada!

—¡Cierto, cierto! —exclamó Luis—. ¡Si al menos aquella zorra reventara!

Se detuvo bruscamente, volvió el rostro a su tío, y comprendió que éste no había hablado sin ton ni son, o para deplorar la injusticia del destino.

—El invierno fue muy frío, las prisiones son malas para la salud de las mujeres —prosiguió Carlos de Valois—, y ya hace mucho tiempo que Marigny no nos informa acerca del estado de Margarita. Me asombra que haya podido soportar el régimen al que ha sido sometida... ¿No podría ser que el señor de Marigny os haya ocultado hasta qué punto está enferma y próxima a su fin? Eso sería muy propio de él. Convendría ir a ver.

Los dos quedaron absortos en el silencio que los rodeaba. Es un privilegio, entre príncipes, comprenderse tanto que las palabras resulten innecesarias.

—Vos me habíais asegurado, sobrino —dijo simplemente Carlos de Valois después de un silencio—, que me daríais a Enguerrando de Marigny el día que tuvierais un Papa.

—También puedo dároslo, tío, el día en que sea viudo —respondió bajando la voz Luis.

Valois se pasó las manos ensortijadas por las enrojecidas mejillas y prosiguió, susurrante:

—Sería preciso que me dierais primero al señor de Marigny, puesto que es él quien manda en todas las fortalezas e impide que se entre en Château-Gaillard.

—Está bien —respondió Luis X—. Retiro mi mano de su cabeza. Podéis decir a vuestro canciller que me presente todas las órdenes que creáis oportunas para que las firme.

Aquella misma noche, después de la hora de cenar, Enguerrando de Marigny preparaba a solas la memoria que pensaba enviar al rey pidiendo, conforme a las nuevas ordenanzas, el juicio de Dios. Es decir, iba a desafiar al conde de Valois a combate singular, y se encontraba ahora con que era el primero en pedir la aplicación de la «carta de los señores» contra la cual tanto había luchado. Fue entonces cuando le anunciaron la llegada de Hugo de Bouville, a quien recibió inmediatamente. El antiguo gran chambelán de Felipe el Hermoso tenía aspecto sombrío y parecía acosado por sentimientos encontrados.

—Enguerrando, he venido para prevenirte —dijo mirando la alfombra—, no duermas esta noche en tu casa, pues quieren arrestarte. Lo sé.

—¿Arrestarme? Es una palabra vana. No se atreverán —respondió el señor de Marigny—. Además, dime, ¿quién vendrá a detenerme? ¿Alán de Pareilles? Alán nunca aceptará tal orden. Más bien cercaría mi palacio con sus arqueros para defenderme.

—Haces mal en no creerme, Enguerrando, como también has hecho mal, te lo aseguro, en obrar como has obrado en estos últimos meses. Cuando se ocupa el puesto que nosotros tenemos, trabajar contra el rey, sea cual fuere el rey, es trabajar contra uno mismo. También yo me pongo en contra del rey en este momento, por la amistad que te tengo y porque quisiera salvarte.

El corpulento señor de Bouville se sentía verdaderamente desgraciado. Servidor leal del soberano, amigo fiel, dignatario íntegro, respetuoso de las leyes de Dios y de las leyes del reino, los sentimientos que lo animaban, todos honrados, se volvían, de pronto, inconciliables.

—Lo que acabo de manifestarte, Enguerrando —prosiguió—, lo sé por mi señor Felipe de Poitiers, que es tu único apoyo por el momento. Mi señor de Poitiers desearía que pusieras tierra de por medio entre tú y los nobles. Le ha aconsejado a su hermano que te envíe a gobernar algún territorio lejano. Chipre, por ejemplo.

—¿Chipre? —exclamó Enguerrando—. ¿Dejarme encerrar en esa isla, al otro extremo del mar, cuando he gobernado el reino de Francia? ¿Es allá donde quieren desterrarme? Yo continuaré caminando como dueño y señor sobre el suelo de París, o moriré.

El señor de Bouville sacudió tristemente sus negros y blancos mechones.

—Créeme —repitió—, no duermas esta noche en tu casa. Y si crees que mi casa es un asilo seguro... Haz lo que quieras; yo ya te lo he advertido.

Cuando partió Hugo de Bouville, Enguerrando fue a tratar aquel asunto con su esposa y con su cuñada, la señora de Chanteloup. Necesitaba hablar y sentir la presencia de sus familiares. Las dos mujeres opinaron asimismo que debía partir al instante hacia uno de los señoríos normandos y después, desde allí, si el peligro apremiaba, ganar un puerto y refugiarse en la corte del rey de Inglaterra.

Pero Enguerrando se encolerizó.

—¡Así pues, no estoy rodeado más que de cluecas y capones!

Y se fue a acostar como las demás noches. Acarició a su perro favorito, se hizo desnudar por su ayuda de cámara y miró cómo éste sacaba las pesas del reloj, poco extendidas todavía, incluso entre los nobles, y que le habían costado lo suyo. Pensó un momento en las últimas frases de su carta al rey y las anotó; se aproximó a la ventana, apartó la cortina y contempló los tejados de la ciudad dormida. Pasaba la ronda por la calle Fossés-Saint-Germain, repitiendo cada veinte pasos, con voz rutinaria:

—¡Medianoche... y la ronda! ¡Dormid en paz!

Como siempre, llevaban un retraso de un cuarto de hora respecto al que marcaba el reloj...

Enguerrando fue despertado al alba por un estrépito de botas que llegaba del patio, y por los golpes que daban en las puertas. Un escudero despavorido vino a advertirle que los arqueros estaban abajo. Pidió su ropa, se vistió a toda prisa y, en el rellano, se encontró con su mujer y su hijo, que acudían trastornados.

—Tenías razón —dijo a su mujer besándola en la frente—. Nunca os he escuchado cuanto debía. Partid hoy mismo con Luis.

—Hubiera partido con vos, Enguerrando. Pero ahora no sabría alejarme del lugar donde se os va a imponer un injusto padecimiento.

—El rey Luis es mi padrino —dijo Luis de Marigny—. Voy corriendo a Vincennes...

—Tu padrino es un pobre diablo y la corona le queda ancha —respondió Marigny colérico.

Después, como advirtió que la escalera estaba a oscuras, gritó:

—¡Vamos, criados! ¡Luz! ¡Alumbradme!

Y cuando sus servidores acudieron, descendió entre las dos filas de candelabros, como un rey.

El patio estaba lleno de soldados. En la puerta, armada con casco y cota de mallas, se recortaba una alta silueta sobre la mañana gris.

—¿Cómo has podido, Pareilles? ¿Cómo has osado? —dijo el señor de Marigny levantando las manos.

—No soy Alán de Pareilles —respondió el oficial—. El señor de Pareilles ya no manda a los arqueros.

Se apartó para dejar paso a un hombre delgado con hábito eclesiástico: el canciller Esteban de Mornay. Como Nogaret, ocho años antes, había ido en persona a arrestar al gran maestre de los templarios, Mornay acudía ahora en persona a prender al rector general del reino.

—Señor Enguerrando —dijo—, os ruego que me sigáis al Louvre, donde tengo orden de encerraros.

A la misma hora, la mayor parte de los grandes jurisconsultos burgueses del reinado anterior, Raúl de Presles, Miguel de Bourdenay, Guillermo Dubois, Godofredo de Briançon, Nicolás le Loquetier y Pedro de Orgemont, eran detenidos en sus domicilios y conducidos a diversas prisiones, mientras se despachaba un destacamento hacia Châlons para prender al obispo Pedro Latille, el amigo de juventud de Felipe el Hermoso, al que éste había llamado con tanto interés en sus últimos instantes.

Con ellos, todo el reinado del Rey de Hierro era sometido a prisión.

5

Asesinos en la prisión

Cuando Margarita de Borgoña oyó, en plena noche, bajar el puente levadizo de Château-Gaillard y resonar los pasos de los caballos en el patio, dudó en un principio de que tales sonidos fueran reales. ¡Había esperado tanto, había soñado en aquel instante desde que —en la carta dirigida al conde de Artois— había aceptado su deshonra y consentido en perder todos sus derechos, en su propio prejuicio y en el de su hija, a cambio de una liberación prometida y que no llegaba nunca!

Nadie había respondido, ni Roberto ni el rey. No había aparecido ningún mensajero. Las semanas se deslizaban en un silencio más destructor que el hambre, más agotador que el frío, más degradante que la miseria. Margarita, aquellos días, no se movía de su lecho, víctima de una fiebre en la que el alma tenía tanta parte como el cuerpo, y que la mantenía en un estado de conciencia alterada. Con los grandes ojos abiertos en las tinieblas de la torre, pasaba las horas escuchando los latidos demasiado rápidos de su corazón. El silencio se poblaba de rumores inexistentes y la oscuridad estaba invadida de amenazas trágicas que no procedían de la tierra, sino del más allá. Los delirios del insomnio enturbiaban su razón... Felipe de Aunay, el bello Felipe, no estaba completamente muerto; lo veía marchar a su lado, con las piernas quebradas y el vientre ensangrentado; extendía los brazos hacia él pero no lograba alcanzarlo. Sin embargo, él la arrastraba al camino que va de la tierra hasta Dios, sin sentir ya la tierra y sin ver a Dios. Y esta marcha atroz duraría hasta el fin de los siglos, hasta el Juicio Final; tal vez eso era, después de todo, el purgatorio...

—¡Blanca! —gritó—, ¡Blanca! ¡Ya llegan!

Porque los candados, los cerrojos y las puertas rechinaban verdaderamente al pie de la torre; numerosos pasos resonaban en los escalones de piedra.

—¡Blanca! ¿Oyes?

Pero la débil voz de Margarita no llegaba hasta su prima a través del espesor de la puerta que, durante la noche, separaba los dos pisos de su calabozo.

La luz de una sola vela cegó a la reina prisionera. Unos hombres se amontonaban en el marco de la puerta. Margarita no pudo contarlos. No veía más que el gigante de manto rojo, ojos claros y puñal plateado que avanzaba hacia ella.

—¡Roberto! —murmuró—. ¡Al fin habéis venido!

Detrás del conde de Artois, un soldado llevaba un asiento que depositó junto al lecho de Margarita.

—Y pues, prima —dijo Roberto sentándose—, vuestra salud no marcha bien, por lo que me han dicho y por lo que veo. Sufrís...

—Padezco de todo —dijo Margarita— y ni siquiera sé si estoy viva.

—Así pues, he llegado a tiempo. Pronto va a acabar todo; lo vais a ver. Vuestros enemigos han sido destruidos. ¿Estáis en condiciones de escribir?

—No sé —dijo Margarita.

Roberto de Artois, haciendo acercar la luz, observó más atentamente el rostro descompuesto y enjuto, los labios consumidos de la prisionera y sus ojos negros anormalmente brillantes y hundidos, sus cabellos pegados por la fiebre al borde de la frente combada.

—Al menos podréis dictar la carta que el rey espera. ¡Capellán! —llamó Roberto chasqueando los dedos.

Un hábito blanco y un gran cráneo afeitado y azulado salieron de la penumbra.

—¿Se me ha concedido la anulación? —preguntó Margarita.

—¿Cómo se os iba a conceder, si os negasteis a acceder a lo que os pedía?

—No me negué —dijo ella—. Acepté... lo acepté todo. No sé, no comprendo.

—Que vayan a buscar un cántaro de vino para reanimarla —dijo Roberto volviendo la cabeza. Unos pasos se alejaron por la habitación y por la escalera—. Haced un esfuerzo, prima —prosiguió—. Ahora es cuando debéis aceptar lo que os voy a aconsejar.

—Pero si yo os escribí, Roberto; os escribí para que dijerais a Luis todo cuanto me habíais pedido... Que mi hija no era suya...

El mundo vacilaba alrededor de Margarita.

—¿Cuándo? —preguntó Roberto.

—Pues hace mucho tiempo... semanas, dos meses, me parece, y espero desde entonces ser liberada...

—¿A quién le disteis esa carta?

—Pues... a Bersumée. —De repente Margarita pensó, despavorida: «¿Escribí verdaderamente? Esto es horroroso, no sé... no sé nada»—. Preguntad a Blanca —murmuró.

Se produjo un estrépito cerca de ella. Roberto de Artois se había levantado, había agarrado a uno que estaba a su alcance, lo sacudía por el cuello y gritaba de tal forma que Margarita apenas comprendía las palabras.

—Pues sí, mi señor... yo mismo, yo la llevé —respondió despavorido Bersumée.

—¿Dónde la entregaste? ¿A quién?

—Dejadme, mi señor, soltadme, me ahogáis. Le di la carta al señor de Marigny. Eran las órdenes que tenía.

El capitán no pudo esquivar el puñetazo, que le dio en plena cara: un verdadero mazazo que le hizo gemir.

—¿Es que yo me llamo Marigny? Cuando se te confía un pliego para mí, ¿se lo has de llevar a otro?

—Él me aseguró, mi señor...

—Cállate, burro, ajustaremos cuentas más tarde. Y, puesto que eres tan amigo de Enguerrando, te enviaré a hacerle compañía al calabozo del Louvre —dijo Roberto de Artois. Después, volviéndose a Margarita, prosiguió—: Nunca recibí vuestra carta, prima, el señor de Marigny se la guardó para sí.

—¡Ah! ¡Bien! —dijo ella.

Se sintió tranquilizada. Al menos, ahora sabía que había escrito.

En aquel momento, el sargento Lalaine entró, trayendo el cántaro de vino que había pedido Roberto. Éste miró cómo bebía Margarita. «¡Y no he traído veneno! Habría sido lo más fácil; soy tonto de no haber pensado en ello... Así que ella había aceptado... y nosotros sin saberlo. Sí, todo ha sido una gran tontería; pero ahora es demasiado tarde para rectificar. Y de todas maneras, en el estado en que se encuentra, no vivirá mucho», pensaba.

Habiendo descargado su cólera sobre Bersumée, ya no sentía interés por aquello y estaba casi triste. Allí estaba, macizo, sentado con las manos sobre los muslos, rodeado de guerreros armados hasta los dientes, delante de aquel jergón donde yacía una joven agotada. ¡Cuánto la había detestado mientras era reina de Navarra y prometida del trono de Francia! ¿Qué no había tramado para perderla, multiplicado viajes, intrigas y gastos, uniendo contra ella a la corte de Inglaterra y a la corte de Francia? Incluso el último invierno, por muy poderoso barón que él fuera, y miserable la condición de prisionera en que ella se encontraba, la hubiera matado a gusto cuando se negó a escribir la carta. Ahora, su triunfo lo había llevado más allá de donde hubiera querido ir. No sentía compasión, solamente una especie de indiferencia asqueada, una lasitud amarga.

¡Tantos medios movilizados contra un cuerpo femenino, enflaquecido y enfermo! En Roberto había desaparecido el odio porque no encontraba ya una resistencia a la altura de su fuerza.

Y verdaderamente sintió, sí, sinceramente sintió que la carta no hubiera llegado a su poder, y pensó en lo absurdo del destino. Sin el obtuso celo de aquel asno de Bersumée, ahora Luis X ya habría tenido la oportunidad de casarse de nuevo. Margarita estaría instalada en un tranquilo convento y Enguerrando de Marigny, sin duda, en libertad, o quizá todavía en el poder. Nadie se habría visto empujado a soluciones extremas, y él mismo, Roberto de Artois, no se encontraría allí, encargado de ejecutar a una moribunda.

—Es un trago necesario, pero debe hacerse en familia —le había dicho Carlos de Valois.

Y Roberto había aceptado aquella misión por la razón principal de que le daría ventaja sobre Carlos de Valois y sobre el rey. Tales servicios se pagan sobradamente... Además, el destino, no había sido absurdo más que en apariencia; cada uno, con los actos que le dictaba su propio carácter, había contribuido a que los hechos no pudieran desarrollarse de forma distinta: «¿No fui yo quien, el año pasado, inició este asunto en Westminster? Me toca pues acabarlo. Pero, ¿lo hubiera empezado yo si el señor de Marigny, para concertar las bodas de las de Borgoña, no me hubiera despojado de mi condado de Artois en provecho de mi tía Mahaut? Y Enguerrando se pudre ahora en el Louvre.» El destino mostraba cierta lógica.

Roberto se percató de que todos los de la habitación lo miraban: Margarita desde el fondo de su camastro; Bersumée, que se frotaba la mandíbula; Lalaine, que había vuelto a levantar el cántaro; Lormet, apoyado contra la pared en la penumbra; el capellán, apretando el escritorio sobre su vientre. Todos parecían estupefactos al verlo meditar.

El gigante resopló.

—Ya veis, prima —dijo—, cómo el señor de Marigny era vuestro enemigo y cómo es enemigo de todos nosotros. Esta carta robada nos da una nueva prueba. Sin Enguerrando de Marigny, jamás habríais sido acusada ni tratada de esta forma. Aquel embustero se las ingenió para perjudicaros, tanto como al rey y al reino. Pero ahora está detenido y yo vengo a recoger vuestras quejas contra él, a fin de apresurar la justicia del rey y vuestra gracia.

—¿Qué tengo que declarar? —preguntó Margarita.

El vino que acababa de beber apresuraba aún más los latidos de su corazón, respiraba de manera entrecortada y se apretaba el pecho.

—Voy a dictar por vos al capellán —dijo Roberto.

El capellán se sentó en tierra con la tablilla de escribir sobre sus rodillas. A su lado, la vela iluminaba desde abajo los tres rostros.

Roberto sacó de su bolsa una hoja plegada, con el texto escrito, que leyó al capellán:

—«Señor, esposo mío, me muero de pesadumbre y consumida por la enfermedad. Os suplico me otorguéis el perdón, pues si no lo hacéis pronto...»

—Un momento, mi señor, no os puedo seguir —dijo el capellán—, yo no escribo como vuestros empleados de París.

—«... pues si no lo hacéis pronto, siento que me queda muy poco de vida, y que el alma va a abandonarme. Todo ha sido culpa del señor de Marigny, que me ha querido perder en vuestra estima y en la del difunto rey denunciando cosas cuya falsedad os juro, y que me ha dejado, con odioso trato...»

—Un momento, mi señor —rogó el capellán.

Había tomado un raspador para suavizar una aspereza del pergamino.

Roberto tuvo que esperar un momento antes de proseguir para terminar.

—«... reducida a la miseria en que me encuentro. Todo ha sucedido por causa de ese malvado. También os
ruego que me saquéis de este estado y os aseguro que jamás he dejado de ser obediente esposa en la voluntad de
Dios.»

Margarita se alzó un poco en su jergón. No comprendía por qué enorme contradicción pretendían, ahora, que ella se proclamara inocente.

—Pero entonces, primo, ¿las confesiones que me
habíais pedido...?

—Ya no son necesarias, prima —respondió Roberto—. Esto que vais a firmar aquí reemplazará todo lo
demás.

Pues lo que necesitaba en aquel momento Carlos de
Valois era reunir contra Enguerrando todos los testimo-
nios posibles, falsos o verdaderos. Éste de Margarita era de
gran importancia, ya que ofrecía la ventaja de lavar, al menos en apariencia, el deshonor del rey, y la de hacer anunciar por la reina su propia muerte. ¡Verdaderamente, monseñores de Valois y de Artois eran hombres de recursos!

—¿Y Blanca? —preguntó Margarita—. ¿Qué va a
ser de ella? ¿Se ha pensado en Blanca?

—No os inquietéis —dijo Roberto—. Se hará por
ella todo lo necesario.

Margarita trazó su nombre al pie del pergamino.

Roberto de Artois se levantó y se inclinó hacia su
prima. Los otros se habían retirado hacia el fondo de la
estancia. El gigante posó las manos sobre los hombros de
Margarita.

Al contacto de aquellas anchas palmas, Margarita
sintió un agradable calor que la calmaba y descendía por
todo su cuerpo. Colocó sus descarnadas manos sobre los
dedos de Roberto como si temiera que los retirara demasiado pronto.

—Adiós, prima mía —dijo él—. Adiós. Os deseo un
buen descanso.

243

—Roberto —preguntó ella en voz baja buscando al mismo tiempo su mirada—, la otra vez que vinisteis y me quisisteis poseer, ¿me deseabais verdaderamente?

Ningún hombre es totalmente malvado; el conde de Artois dijo en aquel momento una de las pocas frases caritativas que jamás hubiera salido de sus labios:

—Sí, mi hermosa prima, os quise.

Entonces sintió que ella se distendía bajo sus manos, calmada y casi feliz. Ser amada, ser deseada había constituido la verdadera razón de vivir de aquella reina, mucho más que cualquier corona.

Margarita miró a su primo que se alejaba al mismo tiempo que la luz; ahora le parecía irreal. ¡Era tan corpulento que la hacía soñar, envuelto en aquella penumbra, en los héroes invencibles de antiguas leyendas!

El hábito blanco del dominico y el gorro de lobo de Bersumée desaparecieron con Roberto, que empujaba su mundo ante sí. Todavía permaneció un momento en el umbral, como si experimentara una ligera vacilación y aún tuviera algo que decir. Después se cerró la puerta, la oscuridad fue completa y Margarita, asombrada, no oyó el habitual ruido de los cerrojos. Así pues, no la encerraban con candados, y este hecho, omitido después de trescientos cincuenta días, le pareció una promesa de liberación.

Al día siguiente la dejarían bajar y pasearse a su antojo por Château-Gaillard y, además, pronto una litera vendría a recogerla y la llevaría hacia los árboles, las ciudades y los hombres. «¿Podré ponerme en pie? —se preguntaba—. ¿Me sostendrán las fuerzas? ¡Oh, sí, me volverán las fuerzas!»

Tenía los brazos, la frente y el pecho ardiendo, pero ella se curaría, sabía que se curaría. También sabía que no podría dormir el resto de la noche. ¡Pero se sentía tan acompañada hasta el alba por aquella hermosa esperanza!

De pronto, percibió un ruido levísimo, ni siquiera aquella especie de herida en el silencio que produce el aliento contenido de un ser vivo. Había alguien en la habitación.

—¡Blanca! —exclamó— ¿Eres tú?

Tal vez hubieran descorrido también los cerrojos que separaban los dos pisos. Sin embargo, ella no había oído girar ningún gozne. ¿Y por qué su prima habría de tomar tantas precauciones para avanzar? A menos que... pero no, Blanca no había enloquecido repentinamente. Incluso parecía estar mejor aquellos últimos días, desde que había llegado la primavera.

—¡Blanca! —repitió Margarita, con voz angustiada.

Volvió a hacerse el silencio, y Margarita, por un instante, creyó que era su fiebre la que inventaba presencias. Pero, un momento después, oyó otra vez la respiración contenida, más cerca, y un ligerísimo roce en el suelo, como el que producen las uñas de un perro. Ya notaba a su lado aquella respiración. Tal vez fuera verdaderamente un perro, el perro de Bersumée, que habría entrado tras su dueño y había quedado olvidado allí; o bien las ratas... las ratas con sus pasitos, sus rozamientos, sus activos enredos, su extraña manera de cruzar la noche en misteriosas tareas. En muchas ocasiones había habido ratas en la torre, y el perro de Bersumée, precisamente, las había matado. Pero a las ratas no se las oye respirar.

Se alzó bruscamente en su lecho, aterrada, enloquecida. Había llegado a su oído el roce de un hierro contra la piedra del muro. Con los ojos desesperadamente abiertos, interrogaba las tinieblas a su alrededor.

—¿Quién está ahí? —gritó.

De nuevo, silencio. Pero ahora estaba segura de no hallarse sola. También ella contenía la respiración. La oprimía una angustia que jamás había sentido. Iba a morir en unos instantes, tenía esa espantosa certeza y el terror que sentía esperando lo inadmisible se sumaba al horror de no saber cómo iba a morir, ni en qué lugar de su cuerpo iba a ser herida, ni qué presencia invisible se aproximaba a ella siguiendo el muro.

Una forma redonda, más negra que la noche, cayó de repente sobre el lecho. Margarita lanzó un alarido que Blanca de Borgoña, en el piso de encima, percibió a través de la noche, y que siempre recordaría. El grito fue ahogado inmediatamente. Dos manos habían echado un paño sobre la boca de Margarita y lo retorcían alrededor de su garganta.

Con el cráneo mantenido contra un ancho pecho de hombre, con los brazos batiendo al aire y con todo el cuerpo agitándose para tratar de liberarse, Margarita respiraba produciendo un ruido ronco. La tela que le aprisionaba el cuello se estrechaba como una argolla de plomo ardiendo. Se ahogaba. Sus ojos se llenaron de fuego; enormes campanas de bronce comenzaron a sonar en sus sienes. Pero el verdugo tenía una ligereza de manos digna de él; enmudecieron las campanas bruscamente y Margarita cayó en el oscuro abismo sin límites.

Momentos después, en el patio de Château-Gaillard, Roberto de Artois, que esperaba bebiendo un vaso de vino con los escuderos, vio a su criado Lormet aproximarse a su caballo fingiendo volverlo a cinchar. Habían apagado las antorchas y el día empezaba a despuntar. Hombres y caballos flotaban en una bruma gris.

—Está hecho, mi señor —murmuró Lormet.

—¿Ninguna huella? —preguntó Roberto en voz baja.

—Ninguna, mi señor. No le quedará la cara negra; le he roto el hueso del cuello y he vuelto a dejar la cama en orden.

—No es fácil sin luz.

—Bien sabéis que soy como las lechuzas; veo de noche, mi señor.

Roberto de Artois, que había saltado a la silla, hizo a Bersumée señal de que se acercara.

—He encontrado a doña Margarita muy mal —le dijo—. Mucho me temo, en vista de su estado, que no pase de la semana, ni tal vez siquiera del día de mañana. Si llegara a morir tienes orden de marchar a París a todo galope y presentarte directamente en casa del conde de Valois para hacerle saber la noticia... En casa de mi señor de Valois, ya me has oído. Procura esta vez no equivocarte de dirección, y cierra el pico. Acuérdate de que tu señor de Marigny está en prisión, y de que podría haber para ti un puesto en la hornada que se prepara para las horcas del rey.

Empezaba a clarear tras la espesura de los bosques de Andelys, dibujando con su suave resplandor, entre el gris y el rosa, un horizonte de árboles. Abajo, el río lanzaba débiles reflejos.

Roberto de Artois, bajando del acantilado de Château-Gaillard, sentía bajo sí los movimientos regulares de las ancas de su caballo y los ijares tibios que se estremecían contra sus botas. Se llenó los pulmones con una gran bocanada de aire fresco.

—Después de todo, es bueno estar vivo —murmuró.

—Sí, mi señor, es bueno —respondió Lormet—. De seguro que hoy va a ser un espléndido día de sol.

6

Camino de Montfaucon

Aunque el tragaluz era muy angosto, Enguerrando de Marigny podía ver, entre los gruesos barrotes empotrados en cruz en la piedra, el majestuoso manto del cielo en el que brillaban las estrellas de abril.

No deseaba dormir. Espiaba los extraños rumores nocturnos de París; el grito de los guardias que hacían su ronda; el rodar de las carretas campesinas que llevaban hasta el mercado su cargamento de legumbres... Aquella ciudad cuyas calles había alargado, cuyos edificios había embellecido, cuyos motines había calmado; aquella ciudad nerviosa, en la que latía el pulso del reino y que había sido durante dieciséis años el centro de sus pensamientos y de sus cuidados... Desde hacía dos semanas, odiaba esa ciudad como se odia a una persona.

Aquel resentimiento había comenzado la mañana en que Carlos de Valois, temiendo que Enguerrando encontrara algunos cómplices en el Louvre, del que había sido capitán en otro tiempo, había decidido trasladarlo a la torre del Temple. A caballo, rodeado de soldados y arqueros, el señor de Marigny había recorrido gran parte de la capital y, de pronto, había descubierto que aquel pueblo que durante tantos años se había inclinado a su paso lo detestaba. Los insultos que le habían lanzado, la explosión de alegría en las calles y a lo largo de su recorrido, los puños tendidos, las burlas, las risas, las amenazas de muerte; todo aquello había sido para el antiguo rector del reino un hundimiento acaso peor que su arresto.

Quien ha gobernado largo tiempo a los hombres, esforzándose por obrar por el bien común, sabe las fatigas que esa labor le ha costado. Cuando súbitamente percibe que nunca ha sido amado ni comprendido, sino solamente soportado, le invade una gran amargura, y se pregunta si no habría sido mejor dedicar su vida a otra labor.

Las jornadas posteriores habían sido igualmente horrorosas.

Conducido a Vincennes, en esta ocasión no para sentarse entre los dignatarios del reino sino para comparecer ante un tribunal de nobles y de prelados, Enguerrando de Marigny había tenido que escuchar al procurador Juan de Asnières realizando la interminable lectura del acta de acusación.

—*Non nobis, Domine, non nobis, sed nomini tuo...* —exclamó Juan de Asnières al comenzar.

En nombre del Señor, sostenía contra el señor de Marigny cuarenta y un cargos: concusión, traición, prevaricación, relaciones secretas con enemigos del reino, todo ello fundamentado sobre extraños asertos. Reprocharon a Enguerrando haber hecho llorar de tristeza al rey Felipe el Hermoso, haber engañado al conde de Valois en la valoración de las tierras de Gaillefontaine, haber sido visto hablando a solas, en medio del campo, con Luis de Nevers, hijo del conde de Flandes...

Enguerrando pidió la palabra y se la negaron. Reclamó el juicio de Dios, e igualmente le fue negado. Lo declararían culpable sin dejarle siquiera defenderse, como si juzgaran a un muerto.

Entre los miembros del tribunal se encontraba Juan de Marigny. Enguerrando se imaginó fácilmente el innoble trato cerrado por su hermano para conservar la archidiócesis que él le había conseguido... Todo el tiempo que duró aquel proceso sin debate, Enguerrando buscaba la mirada de su hermano menor; pero no encontraba más que un rostro impasible, unos ojos huidizos y unas bellas manos que alisaban con gesto indolente las cintas de una cruz pectoral.

—¿No me mirarás, Judas? ¿No me mirarás, Caín? —murmuraba Enguerrando.

Si hasta su propio hermano se colocaba con tal cinismo entre sus acusadores, ¡cómo esperar de nadie un gesto de lealtad o de gratitud!

No asistían ni el conde de Poitiers ni el conde de Evreux, pues no podían manifestar más que con la ausencia que reprobaban aquella parodia de juicio.

Los silbidos de la muchedumbre habían acompañado de nuevo al señor de Marigny en su trayecto de vuelta de Vincennes al Temple, donde ahora, con cadenas en los pies, se vio encerrado en el mismo calabozo que había servido para Jacobo de Molay. Su cadena fue remachada a la misma argolla en la que antaño había sido remachada la cadena del gran maestre, y el salitre conservaba todavía las marcas hechas por el anciano caballero para contar el paso de los días.

«¡Siete años! Nosotros lo condenamos a pasar aquí siete años para enviarlo después a la hoguera. Y yo, que no estoy más que desde hace siete días, ya comprendo todo lo que sufrió», pensaba Enguerrando.

El hombre de Estado, desde las alturas en que ejerce su poder, protegido por todo el aparato legal, policial y militar, no ve al hombre en el condenado que envía a prisión o a la muerte; simplemente vence un obstáculo. Marigny se acordaba del malestar que había experimentado mientras los templarios se quemaban en la isla de los Judíos, y cómo en aquel instante había comprendido que no se trataba ya de abstractos poderes hostiles, sino de seres humanos, de sus semejantes.

Durante un breve momento, aquella noche, aun reprochándose este sentimiento como una debilidad, se había solidarizado con los ajusticiados. Ahora lo era él en el fondo de aquel calabozo. «Verdaderamente, todos nosotros recibimos la maldición por lo que hicimos entonces», pensó.

Después, el señor de Marigny fue conducido otra vez a Vincennes, para asistir allí a la más siniestra y espantosa demostración de odio y bajeza. Como si no fueran suficientes todas las acusaciones que se habían hecho pesar sobre él, como si aún quedaran en las conciencias del reino algunas dudas que fuera preciso eliminar, se habían dedicado a imputarle crímenes extravagantes, utilizando a tal efecto un pasmoso desfile de falsos testigos.

Carlos de Valois se vanagloriaba de haber descubierto a tiempo una monstruosa confabulación de hechicería. La señora de Marigny y su hermana, la señora de Chanteloup, instigadas por Enguerrando, habían mandado hechizar y traspasar con agujas muñecas de cera que representaban al rey, al propio conde de Valois y al conde de Saint-Pol. Al menos, esto afirmaban unos individuos salidos de la calle Bourdonnais, donde practicaban la magia con la connivencia de la policía. Citaron como testigos a una coja, sin duda una criatura del diablo, y a un cierto Paviot, que acababan de ser condenados por un asunto similar. No dudaron en declararse cómplices de la señora de Marigny; pero se vieron dolorosamente sorprendidos cuando les fue confirmada la sentencia que los enviaba a la hoguera. ¡Hasta los falsos testigos eran engañados en aquel proceso!

Finalmente, se anunció la muerte de Margarita de Borgoña y, en medio de la conmoción causada por esta noticia, se leyó la carta que la reina había escrito a su esposo la vigilia de su muerte.

—¡La han asesinado! —gritó Enguerrando de Marigny, que vio entonces clara toda la maquinación.

Pero los hombres que lo custodiaban lo hicieron callar, mientras Juan de Asnières añadía aquel nuevo elemento a sus conclusiones.

En vano el rey de Inglaterra había intervenido unos

días antes ante su cuñado de Francia con un mensaje para que perdonara a Enguerrando. En vano, Luis de Marigny se había arrojado a los pies de su padrino Luis el Obstinado pidiéndole clemencia y justicia. Luis X, en cuanto oía el nombre de Enguerrando, respondía únicamente: «Le he retirado mi protección.» Esas mismas palabras repitió por última vez en Vincennes.

Enguerrando oyó entonces que lo condenaban a la horca, que su mujer sería encerrada en prisión y sus bienes confiscados.

Pero Carlos de Valois seguía frenético; no estaría tranquilo hasta que no viera a Enguerrando balancearse al extremo de una soga. Y para evitar cualquier tentativa de evasión, hizo trasladar a su enemigo a una tercera cárcel, la de Châtelet. Era pues desde un calabozo de Châtelet que el señor de Marigny, la noche del 30 de abril de 1315, contemplaba el cielo a través de un tragaluz.

No temía la muerte; al menos se esforzaba en aceptar lo inevitable. Pero la idea de la maldición lo obsesionaba; porque la iniquidad había sido tan completa, que necesitaba ver en ella, a través y por encima de la súbita rabia de los hombres, la señal manifiesta de una voluntad superior. «¿Era verdaderamente la cólera divina la que hablaba por boca del gran maestre? ¿Por qué fuimos malditos todos, aun los pasados por alto, simplemente por estar presentes? Sólo habíamos actuado por el bien del reino, la grandeza de la Iglesia y la pureza de la fe. Entonces, ¿por qué este encarnizamiento del cielo con cada uno de nosotros?», se decía.

Cuando faltaban pocas horas para que lo ejecutaran, volvía sobre los pasos del proceso de los templarios, como si fuera allí, más que en ninguna otra de las acciones públicas o privadas que realizara a lo largo de su vida, donde se ocultaba la última explicación que quería encontrar antes de morir. Y subiendo lentamente los peldaños de su memoria, con la determinación que había puesto siempre en todas las cosas, llegó como a un umbral donde, de repente, se hizo la luz y lo comprendió todo claramente.

La maldición no venía de Dios, provenía de sí mismo y no tenía otra fuente que sus propios actos, y lo mismo sucedía a todos los hombres y con todos los castigos.

«Los templarios se habían desviado de su regla; se habían apartado del servicio a la cristiandad para ocuparse exclusivamente del comercio y el dinero. El vicio había corrompido sus filas y minado su grandeza. Por eso llevaban en sí mismos su maldición y había sido justo suprimir la orden. Pero para acabar con los templarios yo hice nombrar arzobispo a mi hermano, ambicioso y cobarde, a fin de que los condenara con crímenes imaginarios; por consiguiente, no debería sorprenderme que ese hermano se haya sentado en el tribunal que me ha condenado por crímenes imaginarios. No puedo reprocharle su traición. La he creado yo... Porque Nogaret había torturado a demasiados inocentes para extraerles las confesiones que deseaba y que creía necesarias para el bien público, sus enemigos acabaron por envenenarlo... Porque Margarita de Borgoña fue obligada a casarse por razones de Estado con un príncipe al que no amaba, traicionó el matrimonio, fue descubierta y encarcelada. Porque yo quemé su carta que habría podido liberar al rey Luis, he perdido a Margarita y me he perdido al mismo tiempo... Porque Luis la ha hecho asesinar, cargándome a mí el crimen. ¿Qué le sucederá? ¿Qué le sucederá a Carlos de Valois, que esta mañana me va a hacer ahorcar por faltas que él ha inventado? ¿Qué le sucederá a Clemencia de Hungría si acepta, para ser reina de Francia, casarse con un asesino? Incluso cuando somos castigados por falsos motivos, hay siempre una causa verdadera para nuestro castigo. Cualquier acto injusto, aun cometido por una justa causa, lleva en sí la maldición.»

Y cuando hubo descubierto esto, Enguerrando de Marigny dejó de odiar a todo el mundo y de buscar un responsable de su suerte. Éste era su acto de contrición, más eficaz incluso que las oraciones aprendidas. Se sentía lleno de serenidad y en paz con Dios para aceptar su destino final.

Permaneció muy tranquilo hasta el alba, sin descender de aquel umbral luminoso donde la meditación lo había situado.

Hacia la hora prima, oyó un gran tumulto al otro lado de las murallas. Cuando vio entrar al preboste de París, al lugarteniente de lo criminal y al procurador se puso despacio en pie y esperó a que le quitaran las cadenas. Tomó el manto escarlata que llevaba el día de su detención y se cubrió los hombros. Experimentaba una extraña impresión de fuerza y se repetía constantemente aquella verdad que se le había revelado: «Cualquier acto injusto, aun cometido por una justa causa...»

—¿Adónde me llevan? —preguntó.

—A Montfaucon, señor.

—Está bien, yo hice levantar ese patíbulo; acabaré pues en mi obra.

Salió del Châtelet en una carreta tirada por cuatro caballos, precedida, seguida y flanqueada por varias compañías de arqueros y guardas de la ronda. «Cuando mandaba en el reino yo no quería más que tres guardias de escolta. Ahora tengo trescientos para llevarme a morir...»

A los alaridos de la muchedumbre, Enguerrando, en pie, respondía: «Buena gente, rogad a Dios por mí.»

Al final de la calle Saint-Denis, el cortejo se detuvo delante del convento de las Filles-de-Dieu. Le pidieron al señor de Marigny que se apeara y lo llevaron al patio, al pie de un crucifijo de madera colocado bajo un dosel. «Es verdad, siempre se hace así —pensó—, pero yo nunca había asistido a esto. Sin embargo, ¡a cuántos hombres he enviado a la horca!... He tenido dieciséis años de dicha y de fortuna para cobrarme el bien que haya podido hacer, y dieciséis días de infortunio y una mañana de muerte para castigarme por el mal... Dios es misericordioso.»

Al pie del crucifijo, el capellán del convento recitó, sobre Enguerrando arrodillado, la oración de los agonizantes. Después, las religiosas llevaron al condenado un vaso de vino y tres trozos de pan, que masticó despacio, apreciando por última vez el sabor de los alimentos del mundo. Detrás de los muros, la muchedumbre continuaba aullando. «El pan que ellos comerán les parecerá menos bueno que el que acaban de darme», pensó el señor de Marigny cuando volvía a subir a la carreta.

El cortejo franqueó las murallas y, pasados los arrabales, apareció, erigido sobre una colina, el patíbulo de Montfaucon.

Reconstruido hacía poco sobre el emplazamiento del viejo cadalso, que databa de tiempos de san Luis, parecía una gran construcción inacabada, sin tejado. Dieciséis pilares de mampostería se alzaban hacia el cielo desde una vasta plataforma cuadrada asentada a su vez sobre grandes bloques de piedra sin desbastar. En el centro de la plataforma se abría una gran fosa que servía de osario, y las horcas estaban alineadas a lo largo de dicha fosa. Los pilares estaban unidos por vigas dobles y cadenas de hierro, de las cuales se colgaban los cuerpos después de su ejecución. Se los dejaba allí, pudriéndose, abandonados a los cuervos, para que sirvieran de ejemplo e inspiraran respeto a la justicia real. Aquel día se hallaban suspendidos una decena de cuerpos, unos desnudos, otros vestidos hasta la cintura y cubiertos los riñones con un jirón de tela según los verdugos tuvieran derecho a todos o a parte de sus vestidos. Algunos cadáveres eran ya esqueletos, otros empezaban a descomponerse, la cara verde o negra, rezumando repugnantes líquidos por los oídos y la boca, con jirones de carne arrancados por el pico de los pájaros sobre los paños. Un hedor espantoso se esparcía a su alrededor.

Una muchedumbre madrugadora había acudido para asistir al suplicio. Los arqueros formaron cordón para contener sus oleadas.

Cuando el señor de Marigny se apeó de la carreta, el sacerdote que lo acompañaba le invitó a confesar las faltas por las que le habían condenado.

—No, padre —dijo Enguerrando.

Negó haber hecho embrujar a Luis X ni a ningún príncipe real, negó haber robado al Tesoro, negó todos los cargos que se habían presentado contra él y afirmó que los actos que le reprochaban habían sido ordenados o aprobados por el difunto rey su señor.

—Pero he cometido actos injustos por causas justas y de eso sí que me arrepiento.

Precedido por el verdugo, subió la cuesta de piedra por la que se llegaba a la plataforma y, con la autoridad que siempre había tenido, preguntó señalando las horcas:

—¿Cuál?

Como desde lo alto de un estrado, dirigió una última mirada sobre la aullante multitud. Rehusó que le ataran las manos.

—No me sujetéis.

Él mismo levantó sus cabellos y adelantó la cabeza de toro hacia el nudo corredizo que se le presentaba. Tomó una gran bocanada, como para conservar el mayor tiempo posible la vida en sus pulmones y apretó los puños; la cuerda, tirada por seis brazos, lo elevó cuatro metros del suelo.

Y el gentío, aunque no esperaba otra cosa, soltó un clamor de asombro. Durante varios minutos vieron a Enguerrando retorcerse con los ojos desorbitados, con la cara volviéndose azul y después violeta, con la lengua fuera y con los brazos y las piernas agitándose como si se tratara de trepar a lo alto de un palo invisible. Al fin los brazos volvieron a caer, las convulsiones disminuyeron, cesaron por completo y los ojos dejaron de ver. La muchedumbre enmudeció, todavía sorprendida.

Carlos de Valois había ordenado que el condenado quedara completamente vestido a fin de que fuera más reconocible.

Los verdugos bajaron el cuerpo y lo arrastraron por los pies a través de la plataforma; luego, tras apoyar sus escaleras de mano en la parte delantera del cadalso, de cara a París, suspendieron de las cadenas, para dejarlo pudrir entre los despojos de desconocidos malhechores, a uno de los más grandes ministros que Francia haya tenido jamás.[1]

NOTAS

1. El patíbulo de Montfaucon se alzaba sobre un cerro aislado, a la izquierda del antiguo camino de Meaux, cerca de la actual calle Grange-aux-Belles.

Enguerrando fue el segundo de una larga lista de ministros, principalmente ministros de finanzas, que terminaron su carrera en Montfaucon. Antes que él había sido ahorcado Pedro de la Brosse, tesorero de Felipe III el Atrevido; después de él sufrieron la misma suerte Pedro Rémy y Macci dei Macci, tesorero y cambista respectivamente de Carlos IV el Hermoso; Renato de Siran, jefe de la moneda de Felipe VI; Olivier le Daim, favorito de Luis XI, y Beaune de Sanblançay, superintendente de las finanzas de Carlos VIII, Luis XII y Francisco I. El patíbulo dejó de ser utilizado en 1627.

7

La estatua abatida

En la oscuridad de Montfaucon, donde las cadenas rechinaban al viento, aquella noche unos ladrones descolgaron al ilustre muerto y lo despojaron de sus vestiduras. Al amanecer, se encontró el cuerpo de Enguerrando de Marigny desnudo sobre la piedra.

Carlos de Valois, al que a toda prisa advirtieron del suceso cuando aún se encontraba acostado, dio orden de volver a vestirlo y de que nuevamente se le colgara. Después, él mismo se vistió, bajó lleno de vitalidad, más que nunca, y fue, rebosante de fuerza, a mezclarse con el ajetreo de la ciudad, el tráfico de los hombres y el poder de los reyes.

Llegó a palacio en compañía del canónigo Esteban de Mornay, su antiguo canciller, para el que había logrado el cargo de guardasellos de Francia. En la galería Mercière, mercaderes y papanatas contemplaban el trabajo de cuatro albañiles encaramados en un andamio que desempotraban la gran estatua de Enguerrando de Marigny. La efigie estaba sujeta no sólo por la base, sino también por la espalda al muro. Los picos y los buriles golpeaban la piedra, que saltaba en pequeños cascotes blancos.

Se abrió una ventana interior que daba a la galería y Carlos de Valois y el canciller aparecieron en la balaustrada. Los mirones, a la vista de sus nuevos amos, se destocaron.

—Seguid, buena gente, seguid mirando; buen trabajo el que se está haciendo —exclamó el conde de Valois, dirigiendo al grupo un gesto de ánimo. Luego, volviéndose a Esteban, le preguntó—: ¿Habéis acabado el inventario de los bienes del señor de Marigny?

—Lo he acabado, mi señor, y las cifras son muy elevadas.

—No lo dudo —dijo Valois—. Así se encontrará el rey con fondos para recompensar a quienes le han servido bien en este asunto. Para empezar, yo exijo la devolución de mis tierras de Gaillefontaine, que el bribón me arrebató aprovechándose de un mal cambio. Esto no es recompensa, es justicia. Por otra parte convendría que mi hijo Felipe dispusiera por fin de una casa propia y de un medio de vida. Enguerrando de Marigny tenía dos palacios, el de Fossés-Saint-Germain y el de la calle Autriche. Me inclino por el segundo. También sé que el rey quiere ser generoso con Enrique de Meudon, su montero, que le abre las canastas de las palomas; anotad ese deseo. ¡Ah! Sobre todo no olvidéis que mi señor de Artois espera, desde hace cinco años, las rentas de su condado de Beaumont. Ésta es la ocasión de darle una parte. El rey está muy obligado con nuestro sobrino de Artois.

—El rey —dijo el canciller— va a tener que ofrecer a su nueva esposa los regalos de costumbre, y parece decidido, llevado por su enamoramiento, a las mayores larguezas. Pero su bolsa no puede soportar este gasto. ¿No podrían tomarse ahora los bienes del señor de Marigny para cubrir las atenciones dispensadas a nuestra reina?

—Pensáis cuerdamente, Esteban. Presentad al rey una propuesta en ese sentido, y colocad a mi sobrina de Hungría a la cabeza de los beneficiarios. El rey no podrá menos que aprobarla —dijo Carlos de Valois, sin apartar los ojos de los albañiles.

—Naturalmente, mi señor —añadió el canciller—, yo me guardaré bien de pedir nada para mí mismo.

—Y en eso hacéis bien, pues los espíritus maliciosos

podrían decir que no habéis buscado la perdición de Enguerrando más que para participar en el reparto de sus bienes. Engrosad mi parte y yo os gratificaré según vuestros méritos... ¡Ah, se ha movido! —agregó Carlos de Valois, señalando la estatua con el dedo.

La gran efigie de Enguerrando de Marigny ya estaba completamente despegada del muro; la ataron con cuerdas. El conde de Valois puso su mano ensortijada sobre el hombro del canciller.

—Verdaderamente el hombre es una criatura extraña. ¿Podéis creer que, de repente, siento como un vacío en el alma? Estaba tan acostumbrado a odiar a ese malvado que me parece que ahora voy a echarlo de menos.

En el mismo instante, en el interior del palacio, Luis X, en su dormitorio, acababa de hacerse afeitar. A unos pasos de él permanecía de pie doña Eudelina, de buen color y fresca, teniendo de la mano a una niña de diez años un poco delgada, intimidada, y que no podía saber que aquel rey, cuyo mentón estaba secando con toallas calientes, era su padre. La primera lencera de palacio, conmovida y llena de esperanza, esperaba conocer el motivo por el que Luis las había llamado a ella y a su hija.

Cuando el barbero hubo salido llevándose bacía, ungüentos y navajas, el rey de Francia se levantó, sacudió sus largos cabellos alrededor del cuello y dijo:

—¿Verdad, Eudelina, que mi pueblo está contento porque he hecho colgar al señor de Marigny?

—Es cierto, mi señor Luis... Alteza, quiero decir. Todo el mundo cree que los infortunios han terminado...

—Está bien, está bien; así quiero que sea.

Luis recorrió la cámara, se inclinó hacia un espejo, observó su rostro unos momentos y se volvió.

—Te había prometido asegurar el porvenir de esta niña... Se llama Eudelina, como tú...

Lágrimas de emoción nublaron los ojos de la lencera; presionó ligeramente los hombros de su hija. La pequeña Eudelina se arrodilló para oír de la boca soberana el anuncio de sus beneficios.

—Señor, esta niña os bendecirá hasta el fin de sus días en sus oraciones.

—Eso es precisamente lo que he decidido —respondió Luis el Obstinado—. ¡Que ore! Entrará en el convento de Saint-Marcel, reservado a jóvenes nobles, donde estará mejor que en ninguna otra parte.

El estupor ensombreció las facciones de la lencera.

—¿Eso es lo que deseáis para ella? ¿Enclaustrarla?

—¿Acaso no es un buen porvenir? —dijo Luis—. Además, es preciso que sea así; ella no sabría estar en el mundo. Y considero bueno para nuestra salvación y para la suya que expíe con una vida de piedad la falta que nosotros cometimos trayéndola al mundo. En cuanto a ti...

—Mi señor Luis, ¿pensáis encerrarme también en un claustro? —preguntó Eudelina con espanto.

¡Cómo había cambiado el rey! Ya no encontraba nada, en aquel hombre que expresaba sus órdenes en un tono que no admitía réplica, del adolescente inquieto a quien había enseñado el amor, ni del pobre príncipe, tembloroso de angustia, de impotencia y de frío, que ella había hecho entrar en calor una noche del pasado invierno. Solamente los ojos conservaban la misma expresión huidiza.

—A ti —dijo él— te voy a dar el cargo de vigilar en Vincennes el mobiliario y la ropa blanca, para que todo esté dispuesto ahí cuando yo vaya.

Eudelina movió la cabeza. Aquel alejamiento de palacio, a una residencia secundaria, lo sentía como una ofensa. ¿No estaba, pues, satisfecho de la manera como cumplía su oficio? En cierto sentido, habría aceptado mejor el claustro. Su orgullo no se habría resentido tanto.

—Soy vuestra servidora y os obedeceré —respondió fríamente. Hizo levantar a la niña y la tomó de la mano. En el momento de flanquear la puerta, vio el retrato de

Clemencia de Hungría colocado sobre una consola y preguntó—: ¿Es ella?

—Es la próxima reina de Francia —respondió Luis X, no sin altivez.

—Que seáis muy dichoso, señor —dijo Eudelina al abandonar la estancia.

Había dejado de amarlo.

«Desde luego, voy a ser dichoso», se repetía Luis, recorriendo la habitación en la que el sol entraba a raudales.

Por primera vez desde que era rey, se sentía plenamente satisfecho y seguro de sí mismo. Se había librado de su infiel esposa y del demasiado poderoso ministro de su padre; había alejado a su primera amante y había enviado a su hija natural a un convento.[1]

Despejados todos los caminos, ya podía acoger a la bella princesa napolitana, a cuyo lado se veía viviendo un largo reinado de gloria.

Llamó al chambelán de servicio.

—He mandado llamar al señor de Bouville. ¿Ha llegado?

—Sí, señor; espera vuestras órdenes.

En aquel momento los muros de palacio vibraron con un ruido sordo.

—¿Qué es eso? —preguntó el rey.

—La estatua, señor. Creo que acaba de caer.

—Está bien... decid a Hugo de Bouville que entre. —Y se dispuso a recibir al antiguo gran chambelán.

En la galería Mercière, yacía sobre el pavimento la estatua de Enguerrando. Las cuerdas se habían deslizado con demasiada rapidez, y los veinte quintales de piedra habían chocado brutalmente contra el suelo. Los pies se habían roto.

En la primera fila de la multitud, Spinello Tolomei y su sobrino Guccio se inclinaban sobre el coloso abatido.

—¡Y lo he visto, lo he visto! —murmuraba el capitán de los lombardos.

No hacía gala de su alegría, como Carlos de Valois, allá en la balaustrada; pero no sentía el menor asomo de melancolía, sino plena satisfacción, simple y sin reservas. Bajo el gobierno de Enguerrando de Marigny, los banqueros italianos habían temido a menudo por sus bienes y hasta por su vida. Maese Tolomei, con un ojo abierto y otro cerrado, aspiraba el aire de la liberación.

—Ese hombre, verdaderamente, no era amigo nuestro —dijo—. Los barones se vanaglorian de haberlo hecho caer, pero nosotros hemos tenido nuestra buena parte en ello. Tú mismo, Guccio, me has ayudado mucho. Quiero darte una recompensa, asociarte más a mis negocios. ¿Deseas algo en particular?

Había echado a andar entre los cestos de los mercaderes. Guccio bajó su afilada nariz y sus largas pestañas negras.

—Tío Spinello, quisiera dirigir la sucursal que tenemos en Neauphle.

—¡Qué! —exclamó Tolomei muy sorprendido—. ¿Ésa es toda tu ambición? ¿Una sucursal rural? ¿Una sucursal que funciona con tres empleados que se bastan y sobran para su tarea? ¡No son muy elevadas tus aspiraciones!

—Me gusta esa sucursal —dijo Guccio—, y estoy seguro de poder ampliarla.

—Más seguro estoy yo —apuntó Tolomei— de que es el amor más que la banca lo que te empuja hacia allá... ¿No será la damita de Cressay? He visto las cuentas. No solamente nos deben, sino que encima los alimentamos.

Guccio observó a su tío y vio que sonreía.

—Es bella como ninguna, tío, y de gran nobleza.

—¡Vaya, vaya! —exclamó Tolomei elevando las manos—. ¡Una niña de la nobleza! Te vas a meter en un buen lío. La nobleza, tú lo sabes, siempre está dispuesta a tomar nuestro dinero, pero no a dejar que su sangre se mezcle con la nuestra. ¿Está de acuerdo la familia?

—Lo estará, tío, sé que lo estará. Los hermanos me tratan como a uno de los suyos.

Arrastrada por dos caballos de tiro, la estatua de Enguerrando de Marigny acababa de abandonar la galería Mercière. Los albañiles enrollaban sus cuerdas y la multitud se dispersaba.

—María me ama tanto como yo a ella, y pretender que vivamos el uno sin el otro es querer hacernos morir. Con las nuevas ganancias que voy a conseguir en Neauphle, podré reparar la casa solariega, que es hermosa, os lo aseguro, pero que requiere un poco de trabajo, y vos tendréis un castillo, tío, un *castello come un vero signore*.

—Pero tú sabes que no me gusta el campo —dijo Tolomei—. Si alguna vez he tenido que ir a Grenelle o a Vaugirard, me parece que estoy en el fin del mundo y me caen cien años encima... Yo había soñado para ti otra boda, con una hija de nuestros primos los Bardi... —Se interrumpió un instante—. Pero es querer mal a quien se ama procurar construir su felicidad contra su gusto. ¡Ea, muchacho! Te doy la sucursal de Neauphle. Y cásate con quien te plazca. Los sieneses son hombres libres y han de elegir su esposa según su corazón. Pero trae a tu mujer a París cuanto antes. Será bien acogida bajo mi techo.

—¡Gracias, tío Spinello, muchas gracias! —dijo Guccio, arrojándose al cuello del banquero.

El conde de Bouville, saliendo de las estancias reales, atravesaba entonces la galería Mercière. Andaba con el paso firme que adoptaba cuando el soberano le había hecho el honor de darle una orden.

—¡Ah! ¡Amigo Guccio! —exclamó al distinguir a los italianos—. Es una suerte habernos encontrado aquí. Precisamente iba a enviar un escudero a buscaros.

—¿En qué puedo serviros, señor Hugo? —dijo el joven—. Mi tío y yo estamos a vuestra disposición.

Bouville sonreía a Guccio con expresión de amistad.

—¡Una buena noticia, sí, una buena! He hablado al rey de vuestros méritos y de cuán útil me fuisteis.

El joven se inclinó, en señal de agradecimiento.

—Pues bien, amigo Guccio —añadió Bouville—. ¡Volvemos a Nápoles!

NOTAS

1. Eudelina, hija natural de Luis X y religiosa en el convento de las clarisas del barrio de Saint-Marcel de París, fue, por una bula del papa Juan XXII del 10 de agosto de 1330, autorizada a ser abadesa de Saint-Marcel o de cualquier monasterio de clarisas, a pesar de su nacimiento ilegítimo.

LISTA BIOGRÁFICA

Árbol genealógico

Lista biográfica

Los reyes aparecen en esta lista con el nombre que usaron mientras reinaban; los otros personajes, con el apellido familiar o el nombre del feudo principal. No mencionamos a ciertos personajes episódicos, pues los documentos históricos no conservan otra noticia de su existencia que la acción específica por la cual figuran en nuestro relato.

ANDRÓNICO II PALEÓLOGO (1258-1332)
Emperador de Constantinopla. Coronado en 1282 y destronado por su nieto Andrónico III en 1328.

MARGARITA DE ANJOU-SICILIA (c. 1270-31 de diciembre de 1299)
Hija de Carlos II de Anjou, el Cojo, y de María de Hungría. Primera esposa de Carlos de Valois. Madre del futuro rey de Francia, Felipe VI.

MAHAUT DE ARTOIS (?-27 de noviembre de 1329)
Hija de Roberto II de Artois. Condesa de Borgoña por su matrimonio en 1291 con el conde palatino Otón IV (fallecido en 1303). Condesa-par de Artois por decisión real en 1309. Madre de Juana de Borgoña, esposa de Felipe de Poitiers, futuro Felipe V, y de Blanca de Borgoña, esposa de Carlos de Francia, futuro Carlos IV.

ROBERTO III DE ARTOIS (1287-1342)

Hijo de Felipe de Artois y nieto de Roberto II de Artois. Conde de Beaumont-le-Roger y señor de Conches (1309). Se casó en 1318 con Juana de Valois, hija de Carlos de Valois y de Catalina de Courtenay. Par del reino por su condado de Beaumont-le-Roger (1328). Desterrado del reino en 1332, se refugió en la corte de Eduardo III de Inglaterra. Fue herido mortalmente en Vannes. Está enterrado en San Pablo de Londres.

JUAN DE ASNIÈRES

Abogado del Parlamento de París. Leyó el acta de acusación de Enguerrando de Marigny.

ARNALDO DE AUCH (?-1320)

Obispo de Poitiers (1306). Nombrado cardenal obispo de Albano por Clemente V en 1312. Legado del Papa en París en 1314. Camarero del Papa hasta 1319. Fallecido en Aviñón.

GUALTERIO DE AUNAY (?-1314)

Primogénito de Gualterio de Aunay, señor de Moucy-le-Neuf, del Mesnil y de Grand Moulin. Pretendiente del conde de Poitiers, segundo hijo de Felipe el Hermoso. Fue acusado de adulterio con Blanca de Borgoña por los sucesos de la torre de Nesle y ejecutado en Pontoise. Estaba casado con Inés de Montmorency.

FELIPE DE AUNAY (?-1314)

Hermano menor del anterior. Amante de Margarita de Borgoña, esposa de Luis de Navarra, el Obstinado. Ejecutado al mismo tiempo que su hermano en Pontoise.

BAGLIONI, GUCCIO (c. 1295-1340)

Banquero sienés emparentado con la familia de los Tolomei. En 1315 tenía una sucursal de banca en Neauphle-le-Vieux. Se casó en secreto con María de Cressay. Tuvieron un hijo, Giannino (1316), cambiado en
la cuna con Juan I el Póstumo. Murió en Campania.

BERSUMÉE, ROBERTO

Capitán de la fortaleza de Château-Gaillard. Custo-
dió el encierro de Margarita y Blanca de Borgoña.
En 1316 fue sustituido por Juan de Croisy y, posteriormente, por Andrés Thiart.

BOCCACCIO DA CHELLINO

Banquero florentino, viajero de la compañía de los
Bardi. De una amante francesa tuvo un hijo ilegítimo (1313) que llegó a ser el ilustre poeta Boccaccio,
autor del *Decamerón*.

LUIS DE BORBÓN (c. 1280-1342)

Señor y, posteriormente, duque de Borbón, era el
primogénito del conde Roberto de Clermont
(1256-1318) y de Beatriz de Borgoña, hija de Juan,
señor de Borbón. Nieto de san Luis. Gran custodio
del tesoro del rey desde 1312. Nombrado duque y
par en septiembre de 1327.

MIGUEL DE BOURDENAI

Legista y consejero de Felipe el Hermoso. Fue encarcelado y se le confiscaron los bienes bajo el reinado de Luis X. Durante el reinado de Felipe V le fueron restituidos patrimonio y privilegios.

INÉS DE FRANCIA (c. 1268-c. 1325)

Última de los once hijos de san Luis. Duquesa de
Borgoña por su matrimonio en 1273 con Roberto

de Borgoña. Madre de Hugo V y de Eudes IV, duques de Borgoña; de Margarita, esposa de Luis X el Obstinado, rey de Navarra y después de Francia, y de Juana la Coja, esposa de Felipe VI de Valois.

BLANCA DE BORGOÑA (c. 1296-1326)

Última hija de Otón IV, conde palatino de Borgoña, y de Mahaut de Artois. Casada en 1307 con Carlos de Francia, hijo tercero de Felipe el Hermoso. Acusada de adulterio (1314), juntamente con Margarita de Borgoña, fue encerrada en Château-Gaillard, luego en el castillo de Gournay, cerca de Coutances. Tras la anulación de su matrimonio (1322), tomó los hábitos en la abadía de Maubuisson.

HUGO III DE BOUVILLE (?-1331)

Hijo de Hugo II de Bouville y de María de Chambly. Chambelán de Felipe el Hermoso. Se casó en 1293 con Margarita des Barres, de la cual tuvo un hijo, Carlos, que fue chambelán de Carlos V y gobernador del Delfinado.

GODOFREDO DE BRIANÇON

Consejero de Felipe el Hermoso y uno de sus tesoreros. Fue encarcelado al mismo tiempo que Enguerrando de Marigny durante el reinado de Luis X. Felipe V le devolvió bienes y títulos.

CAETANI, FRANCESCO (?-marzo de 1317)

Sobrino de Bonifacio VIII y nombrado cardenal por este mismo en 1295. Implicado en un intento de hechizamiento del rey de Francia (1316). Murió en Aviñón.

EGIDIO DE CHAMBLY (?-enero de 1326)

También conocido como Egidio de Pontoise. Quincuagésimo abad de Saint-Denis.

CARLOS IV DE FRANCIA (1294-1 de febrero de 1328)
Tercer hijo de Felipe IV el Hermoso y de Juana de Champaña. Conde de la Marche (1315). Sucedió, con el nombre de Carlos IV, a su hermano Felipe V (1322). Se casó sucesivamente con Blanca de Borgoña (1307), María de Luxemburgo (1322) y Juana de Evreux (1325). Murió en Vincennes, sin heredero varón. Último rey del linaje de los Capetos.

CARLOS MARTEL DE HUNGRÍA (c. 1273-1296)
Primogénito de Carlos II de Anjou el Cojo, rey de Sicilia, y de María de Hungría. Sobrino de Ladislao IV, rey de Hungría, y aspirante a sucederlo en el trono. Rey titular de Hungría desde 1291 hasta su fallecimiento. Padre de Clemencia de Hungría, segunda esposa de Luis X, rey de Francia.

CARLOS ROBERTO DE HUNGRÍA (c. 1290-1342)
Rey de Hungría. Hijo del anterior y de Clemencia de Habsburgo. Hermano de Clemencia de Hungría. Aspirante al trono de Hungría desde la muerte de su padre (1296), no fue reconocido como rey hasta agosto de 1310.

GAUCHER V DE CHÂTILLON (c. 1250-1329)
Conde de Porcien. Condestable de Champaña (1284) y, posteriormente, de Courtrai y de Francia (1302). Hijo de Gaucher IV y de Isabel de Villehardouin, llamada de Lizines. Aseguró la victoria de Mons-en-Pévèle. Hizo coronar a Luis el Obstinado rey de Navarra en Pamplona (1307). Ejecutor testamentario, sucesivamente, de Luis X, Felipe V y Carlos IV. Participó en la batalla de Cassel (1328) y murió al año siguiente después de ocupar el cargo de condestable de Francia durante cinco reinados. Estuvo casado con Isabel de Dreux, Melisenda de Vergy y, por último, con Isabeau de Rumigny.

GUY V DE CHÂTILLON (?-6 de abril de 1317)
Conde de Saint-Pol. Segundo hijo de Guy IV y de
Mahaut de Brabante, viuda de Roberto I de Artois.
Primer oficial de palacio encargado de los vinos desde
1296 y hasta su muerte. Se casó en 1292 con María
de Bretaña, hija del duque Juan II y de Beatriz de Ingla-
terra, de la que tuvo cinco hijos. La mayor de sus hijas,
Mahaut, fue la tercera esposa de Carlos de Valois.

MAHAUT DE CHÂTILLON-SAINT-POL (c. 1293-1358)
Condesa de Valois. Hija del anterior. Tercera esposa
de Carlos de Valois.

CLEMENCIA DE HUNGRÍA (c. 1293-12 de octubre de
1328)
Reina de Francia. Hija de Carlos Martel de Anjou,
rey titular de Hungría, y de Clemencia de Habsburgo. Sobrina de Carlos de Valois por parte de su primera esposa, Margarita de Anjou-Sicilia. Hermana
de Carlos Roberto de Hungría y de Beatriz, esposa
del delfín Juan II. Se casó con Luis el Obstinado, rey
de francia y Navarra, el 13 de agosto de 1315, y fue
coronada junto a él en Reims. Quedó viuda en junio
de 1316 y dio a luz un hijo en noviembre del mismo
año, Juan I. Murió en el Temple.

CLEMENTE V (?-20 de abril de 1314)
Nació en Villandraut (Gironda). Hijo del caballero
Arnaud-Garsias de Got. Arzobispo de Burdeos
(1300). Elegido Papa (1305) para suceder a Benedicto XI. Coronado en Lyon. Fue el primero de los Papas de Aviñón.

COLONNA, GIACOMO (?-1318)
Miembro de la célebre familia romana de los Colonna. Nombrado cardenal en 1278 por Nicolás III. Con-

sejero principal de la corte romana bajo Nicolás IV. Excomulgado por Bonifacio VIII en 1297 y restablecido en su dignidad cardenalicia en 1306.

COLONNA, PIETRO

Sobrino del cardenal Giacomo Colonna. Nombrado cardenal por Nicolás IV en 1288. Excomulgado por Bonifacio VIII en 1297 y restablecido en su dignidad cardenalicia en 1306. Murió en Aviñón.

CATALINA DE COURTENAY (?-1307)

La condesa de Valois, emperatriz titular de Constantinopla, segunda esposa de Carlos de Valois, hermano de Felipe el Hermoso, era nieta y heredera de Balduino, último emperador romano de Constantinopla (1261). A su muerte, sus derechos pasaron a su primogénita, Catalina de Valois, esposa de Felipe de Anjou, príncipe de Acaya y de Tarento.

ELIABEL DE CRESSAY

Castellana de Cressay, cerca de Neauphle-le-Vieux, en el prebostazgo de Montfort-L'Amaury. Viuda del señor Juan de Cressay; madre de Juan, Pedro y María de Cressay.

MARÍA DE CRESSAY (c. 1298-1345)

Hija de Eliabel de Cressay y del caballero Juan de Cressay. Casada en secreto con Guccio Baglioni y madre, en 1316, de un niño cambiado en la cuna con Juan I el Póstumo, del cual era nodriza. Fue enterrada en el convento de los Agustinos, cerca de Cressay.

JUAN Y PEDRO DE CRESSAY

Hermanos de la anterior. Los dos fueron armados caballeros por Felipe VI de Valois tras la batalla de Crécy (1346).

DUBOIS, GUILLERMO
Legista y tesorero de Felipe el Hermoso. Encarcelado durante el reinado de Luis X, le fueron devueltos
sus bienes y privilegios por Felipe V.

DUÈZE, JACOBO. Véase JUAN XXII.

EDUARDO II PLANTAGENET (1284-21 de septiembre
de 1327)
Nació en Carnarvon. Hijo de Eduardo I y de Leonor
de Castilla. Primer príncipe de Gales. Duque de
Aquitania y conde de Ponthieu (1303). Fue armado
caballero en Westminster (1306). Rey de Inglaterra
en 1307. Se casó en Boulogne-sur-Mer, el 22 de enero de 1308 con Isabel de Francia, hija de Felipe el
Hermoso. Fue coronado en Westminster el 25 de febrero 1308. Destronado (1326) por una revuelta de
los barones dirigida por su esposa, fue encarcelado y
murió asesinado en el castillo de Berkeley.

EUDELINA (c. 1305-?)
Hija natural de Luis X. Monja en el convento del barrio de Saint-Marcel y después abadesa de las clarisas.

LUIS DE EVREUX (1276-mayo de 1319)
Luis de Francia, conde de Evreux (1298), era hijo de
Felipe III el Atrevido y de María de Brabante. Her-
manastro de Felipe el Hermoso y de Carlos de Valois. Se casó con Margarita de Artois, hermana de Roberto III de Artois, de la que tuvo dos hijos: Juana,
tercera esposa de Carlos IV el Hermoso, y Felipe,
consorte de Juana de Navarra.

FELIPE IV EL HERMOSO (1268-29 de noviembre de 1314)
Nació en Fontainebleau. Hijo de Felipe III el Atrevido y de Isabel de Aragón. Se casó (1284) con Juana de

Champaña, reina de Navarra. Padre de los reyes Luis X, Felipe V y Carlos IV, y de Isabel de Francia, reina de Inglaterra. Reconocido como rey en Perpignan (1285) y coronado en Reims (6 de febrero de 1286). Murió en Fontainebleau y fue enterrado en Saint-Denis.

FELIPE V EL LARGO (1291-3 de enero de 1322)

Hijo de Felipe IV el Hermoso y de Juana de Champaña. Hermano de los reyes Luis X y Carlos IV, y de Isabel de Inglaterra. Conde palatino de Borgoña, señor de Salins por su matrimonio (1307) con Juana de Borgoña. Conde usufructuario de Poitiers (1311). Par de Francia (1315). Regente tras la muerte de Luis X y más tarde rey a la muerte del hijo póstumo de éste (noviembre 1316). Muerto en Longchamp sin heredero varón. Enterrado en Saint-Denis.

FELIPE VI (1293-1350)

Primogénito de Carlos de Valois y de su primera esposa, Margarita de Anjou-Sicilia. Sobrino de Felipe IV el Hermoso y primo hermano de Luis X, Felipe V y Carlos IV. Fue regente del reino a la muerte de Carlos IV el Hermoso, y luego rey cuando nació la hija póstuma de este último (abril de 1328). Entronizado en Reims el 29 de mayo de 1328. Su subida al trono, a la que Inglaterra se negaba, fue el origen de la segunda guerra de los Cien Años. Se casó en primeras nupcias (1313) con Juana de Borgoña la Coja, hermana de Margarita, que falleció en 1348. Tomó por segunda esposa (1349) a Blanca de Navarra, nieta de Luis X y de Margarita.

BELTRÁN DE GOT

Vizconde de Lomagne y de Auvillars. Marqués de Ancona. Sobrino y homónimo del papa Clemente V. Intervino varias veces en el cónclave de 1314-1316.

THIERRY LARCHIER DE HIRSON (c. 1270-17 de noviembre de 1328)

Estuvo primero a las órdenes de Roberto II de Artois, acompañó a Nogaret a Anagni y fue utilizado por Felipe el Hermoso para diversas misiones. Canónigo de Arras (1299). Canciller de Mahaut de Artois (1303). Obispo de Arras (abril de 1328).

BEATRIZ DE HIRSON

Dama de compañía de la condesa Mahaut de Artois y sobrina de su canciller, Thierry de Hirson.

ISABEL DE FRANCIA (1292-23 de agosto de 1358)

Hija de Felipe IV el Hermoso y de Juana de Champaña. Hermana de los reyes Luis X, Felipe V y Carlos IV. Se casó con Eduardo II de Inglaterra (1308). Dirigió (1325), con Roger Mortimer, la revuelta de los barones ingleses que condujo al derrocamiento de su marido. La loba de Francia gobernó de 1326 a 1328 en nombre de su hijo Eduardo III. Fue desterrada de la corte en 1330. Su muerte se produjo en el castillo de Hertford.

JUAN XXII (1244- diciembre de 1334)

Jacobo Duèze era hijo de un burgués de Cahors. Cursó estudios en esa localidad y en Montpellier. Arcipreste de Saint-André de Cahors. Canónigo de Saint-Front de Périgueux y de Albi. Arcipreste de Sarlat. En 1289 viajó a Nápoles, donde no tardó en ser íntimo del rey Carlos II de Anjou, que lo nombró secretario de los consejos privados y luego canciller. Obispo de Fréjus (1300) y de Aviñón (1310). Secretario del concilio de Vienne (1311). Cardenal obispo de Porto (1312). Elegido Papa en agosto de 1316, adoptó el nombre de Juan XXII. Fue coronado en Lyon en septiembre de 1316. Murió en Aviñón.

JUANA DE BORGOÑA (c. 1293-21 de enero de 1330)
Hija primogénita de Otón IV, conde palatino de Borgoña, y de Mahaut de Artois. Condesa de Poitiers por su matrimonio en 1307 con Felipe, segundo hijo de Felipe el Hermoso. Acusada de complicidad en los adulterios de su hermana y de su cuñada (1314), fue encerrada en Dourdan, luego liberada en 1315. Madre de tres hijas: Juana, Margarita e Isabel, que se casaron respectivamente con el duque de Borgoña, el conde de Flandes y el delfín de Vienne.

JUANA DE FRANCIA (c. 1311-8 de octubre de 1349)
Reina de Navarra. Hija de Luis de Navarra, futuro Luis X el Obstinado, y de Margarita de Borgoña. Presunta bastarda. Eliminada de la sucesión del trono de Francia, heredó el de Navarra. Se casó con Felipe, conde de Evreux. Madre de Carlos el Malo, rey de Navarra, y de Blanca, segunda mujer de Felipe VI de Valois, rey de Francia.

JUAN DE JOINVILLE (1224-24 de diciembre de 1317)
Senescal hereditario de Champaña. Acompañó en la séptima cruzada a Luis IX, con el cual estuvo también cautivo. A los ochenta años escribió su *Historia de san Luis*, que lo sitúa entre los grandes cronistas.

PEDRO DE LATILLE (?-15 de marzo de 1328)
Obispo de Châlons (1313). Miembro de la Cámara de Cuentas. Canciller real tras la muerte de Nogaret. Encarcelado por Luis X (1315) y liberado por Felipe V (1317), volvió al obispado de Châlons.

NICOLÁS LE LOQUETIER
Legista y consejero de Felipe el Hermoso. Encarcelado por Luis X. Felipe V le devolvió bienes y privilegios.

LUIS X EL OBSTINADO (octubre de 1289-5 de junio de 1316)

Hijo de Felipe IV el Hermoso y de Juana de Champaña. Hermano de los reyes Felipe V y Carlos IV, y de Isabel, reina de Inglaterra. Rey de Navarra (1307). Rey de Francia (1314). Se casó (1305) con Margarita de Borgoña, de la cual tuvo una hija, Juana, nacida hacia 1311. Después del escándalo de la torre de Nesle y de la muerte de Margarita, se volvió a casar (agosto de 1315) con Clemencia de Hungría. Fue coronado en Reims (agosto de 1315). Murió en Vincennes. Su hijo, Juan el Póstumo, nació cinco meses después (noviembre de 1316).

MARGARITA DE BORGOÑA (c. 1293-1315)

Hija de Roberto II, duque de Borgoña, y de Inés de Francia. Casada (1305) con Luis, rey de Navarra, primogénito de Felipe el Hermoso, futuro Luis X, del cual tuvo una hija, Juana. Acusada de adulterio (suceso de la torre de Nesle, 1314), fue encerrada en Château-Gaillard, donde murió asesinada).

MARÍA DE HUNGRÍA (c. 1245-1325)

Reina de Nápoles. Hija de Esteban de Hungría, hermana y heredera de Ladislao IV, rey de Hungría. Se casó con Carlos II de Anjou el Cojo, rey de Nápoles y Sicilia, del cual tuvo 13 hijos.

ENGUERRANDO DE MARIGNY (c. 1265-30 de abril de 1315)

Nació en Lyons-la-Forêt. Se casó en primeras nupcias con Juana de Saint-Martin; en segundas, con Alips de Mons. Fue primero escudero del conde de Bouville y después pasó a la casa de la reina Juana, esposa de Felipe el Hermoso. Fue nombrado sucesivamente guardia en el castillo de Issoudun (1298), chambelán (1304), caballero y conde de Longueville, intendente de las finanzas y de la construcción, capitán del Louvre, coadjutor en el gobierno y rector del reino durante la última parte del reinado de Felipe el Hermoso. Tras la muerte de este último, fue acusado de malversación, condenado y ahorcado en Montfaucon. Rehabilitado en 1317 por Felipe V, su cadáver fue trasladado de la iglesia de los Cartujos a la colegiata de Ecouis, por él fundada.

GUILLERMO DE MARIGNY (?-1325)

Hermano menor del anterior. Secretario del rey (1301). Arzobispo de Sens (1309). Formó parte del tribunal que condenó a muerte a su hermano Enguerrando. Un tercer hermano Marigny, Juan, conde-obispo de Beauvais desde 1312, formó parte de las mismas comisiones judiciales, y prosiguió su carrera hasta 1350.

LUIS DE MARIGNY

Señor de Mainneville y de Boisroger. Primogénito de Enguerrando de Marigny. Se casó en 1309 con Roberta de Beaumetz.

BERARDO DE MERCŒUR

Señor de Gévaudan. Embajador de Felipe el Hermoso ante el papa Benedicto XI en 1304. Se enemistó con el rey, que encargó una investigación policial sobre sus tierras (1309). Se reintegró en el consejo real con Luis X en 1314, pero Felipe V lo destituyó en 1318.

ENRIQUE DE MEUDON

Maestro de monteros de Luis X en 1313 y 1315. Recibió parte de los bienes confiscados a Enguerrando de Marigny tras la condena de éste.

JACOBO DE MOLAY (c. 1244-18 de marzo de1314)
Nació en Molay (Haute-Saône). Entró en la Orden de los Templarios en Beaune (1265). Viajó a Tierra Santa. Fue elegido gran maestre de la orden en 1295. Arrestado en octubre de 1307, fue condenado y quemado en París.

ESTEBAN DE MORNAY (?-31 de agosto de 1332)
Sobrino de Pedro de Mornay, obispo de Orleans y de Auxerre. Canciller de Carlos de Valois y canciller de Francia desde enero de 1315. Fue apartado del gobierno durante el reinado de Felipe V pero, durante el de Carlos IV formó parte de la Cámara de Cuentas y del Parlamento.

LUIS DE NEVERS (?-1322)
Hijo de Roberto de Béthune, conde de Flandes, y de Yolanda de Borgoña. Conde de Nevers (1280). Conde de Rethel por su matrimonio con Juana de Rethel.

GUILLERMO DE NOGARET (c. 1265-mayo de 1314)
Nacido en Saint-Félix-de-Caraman, de la diócesis de Toulouse. Discípulo de Pedro Flotte y de Gil Aycelin. Impartió clases de derecho en Montpellier (1291); juez real de la senescalía de Beaucaire (1295); caballero (1299). Destacó por su actuación en las diferencias entre la corona de Francia y la Santa Sede. Dirigió la expedición de Anagni contra Bonifacio VIII (1303). Canciller desde septiembre de 1307 hasta su muerte, instruyó el proceso de los templarios.

ODERISI, ROBERTO
Pintor napolitano. Discípulo de Giotto durante la estancia de éste en Nápoles e influenciado asimismo

por Simone de Martino. Maestro de la escuela napolitana de la segunda mitad del siglo XIV. Su obra más importante son los frescos de la Incoronata de Nápoles.

ORSINI, NAPOLEÓN (?-1342)
Nombrado cardenal por Nicolás IV en 1288.

ALÁN DE PAREILLES
Capitán de los arqueros con Felipe el Hermoso.

RAÚL I DE PRESLES (?-1331)
Señor de Lizy-sur-Ourcq. Abogado. Secretario de Felipe el Hermoso (1311). Encarcelado a la muerte de éste y liberado al final del reinado de Luis X. Guardián del cónclave de Lyon en 1316. Ennoblecido por Felipe V, caballero del séquito de este rey y miembro de su consejo. Fundó el colegio de Presles.

ROBERTO DE NÁPOLES (c. 1278-1344)
Tercer hijo de Carlos II de Anjou el Cojo y de María de Hungría. Duque de Calabria en 1296. Príncipe de Salerno (1304). Vicario general del reino de Sicilia (1296). Nombrado heredero del reino de Nápoles en 1297, accedió al trono en 1309. Fue coronado en Aviñón por el papa Clemente V. Príncipe erudito, poeta y astrólogo. Casó en primeras nupcias con Violante de Aragón, que murió en 1302; más tarde se casó con Sancha, hija del rey de Mallorca (1304).

TOLOMEI, SPINELLO
Jefe en Francia de la compañía sienesa de los Tolomei, fundada en el siglo XII por Tolomeo Tolomei y que se enriqueció rápidamente con el comercio internacional y el control de las minas de plata de Toscana. Todavía existe en Siena el palacio Tolomei.

MATEO DE TRYE

Señor de Fontenay y de Plainville-en-Vexin. Gran
panetero (1298) y, posteriormente, chambelán de
Luis el Obstinado y gran chambelán de Francia desde 1314.

CARLOS DE VALOIS (12 de marzo de 1270-diciembre de
1325)

Hijo de Felipe III el Atrevido y de su primera mujer, Isabel de Aragón. Hermano de Felipe IV el Hermoso. Armado caballero a los catorce años. Investido rey de Aragón por el legado del Papa el mismo
año. Jamás pudo ocupar el trono y renunció al título en 1295. Conde de Valois y de Alençon (1285).
Conde de Anjou, del Maine y de Perche (marzo
1290) por su primer matrimonio con Margarita de
Anjou-Sicilia; emperador titular de Constantinopla
por su segundo matrimonio (enero 1301) con Catalina de Courtenay; nombrado conde de Romaña
por el papa Bonifacio VIII. Se casó en terceras nupcias con Mahaut de Châtillon-Saint-Pol. De sus
tres matrimonios tuvo abundante descendencia; su
primogénito fue Felipe VI, primer rey de la dinastía Valois. Luchó en Italia por cuenta del Papa en
1301, mandó dos expediciones en Aquitania (1297
y 1324) y fue candidato al Imperio alemán. Falleció
en Nogent-le-Roi y fue enterrado en la iglesia de
los Jacobinos de París.

Índice